풀미당골
경제학

풀미당골 경제학

초판 1쇄 인쇄 ㅣ 2017.12.20
초판 1쇄 발행 ㅣ 2017.12.27

지은이 ㅣ 김연식
발행인 ㅣ 황인욱
발행처 ㅣ 도서출판 오래

주 소 ㅣ 0491 서울시 마포구 토정로 222, 406호(신수동, 한국출판컨텐츠센터)
전 화 ㅣ (02)797-8786~7, 070-4109-9966
팩 스 ㅣ (02)797-9911
이메일 ㅣ orebook@naver.com
홈페이지 ㅣ www.orebook.com
출판신고번호 ㅣ 제2016-000355호

ISBN 979-11-5829-038-2 (03810)

이 도서의 국립중앙도서관 출판예정도서목록(CIP)은 서지정보유통지원시스템 홈페이지(http://seoji.nl.go.kr)와
국가자료공동목록시스템(http://www.nl.go.kr/kolisnet)에서 이용하실 수 있습니다.(CIP제어번호: CIP2017033306)

풀미당골

경제학

김연식 지음

圖書出版 오래

'글은 언제 쓰나. 책은 언제 내나'

이제 이런 고민은 안 해도 될 것 같다.

원고를 마감하는 날 기분 좋게 LA갈비를 곁들여 막걸리 한 잔을 했다.

글을 쓴다는 것은 쉬운 일이 아니다.

오랫동안 주제를 고민하고 자료 수집을 마친 후 막상 의자에 앉아보니 컴퓨터 자판을 두드리기가 쉽지 않았다.

이 책에 나오는 글 하나하나가 나의 손을 거쳤다.

많은 사람들이 수천 만 원을 들여 자서전을 대필하지만 나에게는 용납되지 않았다.

그래도 기자 출신인데 ….

이 책은 제목을 정하고 글을 구상하는 기획단계에서부터 편집에 이르기까지 나의 생각이 절대적으로 들어갔다. 혼자의 힘으로 글을 완성했다는 점에서 자부심을 느낀다. 물론 언론보도 내용 등 인용한 일부는 드래그를 통해 옮겼지만 전체 내용과 비교하면 극히 미비하다.

글을 쓰면서 내용에 좀 더 충실하고 싶은 생각이 가득했다.
그만큼 만족하지 못하다는 얘기다. 시간이 있으면 더 보완하고, 좀 더 좋은 말과 아름다운 수식어로 장식하고 싶었지만 여러가지 부족한 점이 많았다.

글은 주로 이른 새벽이나 늦은 밤에 많이 썼다.
가끔은 내가 수험생인 것 같은 착각도 했다.

고등학교 3학년 때 빼고는 이렇게 오랫동안 책상에 있어본 기억이 없다. 목표를 정하고 나니 빨리 끝내야겠다는 생각이 앞섰다. 아마 약간 급한 성격 탓도 있을 것이다. '누군가 해야 할 일이라며 내가 먼저하고, 언젠가 해야 할 일이라면 지금 한다'는 말이 있다. 어차피 해야 할 일이라면 빨리 하는 게 좋다. 저녁시간에 술자리도 많고, 주말에 행사도 많았지만 원고를 조기 마감해야겠다는 생각이 급했다. 그렇게 하나하나 정리해 나가다 보니 가을이 익어가는 어느 멋진 날에 원고는 마감됐다.

　　글 내용에 등장하는 일부 인사와 단체는 특정인과 특정단체를 지칭하지 않았음을 분명히 밝힌다. 지방경제의 큰 축으로 활동하고 있는 주체들의 관계를 포괄적으로 등장시켰다.

'아플 땐 창밖을 보고, 기쁠 땐 거울을 봐요'

  창밖을 보면서 고민하는 시간보다, 거울을 보며 웃음 지을 수 있는 여유가 있었으면 좋겠다. 많은 주민들이 왕성한 경제활동을 통해 거울 속에서 환하게 웃는 자신을 볼 수 있길 소망해 본다.

                                          2017년 가을

| 차 례 |

IN
DEX

2장 _ 오적(五籍)의 경제논리

IN
DEX

1장

풀미당골 이야기

풀미당골
이야기

1.

몇 년 전 수녀님 한분이 사무실을 찾아왔다.

수녀님에 대한 이미지처럼 순결함과 정숙함을 상징하는 두건을 쓰고 깔끔한 복장을 했을 것이라 생각했다. 나름대로 예의를 갖추기 위해 부속실까지 마중을 나가 수녀님을 찾았지만 눈에 띄지 않았다.

순간 몇 분이 함께 계시기에 이리 저리 둘러보는 찰나 같이 온 일행이 "이분이 수녀님입니다"라고 말했다.

아차 싶었다. 수녀님을 못 알아 본 것이다.

그날 맞이한 수녀님은 화장기(원래 화장을 하는지, 안 하는지는 모르겠음)도 전혀 없고 민낯이다 못해 밭에서 일하시다 금방 들어오신 시골 아주머니와 같았다. 검은 얼굴에 두건도 안 쓰시고 순명과 희생을 나타내는 수녀복도 입지 않으셨다. 평생 봉사활동을 많이 한 수녀님이라는 것은 알고 있었지만 이렇게 드러내지 않으신 채 묵묵히 일만 하셨구나 하는 생각이 저절로 들었다.

어떻게 보면 지금 이 모습이 더 품격 있고 존경스럽다는 생각이 들었다. 사무실로 안내한 후 대화를 나누면서 또 한 번 감동을 받았다. 소탈한 성품에 편안하게 대화를 나누었지만 그 깊이는 우리시대의 현실을 너무나 잘 알고 계시는 분이라는 생각이 들었다.

서민들이 사는 생활경제부터 버림받은 아이들의 문제, 복지정책, 지역사회 문제점, 더 나아가 국가정책 등 다방면에서 막힘없이 얘기하는 수녀님은 평소 공부를 많이 한 것이 아니라 그저 생각하고 있는 것들을 솔직하게 표현할 뿐이었다. 하지만 그 표현의 대부분은 우리사회의 문제점이라고 생각됐다.

"요즘 우리는 너무 많은 것을 가지고 있습니다. 예전에 없던 휴대전화도 가지고 있고, 자동차도 있고, 집에 냉장고와 에어컨도 있습니다. 월급도 예전에 비해 훨씬 많이 받고 토요일에 일하는 것도 없어졌습니다. 옷도 잘 입고, 집도 좋은 곳에서 살고, 음식도 남아서 버릴 만큼 잘 먹고 있습니다. 그런데 우리는 왜 시간이 지날수록 더 어렵게 살고 경제가 어렵다고 말하지요?"

"어디 그것 뿐인가요? 주말이면 여행을 떠나는 사람들 때문에 고속도로가 막히고, 공항에는 매년 해외를 찾는 여행객이 최고 수준이라는 뉴스가 나오는데 무엇 때문에 우리는 매일 어렵다는 얘기를 들어야 하는지 모르겠네요."

수녀님이 말하는 순간 문득 이런 생각이 들었다.
'그건 욕심 때문이 아닐까요? 물론 시대 변화에 따라 생활환경이 좋아져야 하는 것은 당연하지만 그래도 인간의 욕심이 끝없기 때문에 벌어지는 현상 같습니다.'
이렇게 대답하고 싶었지만 말을 못했다.
이유는 이러한 사회문제의 원인이 지도자에게 있다는 것을 알고 있기 때문이었다.

수녀님은 또 다시 말을 이어갔다.
"대한민국 국민들은 다 착하다고 생각됩니다. 특히 서민들은 더더욱 순수하고요. 하지만 이런 착한 국민들을 나쁘게 만드는 사람들이 있어요. 국가를 위해 일하는 사람들이죠. 선거 때만 되면 국민들에게 '공짜'를 왜 그렇게 많이 주겠다고 약속하는지 모르겠어요. 그것도 후보자의 주머니에서 나오는 돈이 아니라 국민들에게 거두어서 주는 것인데 … 세금을 올린다든가 물가를 올려서 돈을 만든다는 얘기는 안 하잖아요. 서민들과 국민들의 주머니 사정은 어떻게 되든 일단 듣기 좋은 얘기만 하고 본인은 권력만 얻으면 된다는 논리와 다를 게 없다고 생각됩니다."
수녀님의 말은 계속됐다.

"매년 경제를 살린다고 발표하지만 말만 하지 말고 진정성 있게 조금만 실천했으면 우리나라는 벌써 살아났을 겁니다. 경제에 대해서 잘은 모르지만 월급의 액수, 연봉의 규모에 얽매이지 말고 따뜻한 일자리가 있고, 일한 만큼 보수를 받는 사회가 중요합니다. 그렇게 되면 국민들이 느끼는 행복지수도 덩달아 오를 겁니다. 국민이 행복해지면 경제가 어렵다는 얘기는 덜 할 것입니다. 시장님도 젊었으니까 시민들이 따뜻하게 살 수 있도록 바른 정책을 펼쳐 주셨으면 합니다."

수녀님의 말을 듣고 보니 경제라는 것이 결코 멀리 있다는 생각이 안 들었다. 서민들이 먹고 사는 문제, 일할 수 있는 자리, 그리고 그 자리에서 자신의 역할을 하면서 행복함을 느낀다면 경제의 틀은 튼튼하게 돌아갈 것이라는 생각이 들었다. 여기에 국가에서 펼치는 정책도 중요하지만 국민 개개인도 책임과 의무를 다하는 의식이 중요하다.

수녀님의 말씀을 듣고 내 의견을 피력했다.

"경제라는 것은 잘은 모르지만 우리의 생활과 밀접한 것은 틀림없습니다. 경제학을 공부한 것은 대학시절 '경제원론'이라는 교양과목이 전부였습니다. 하지만 기자생활과 광역의원 자치단체장 등을 지내면서 느낀 것은 경제란 정치 사회와 밀접한 관계가 있다는 것입니다. 물론 가장 중요한 것은 국가 시스템이 문제겠지요. 자본주의에서 시장경제 논리에 따라 빈부의 격차가 있을 수밖에 없지만 격차를 줄이는 것은 국가의 몫이라고 생각합니다. 또한 국민의 의식과 가치도 중요하다고 생각합니다.

민주주의의 발달로 표현의 자유가 확대됐지만 언행에 대한 책임은 부족한 것 같습니다. 이기주의와 이해관계에 따라 집단행동이 성장의 속도를 저해하고, 지도자에 대한 불신과 반감 등이 무분별하게 표현되면서 사회시스템 자체가 무질서하게 흘러가고 있습니다. 한마디로 책임없는 자유가 선진 민주주의로 가는 길을 방해하고 있지요.

때문에 경제도 정치 사회구조에 발목이 잡혀 제대로 갈 수 없다고 생각합니다. 정치인들은 공짜를 좋아하는 일부 국민들의 표심을 자극하고, 일부 국민들은 정치인들의 현혹된 말에 표로 응답하고 … 최근 한국사회의 정치행태가 이렇게 펼쳐지다 보니 미래에 대한 가치와 정체성보다는 오로지 당선만 되면 된다는 악순환이 계속 되는 것 같습니다.

이는 결과적으로는 국민이 피해를 보는 것입니다. 경제성장과 일자리가 병행돼야 하지만 저 출산과 일자리 감소로 자영업과 택시 등 소상공인의 붕괴는 결국 서민경제를 어렵게 만드는 원인이 됩니다. 눈앞의 이익을 위해 큰 것을 잃어버리는 결과라고 생각됩니다.”

수녀님과의 대화는 뜻밖에 경제문제로 이어졌고 1시간이 넘도록 계속됐다.

특히 지역사회에서 벌어지는 크고 작은 일들을 섬세하고 구체적으로 설명하는 것을 보고 생활경제에 대한 철학이 분명하다는 것을 느꼈다. 경제가 살아나려면 큰 것도 중요하지만 작은 것부터 실천하는 것이 더욱 필요하다. 작은 물이 흘러 하천을 이루고, 여러 개의 강물이 모여 바다가 되듯이 지역사회에서 일어나는 모든 경제활동이 활발할 때 국가경제도 튼튼해진다. 지역사회 또한 마을 단위로 이루어지는 경제 주체가 있고, 한 도시에도 지영업자를 비롯한 기업인 언론인 시민단체 지방의원 공무원 직장인 등 각계의 주체들이 상호 유기적인 관계에서 경제활동을 하고 있다.

이러한 주체들이 각자의 위치에서 소득창출과 함께 활발한 소비활동을 했을 때 지역사회의 생산기능은 더욱 활성화되는 것이다.

수녀님이 떠난 후 많은 생각이 들었다.

시골에서 태어나 학창시절을 보내며 도시의 성장과정을 지켜보았고, 대학 졸업 후 언론사에 입사해 정치부 기자로 활동하면서 수많은 정치 사회 경제 지도층을 만나면서 세상에 대한 눈도 떴다.

어릴 때 집안에서 농사를 지었지만 가난하다는 생각은 안 들었다. 그때는 철없던 시절로 우리나라가 산업화로 한창 일어나던 시기였지만 시골 아이에게 경제라는 것이 인식될 리 없었다. 중고등학교까지 부모님의 도움으로 성장했고 대학을 졸업할 쯤 약간의 위기의식이 찾아오기 시작했다. 군대를 마치고 3학년 2학기에 복학했지만 졸업이 얼마 안 남았기에 취업이 큰 걱정이었다. 부전공으로 교직을 이수하면서 임용고시도 준비했고, 일반회사에 취직하기 위해 시험도 몇 차례 치렀지만 합격의 소식은 들려오지 않았다.

4학년 2학기 때 우연히 언론사 기자모집 광고를 보고 신문사에 입사한 것이 내 삶의 기초가 된 것 같다. 그때도 대학생들의 취업은 어려웠고, 지금도 어렵기는 마찬가지다. 이후 13년이 넘게 기자의 길을 걸어왔고, 지금은 정치인이 된 지 11년이 넘었다. 지금까지 50여 년을 살아오면서 성인이 된 이후 느낀 30여 년은 매번 경제가 어려운 시기였다.

우리경제가 조금은 나아지고 있다는 말은 간혹 있었지만, 그래도 머릿속엔 '어려운 경제난'이 떠나지 않는다. 그렇다면 우리는 왜 경제에 이렇게나 깊은 관심을 가지고 있을까. 한마디로 경제문제는 목을 맬 정도로 우리 곁을 떠나지 않고 있다. 개인과 가사에서 시작되는 경제구조는 조직과 지역사회 국가 세계로 이어지는 광범위한 체계로 형성되어 있다. 경제와 관련된 서적과 연구는 수 없이 많고, 정책 또한 수없이 진화되어 왔지만 성공적으로 안착되기에는 많은 어려움이 있었다.

나는 '풀미당골 경제학'이라는 주제를 통해 서민들이 생활하는 삶의 현장에서 좀 더 지혜로운 경제활동을 기대하는 마음에서 접근해 보았다.

또한 개인과 가정의 경제가 지역경제와 연결되기 때문에 이 부문도 나름대로의 방식으로 고민해 보았다. 이것은 학문적으로 정리된 경제학이 아니라 25여 년 동안 자치단체장과 지방의원 언론인 등을 지내면서 느낀 지역경제의 문제점과 해법 등을 있는 그대로 제시한 것이다. 비록 경제학이라는 용어를 사용했지만 지방의 특성상 사회적 요인을 피해갈 수 없어 사회적 현실도 상당부문 서술했다.

군 제대 후 대학 3학년 때인 1991년 기초-광역의회가 각각 출범했지만 당시 시장 군수 도지사 등은 임명직이었다. 1995년 6월 27일 제1회 전국 동시지방선거가 실시되면서 도지사 광역의원 기초단체장 기초의원 등을 동시에 선출하면서 사실상의 지방자치시대가 열린 것이다. 당시 언론사 기자로 재직하면서 강원도선거관리위원회에서 열린 강원도 내 개표상황을 실시간으로 취재했으며, 이후 도지사를 비롯한 기초단체장 광역의원 등과 교류를 할 수 있는 밀접한 관계가 형성됐다.

특히 만 28세의 나이에 강원도청을 출입하면서 지방경제 활성화를 위한 각종 정책을 기자의 눈으로 보고 분석 평가하는 역할을 하게 됐다. 당시 각 시군의 자치단체장들은 앞 다퉈 축제개발을 서둘렀으며, 전국은 축제개발의 붐을 이루었다. 축제는 지역경기 활성화에 도움은 됐지만 본질보다는 자치단체장의 치적으로 활용되는 것이 더 큰 문제였다. 각 자치단체들은 비가 온 뒤에 여기 저기 돋아나는 죽순처럼 축제가 우후죽순으로 생겨나자 이번에는 관광산업에 손을 대기 시작했다. 적게는 수천 만원에서부터 많게는 수천 억 원이 넘는 관광개발 사업이 붐을 이루었으나 이마저 성공은 미미했다. 그러나 자치단체장의 치적은 더욱 활발하게 적용됐다. 임기 중 축제 개최로 인해 수십 만 명의 관광객이 찾아와 지역경기 활성화에 수백 억 원 효과가 있었고, 관광지 개발로 지역경기가 더욱 활성화 될 것이라는 홍보가 백화점식으로 나열되기 시작했다.

하지만 시간이 지나면서 축제는 점점 쇠퇴해져 갔고, 관광지 개발은 민자 사업 부진으로 쑥대밭으로 변하는 곳이 생겨났다. 지역의 인구는 점점 감소하고 그나마 기대했던 관광사업도 쇠락의 길로 접어들자 자치단체장들이 꺼 낸 또 다른 카드는 기업 유치였다. 이제야 일자리를 들고 나온 것이었다. 수도권 기업의 지방이전에 사활을 걸었으며 기업이전에 따른 혜택도 파격적으로 내 걸었다. 일부 이전 기업들은 자치단체의 지원금을 노려 명목상 지방이전을 추진하기도 했다. 자치단체에서 지원한 보조금을 수령한 후 일부기간 기업을 운영하다 부도를 이유로 다시 다른 곳으로 이전하거나 문을 닫은 기업이 생겨나기 시작했다. 그나마 수도권과 가까운 일부 시군을 제외하고 기업유치와 일자리 창출을 우선정책으로 내세웠던 자치단체들은 또다시 쓴 맛을 보아야 했다.

민선시대에 들어선 지 벌써 30년이 넘었다.
지역이 변하고 있지만 잘못된 정책으로 수천 억 원을 날린 자치단체도 생겨났다. 2016년 전국 243개 자치단체의 재정자립도를 보면 무려 220개 자치단체가 50%에도 미치지 못하고 있다.
서울시만 유일하게 80%를 넘었고 서울 강남구와 중구도 65%를 겨우 넘었다. 강원도는 태백시와 정선군이 유일하게 30%를 넘었고, 강원도 본청은 21.38%에 불과했다. 인제 평창 고성 등 일부는 200위권 밖으로 밀려나 있다. 재정자립도가 높다고 잘 사는 것은 아니지만, 자립도가 낮을수록 외부 의존도가 높아서 자체 사업을 펼치기에는 많은 어려움이 있다.

정부에서는 지방자치단체의 부족한 재원을 '교부세'라는 명목으로 지원하고 있지만 이마저 지원기준과 지원금이 일정치 않아 재정을 운영하기에는 부담이 있다.
교부세는 지방자치단체로서는 아주 소중한 재원 창구이다. 태백시의 경우 1년 전체예산규모가 4,000억 원에 이르지만 교부세 규모는 연간

1,000억 원을 넘는다. 시 세입의 25% 이상을 교부세에 의존하고 있는 것이다. 교부세는 자치단체가 부과 징수할 세금을 국가가 대신해서 부과 징수하는 것으로, 세수입의 일정액을 지방자치단체에 교부하는 조세 제도이다. 재정규모가 열악한 농어촌지역이나 벽지 지역을 위해 마련된 제도이지만 인구기준을 지나치게 높게 평가하거나, 지역면적을 평가항목에서 미비하게 반영하는 등 지방으로부터 끊임없이 개선을 요구받고 있다. 이 밖에 정부에서 지원하는 예산은 특별교부세가 있지만 자치단체의 1년 재정규모와 비교할 때 1%에도 미치지 못한다. 국비보조도 마찬가지다. 예전에 국비보조는 사업의 성격에 따라 많게는 전체 사업비의 70~80%까지 지원했다. 물론 국가에서 직접 하는 사업은 100% 정부에서 지원한다.

하지만 지방자치단체에서 시행하는 사업의 국비 지원은 많아야 50%이다. 때문에 100억 원 이상 들어가는 덩치가 큰 사업들은 지방자치단체에서 부담할 능력이 없어 포기하는 경우가 종종 발생한다. 이를 두고 일부에서는 "정부에서 50억 원이나 지원해 주는데 그 사업을 왜 못하나?"라고 반문하지만 정작 속을 들여다보면 재정자립도가 열악한 지방자치단체에서 50억 원을 부담하기에는 너무나 큰 재원이다. 때문에 돈은 준다고 해도 사업을 못하는 억울함이 발생하는 것이다.

일부에서는 지방자치단체에 문제를 제기하는 사람도 있다.

국세 일부를 지방세로 전환해 재정자립도를 높이자는 주장에 대해 반박하고 있는 것이다. 우리나라의 경우 일제에서 해방된 후 사회간접자

본 중심으로 산업화를 추진하다보니 불가피하게 지역의 불균형을 가져오게 됐다. 때문에 지역 간 산업화의 격차가 심한만큼 국가에서 부과하는 국세 역시 지역편차가 심하다. 이러한 불균형 속에서 국세의 일부 세목을 지방세로 전환하면 그 재정의 불균형은 더욱 커진다는 게 이들의 주장이다. 때문에 자치단체 간 격차가 더 벌어지게 되기에 국세에 의한 지방교부세율을 높이는 쪽이 바람직하다고 주장한다.

그렇다면 이러한 문제를 개선하기 위해 정부는 무엇을 시도했는가.

그동안 정부는 지방의 문제, 특히 지방경제 활성화를 위해 많은 정책을 도입하고 시도했다. 그 중에 눈에 띄는 것이 지방분권이다.

헌법에도 지방분권이 명시돼 있지만 이 운동이 확산된 것은 노무현 정부에서이다.

노무현 정부는 2003년 '정부혁신지방분권추진위원회'를 설치하고 지방분권 로드맵도 발표했다. 특히 지방분권 특별법을 제정해 임기동안 약 1,000여 건의 중앙권한을 지방으로 이양했다. 하지만 노무현 정부는 집권 후반기에 지방분권보다 지역균형발전을 중시하면서 국가 공공기관의 지방이전에 적극적인 모습을 보였다.

때문에 지방분권이라는 하드웨어만 유지한 채 공공기관 이전이라는 소프트웨어가 더 부각되는 현상이 빚어졌다. 더욱이 지방분권을 국정의 핵심 과제로 추진했지만 넘지 못했던 오류도 있었다. 지방분권과 함께 반드시 뒤따라야 할 재정분권이 이루어지지 않았기 때문에 지방분권은 어떻게 보면 실패로 끝날 수밖에 없었다. 앞서 말한 지역균형발전은 공공기관 이전이라는 혁신도시 건설로 어느 정도 성과를 보였으나 재정분권이 뒤따르지 않았던 것이다. 그렇다고 시도가 전혀 없었던 것은 아니다. 당시 정부에서는 각 시도별로 자주세원을 1건씩 발굴하라는 요청이 있었고, 강원도에서도 강원발전연구원을 통해 신규세원 발굴에 나섰다. 여러 가지 연구끝에 나온 것이 '입도세'였다. 강원도에 들어오는 관광객들에게 세금을 받자는 것이다. 국경을 통과해서 들어오는 상품에 대해 세금을 부과하는 일종의 관세와 같다. 어떻게 보면 말도 안 되는 얘기 같지만 실제로 이러한 논의가 박사들 사이에서 있었다.

최근에 한 대선 예비주자가 제주도에 '입도세'를 추진해야 한다는 발언을 한 것과 비교하면 강원도에서는 벌써 10년 전에 이러한 논의가 수면위에 부상했다. 물론 당시에도 수많은 논쟁이 있었으며 결국은 도입하는 데 실패했다. 이처럼 지방경제를 살리기 위해 추진했던 지방분권은 재정분권의 실패로 더 이상 진척되지 못하고 정권이 바뀌면서 또 다른 이름으로 진행되고 있다.

정부와 지방자치단체는 그동안 경제 살리기에 많은 노력과 사업비를 투입했지만 그 효과는 '찻잔속의 태풍'으로 전락하고 말았다.

물론 발전이 없었던 것은 아니다. 하지만 치밀한 전략과 경험 부재로 자치단체가 추진한 수익사업은 대부분 적자에 노출됐으며 성공한 사업은 손에 꼽힐 정도였다. 특히 대통령 선거와 국회의원 지방선거 등 선거 때마다 터져 나오는 복지공약은 한정된 세입은 생각하지 않고 '공짜'로 준다는 약속은 점점 불어나고 있다. 수입과 지출이 어느 정도 맞아야 재정이 탄탄하지만 빚을 지면서까지 국민들에게 공짜약속을 한다는 것은 진정한 애국자가 아니라고 생각된다. 당장 표를 얻는 데는 도움이 되겠지만 국가의 미래는 어떻게 하란 말인가. 그리고 자라나는 후세들은 얼마나 많은 짐을 지워야 하는 것인가.

국민연금과 공무원연금 등 잘못된 정책으로 당장 피해를 보고 있는 것이 현실이다. 이래도 공짜 약속을 남발하는 후보에게 표를 줘야 하는지 의구심이 든다. 국가와 지역경제는 불과 몇 년 앞을 내다볼 수 없을 정도로 혼란스럽지만 아이들 분유 값과 기저귀 값의 부담을 놓고 정부와 지방자치단체가 싸우는 나라가 대한민국이다. 출산율을 높이고 워킹맘들의 아픔을 조금이나마 덜어준다는 취지에는 공감하지만 자치단체와 중앙정부가 서로 부담하라는 식의 논리는 말과 행동이 다른 대표적인 복지 포퓰리즘이다. 국가와 지역의 미래를 생각하지 않고 인기영합주의적인 발상에 급급한 정치인은 마땅히 퇴출돼야 한다.

나는 이 책을 구상하면서 작은 마을, 작은 도시의 경제구조와 사회적 흐름을 생각해 보았다.

경제학이라는 범위가 워낙 넓지만 경제활동의 주체는 결국 사람이다. 때문에 주변에 살고 있는 사람들의 모습을 나름대로 관찰하고 분석해서 경제논리에 구색을 맞춘 것이다. 특히 중앙정부의 시각이 아니라 지방의 시각에서 경제활동의 주체를 바라본 것이기 때문에 주관적인 관점이 있는 것도 사실이다.

어느 특정 지역을 거론할 수 없어 '풀미당골'이라는 가상의 지역을 만들어 여기에서 벌어지는 경제주체들의 활동을 냉정하게 평가해 보았다. 실제 '풀미당골'이라는 지명을 사용하는 마을이 전국에 몇 개 있지만 이 책속에 나오는 내용과는 무관함을 미리 밝히고자 한다. 다만 앞서 말한 25여 년 동안 언론사 기자와 지방의원 자치단체장 등을 하면서 지켜본 내용들을 풀미당골과 경제학이라는 용어를 동원해 정리한 것이라고 밝히고 싶다.

물론 경제학과 무관한 정치 사회적인 에세이도 이 책에 수록돼 있지만 경제활동과 직간접적으로 연결될 수 있기에 포괄적 의미로 해석되길 희망하고 있다. 또한 내용적인 면에서 자전적인 부문도 일부 있지만 살아오면서 몸으로 체감한 사회현실과 생활경제라는 측면에서 이해를 구하고 싶다.

2.

풀미당골은 강원도의 작은 산촌 마을이었다.

마을 사람들은 대부분 농사를 짓고 살았으며, 강원도 산골의 특성상 논보다는 밭이 많아 옥수수나 감자 마늘 등을 심었다.

마을에는 자그마한 규모로 물건을 파는 '점방'이 2개에 불과했고 사람들은 담뱃가게가 있는 점방을 '담뱃집', 담배를 안파는 가게를 '김 중사집'이라고 불렀다. 아마도 가게 주인이 부사관 출신이기 때문에 마을 사람들이 그렇게 불렀던 것 같다.

지금처럼 식당이나 약국 병원 은행 등은 전혀 없었고 유일한 경제활동은 생필품을 파는 이곳과 가끔씩 고무대야에 고등어 꽁치 등을 팔러 오는 보따리 장사꾼과의 물물교환이 대부분이었다. 동해안에서 큰 대야에 생선을 가득 담아 머리에 이고 오는 장사꾼 아주머니들이 콩이나 팥 등을 교환해 다시 머리에 이고 가는 모습이 이 마을에서는 오랫동안 이어져 온 것이다.

마을에는 100여 가구가 농사를 지으며 살았고, 아이들이 많이 태어나던 시기라서 초등학교도 제법 학교다운 모습을 보였다. 마을은 나지막한 산을 중심으로 U자로 형성됐으며 작은 하천이 양쪽에 흘러 비교적 농사가 잘 되는 편이었다. 마을은 오래전부터 두 갈래로 형성돼 있었고 한 쪽은 '월촌(月村)', 다른 한 쪽은 '초월(草月)'이라고 불렀다. 나지막한 산은 '월산(月山)'이라고 불렀다. 아마도 이 마을에서 보는 달빛이 너무나 아름다워 예전부터 전해져 내려오는 이름인 것 같다. 지대가 높은 이 마을의 특성상 보름이 되면 달이 유난히 크게 보였으며, 밝기도 매우 훤해 밤에도 웬만한 일은 할 정도였다.

월촌(月村)은 달빛이 가득한 마을이라는 의미이고, 초월(草月)은 풀 잎에 맺힌 달이라는 의미로 해석된다. 다시 말하면 풀미당골은 월산을 가운데 두고 월촌이라는 부락과 초월이라는 부락이 합쳐져서 불리는 것 이다. 보통 2개의 마을이 하나로 합쳐지면 서로 싸우는 법이 많지만 월 촌과 초월에 사는 사람들은 서로에 대한 사랑과 관심이 지극정성으로 높아 한 번도 다툰 적이 없다. 그렇다고 월촌과 초월 사람들이 씨족사회 로 형성된 것은 아니다. 그들은 혈연보다 서로에 대한 선함과 진실함으 로 아주 오랫동안 좋은 관계를 유지하고 있는 것이다. 특히 매년 정월 대 보름이면 마을 사람들은 월산에 모여 달집을 태우고, 아이들은 '망우 리'를 만들어 쥐불놀이를 즐긴다.

'망우리'는 철사로 길게 묶은 빈 깡통에 못으로 구멍을 뚫어 나무와 지푸라기 등을 넣고 불을 붙여 빙빙 돌리며 노는 놀이기구다. 요즘은 산 불 위험이 있어 상상도 할 수 없지만, 예전에는 그렇게 많은 아이들이 '망우리'를 만들어 쥐불놀이를 즐겼고 단 한 번도 산불이 발생한 적이 없었다. 마을 면적은 도시지역의 웬만한 동(洞)보다 넓지만 자동차가 있 는 집이 없어 사람들의 이동수단은 도보가 대부분이었다. 그나마 도시 로 향하는 신작로가 2개 연결돼 있어 이곳을 경유하는 작은 버스가 하루 몇 차례 다닐 정도였다. 마을에는 초등학교에 유일하게 자전거가 1대 있 었으나 학교의 허드렛일을 하는 소사 아저씨만 간혹 타고 다녔다.

초등학교에는 150여 명의 아이들이 있었지만 방과 후에는 대부분 집안일을 도왔다.

공부는 학교에서 하는 것이 전부였으며 밭일이나 산에서 나무하는 일들이 초등학생부터 익숙해져 있었다. 아이들은 여름이 오면 산에 소를 풀어 놓고 소를 먹이는 역할을 했으며, 배가 고프면 손톱보다 조금 큰 '깨기'라는 자두 종류의 과일을 따서 먹기도 했다. 깨기 나무는 집집마다 담벼락에 몇 그루씩 심어져 있어 아이들에게는 최고의 간식거리였다. 깨기는 자두와 마찬가지로 빨갛게 익어야 제대로 맛이 나지만 아이들은 익기도 전에 따서 먹는다. 노랗게 익어가는 상태에서 먹는 깨기는 신맛이 가득하지만 그래도 최고의 간식이다. 여름이면 개울에서 멱을 감았는데 아이들은 개울을 강원도 사투리로 '거랑'이라고 불렀다.

거랑에서 멱을 감고 해가 떨어질 무렵이면 산에 있는 소를 몰고 집에 오는 일이 아이들의 몫이었다. 간혹 소들이 남의 밭에 들어가서 콩잎이나 옥수숫잎을 먹기라도 하면 아이들은 혼이 날까봐 겁을 먹었다. 공부를 못하고 구구단을 못 외워서 혼나는 일은 없지만 남의 농작물에 피해를 주거나 집안일을 못하면 대부분 불호령이 떨어졌다. 그러다가 가을이 오면 아이들은 지게를 지고 산으로 간다. 푸른 잎이 떨어져 습기가 빠진 나무를 낫으로 잘라 지게에 한 짐 얹힌 후 고삐를 단단히 묶어 집으로 향한다. 마치 어른들이 겨울 난방을 위해 월동준비를 하는 것처럼 아이들도 어른들의 흉내를 내는 것이다. 이런 행동들을 두고 어른들은 아이들을 미워하지 않았고, 말리지도 않았다. 여자 아이들과 어린아이들은 누렇게 떨어진 솔잎을 마대 자루에 가득 담는 일에 집중했다. 아이들은 솔잎을 '갈비'라 불렀다.

'갈비'는 솔가리라는 의미로 소나무 잎이 말라 땅에 떨어져 수북하게 쌓인 것으로 불쏘시개용으로는 최고였다. 아이들은 몇 개의 마대에 '갈비'를 가득 담아 산 위에서 산 밑으로 굴린다.가볍기 때문에 보통 여자 아이들이 머리에 이고 집으로 운반한다. 형제들이 많은 집안은 아이들의 월동 준비만으로도 한 겨울을 날 만큼 든든했다. 그래서 집안에는 보통 7~10명의 식구가 살았고, 이 중 아이들이 절반 이상을 차지했다. 아이들이 많다 보니 부족한 살림에 제대로 옷을 입히는 것도 쉽지 않았다. 영양부족으로 감기는 늘 반쯤 달고 다녔으며 수시로 흘러내리는 콧물은 낡은 양쪽 소매가 화장지를 대신했다. 때문에 옷소매는 항상 누렇게 변해 있었다. 손은 제대로 씻지도 않고 보온도 하지 않아 거북이 등처럼 트고 갈라져 있다.

그래도 아이들은 집앞 개울의 꽁꽁 얼어붙은 얼음판 위에서 '시개또'라고 불리는 썰매를 타거나 얼음놀이를 즐겼다. 방학숙제는 안 해가는 것이 당연시 됐으며, 그나마 숙제를 하는 아이들은 개학을 며칠 남겨두고 한꺼번에 하는 정도였다.

봄이면 산나물을 채취하는 부모님의 흉내를 내고, 여름이면 소를 먹이고, 가을이면 나무를 하거나 '갈비'를 채취하고, 겨울이면 신나게 노는 것이 이 마을 아이들의 생활이었다. 대중목욕탕이 없어 간혹 소여물을 끓인 후 열기가 남은 큰 가마솥에 더운물을 데워 목욕을 하지만 청결과 위생은 지금과 비교하면 상상하기 힘들 정도이었다. 이런 추억은 농촌에서 태어난 40대 후반에게는 누구나 있을 것이지만 이 마을 출신도

예외는 아니었다.

　마을 어른들은 여느 동네와 마찬가지로 봄이 되면 씨를 뿌리고 여름 동안 더위와 싸우면서 일을 하고 가을걷이가 끝나면 별로 할 일이 없었다. 때문에 동지가 오기 전에 월동준비를 마치고 다음해 봄이 올 때까지 화투놀이를 즐기거나 사냥을 하고 윷놀이를 즐기는 것이 마을사람들의 생활이다.

　풀미당골에는 언제부터 사람이 살았는지는 모르지만 간혹 밭에서 토기 조각이 발견되는 것으로 봐서는 아마 신라시대부터 마을이 형성됐을 것이라는 추측이 있다. 마을의 일부 지식 있는 어른들은 과거 이곳이 신라와 고구려가 치열하게 전쟁을 펼쳤던 접경지역이라며 마을의 역사만큼은 오래됐다고 주장한다. 하지만 조선시대 지역지에는 이 마을의 지명만 일부 거론되고 있지만 구체적인 역사적 사실이나 유래 등은 전혀 없다.

　그냥 평범한 사람들이 농사를 짓고 살았던 평범한 마을로 수백 년 동안 이어져 왔다는 것이 적당한 표현인 것 같다. 마을 사람들은 대부분 온화한 성품을 지니고 있었으나 간혹 박경리 선생의 토지에 나오는 '김평산' 같은 날건달도 있었다. 몰락한 양반으로 집안일은 아내에게 맡기다 못해 폭력에다 노름까지 일삼는 김평산은 거만하기 짝이 없는 인물이다. 이 마을에도 김평산처럼 서울에서 공장 생활 좀 했다고 서울말 사용하며 유식한 척하는 일부 몇 사람을 제외하고는 대부분 순박하면서 인심 좋은 사람들이다.

치안과 질서는 평온함 속에서 잘 지켜졌으나 마을 사람들이 술을 워낙 즐겨 마서 수명이 짧다는 것이 흠이다. 교회가 1곳도 없어 각 집안마다 제사를 지내기 때문에 집안의 가장 큰 행사는 제사였다. 1년에도 몇 번이나 있는 제삿날에는 일가친척들을 비롯해 이웃 사람들이 모여 하루 종일 술판을 벌인다. 물론 농번기에는 아니지만 농한기에는 대부분 이런 모습이 펼쳐진다. 여기에 생일 등 잔칫날에는 마을사람들을 초청해 마시는 술의 양이 도시 사람들의 몇 배가 될 정도로 많았다.

때문에 마을 남자들의 수명은 평균 60세를 넘기기 힘들었다. 마을에는 병원도 없고 약국도 없어서 건강검진을 받는다는 것은 상상도 못했다. 아프면 참고, 참을 수 없을 정도로 아파야 병원에 간다. 이미 그때는 치료가 거의 불가능한 상태라서 수명을 연장하기란 쉽지 않았다. 이런 상황을 알면서도 마을 사람들은 술을 즐겨 마셨다. 때문에 술로 인해 40대에 목숨을 잃는 사람들이 다른 지역에 비해 많았다. 옛날이라 영유아 사망률도 높았지만 유독 이 마을 남자들의 목숨은 다른 지역에 비해 매우 짧았다. 사람들은 이런 현상이 반복됨에도 불구하고 별다른 이의를 제기하지 않았으며 그냥 무덤덤하게 살아갔다.

풀미당골에는 독특한 형태의 마을축제가 열린다.

마을 공동체를 형성하는 것이 유일하게 초등학교이기 때문에 학교행사와 관련해 마을축제가 열리는 것이다. 그렇다고 무도회처럼 화려한 무대를 꾸미고 춤을 추면서 즐기는 축제는 전혀 아니다. 그냥 마을 사람들이 모여서 함께 식사를 하고, 술을 마시고 즐기는 행사성축제이다.

봄과 가을에 각각 한 번씩 치러지는 축제는 학교에서 마련한 봄 소풍과 가을 운동회이다. 마을 사람들은 1년에 2번씩 봄 소풍과 가을 운동회에는 꼭 참석한다. 아이들을 위한 행사지만 마을 사람들은 오래전부터 봄 소풍과 가을 운동회를 마을 주민들이 당연히 참여해야 하는 행사로 인식하고 있다.

　신록이 가득한 5월이면 아이들은 새 옷은 아니지만 깨끗한 옷을 입고 모처럼 김밥과 사이다 삶은 계란 등을 싸서 소풍 길에 오른다. 봄이 늦게 오는 곳이기 때문에 매년 5월 말쯤 돼야 소풍을 간다. 소풍이라 해 봤자 학교에서 20여 분 떨어진 개울가이다. 어른들은 아이들의 소풍 길에 양복과 넥타이를 매고 길을 나선다. 할아버지는 도포와 두루마기 등을 입고 삼삼오오 행차를 한다. 소풍가는 길에 의복을 갖춰 입는 다는 것을 이상하게 생각할 수 있지만 이 마을 사람들은 오래전부터 예의라고 생각해 왔다. 신작로를 따라 행하는 소풍 길은 마치 영화에 나오는 한 장면처럼 남녀노소가 함께 길을 떠나는 독특한 모습으로 펼쳐진다. 마을 젊은이들은 하루 전에 소풍장소에 큰 솥을 걸어놓고 돼지를 잡아 동네 사람들을 맞이할 준비를 한다. 동네 어른들을 대접하고 아이들에게는 모처럼 고기 맛을 보여준다. 학교 선생님들은 이날 최고의 대우를 받는다. 이곳에서 선생님이란 아이들의 선생님뿐만 아니라 마을 사람들의 선생님이기도 하다. 그래서 더 특별한 대접을 받는 것이다.

　가을 운동회도 봄 소풍과 마찬가지의 형태로 펼쳐진다. 아이들의 운동회는 오전에 끝나고 오후가 되면 마을 사람들이 참여하는 운동경기가 펼쳐진다. 경기는 아이들이 하는 운동과 거의 비슷하다. 축구경기와 달리기가 주를 이룬다. 경기는 '월촌' 부락과 '초월' 부락으로 팀을 나누어 진행되지만 서로에게 응원을 보내면서 하나된 모습을 보인다. 가끔은 서로에게 양보도 하지만 상대편이 조금이라도 실수를 하면 아쉬워하면서도 약간의 흐뭇함을 누린다. 그 흐뭇함이란 이기는 기쁨이라 할 수 있다. 그것도 속으로 느낄 뿐 밖으로 노출되지는 않는다.

경기가 끝나면 마을 사람들은 술판을 벌인다. 월촌과 초월 사람들은 서로 챙겨주면서 취기가 달아오를 때까지 술을 마시고 노래를 부른다.

풀미당골의 가을 운동회는 매년 9월 보름을 전후해 열리기 때문에 마을 사람들은 달빛을 벗 삼아 밤늦도록 함께 축제를 즐기는 것이다.

하지만 풀미당골도 시대조류에 따라 서서히 변화가 오기 시작했다.

마을사람들은 대부분 초등학교만 졸업하고 고향에서 농사를 지었지만 아이들이 성장하면서 외지로 이사가는 사람들이 점점 늘어났다. 특히 예전에는 중 고등학교를 진학하는 아이들이 거의 없었으나, 한국사회의 교육열이 풀미당골에도 불어닥치면서 진학을 위해 마을을 떠나는 사람들이 점점 늘어났다. 아이들은 학교를 졸업하고 취직을 위해 서울 부산 등 대도시로 떠났고 마을은 점점 고령화되기 시작했다.

한때 전교생이 150명을 넘었던 초등학교는 분교로 전락했고, 갓난아이 울음소리도 점점 끊어져 갔다. 마을의 성장 동력도 떨어져 재래식 농법으로는 생계유지 정도만 가능했고, 농사를 지어 대학을 보낸다는 것은 쉽지 않았다. 마을 사람들은 위기타개를 위해 유리온실과 비닐하우스 등 고소득 작물개발을 관청의 지원을 받아 시도했지만 그마저 중국

산 농산물 개방으로 실패를 겪어야 했다. 이렇게 쇠락해져 가는 마을에 일대 변화가 오기 시작했다.

3.

두 번째 군사정권이 들어선 이후 풀미당골에서 조금 떨어진 마을에는 산업단지가 들어섰다.

정권은 정의사회 구현과 경제개발이라는 용어를 동원해 대규모 산업단지를 조성하고 많은 공장을 세웠다. 공장에는 일자리를 찾아 사람들이 몰려들기 시작했고 풀미당골 사람들도 농사일을 버리고 공장에 취직하기 위해 마을을 떠나는 경우가 많았다. 그래도 일부는 풀미당골을 지키고 있었지만 자녀들과 일가친척 상당수가 공장 인근으로 주거지를 옮긴 것이다.

풀미당골은 순식간에 마을 인구가 절반으로 줄어들었으며 2개를 유지하던 가게도 1개는 문을 닫고 담뱃가게만 겨우 명목을 유지한 채 영업을 하고 있었다. 마을사람들의 경제활동은 위축될 수밖에 없었으며 공장 근로자들의 소비활동에 주눅이 들었다. 매월 일정액의 월급을 받으면서 사택 생활을 누리는 그들과 비교하면 이 마을 사람들은 그저 '농사꾼'에 불과했던 것이다.

수도시설도 제대로 안 된 풀미당골 농가주택과 비교하면 사택에는 수도꼭지에서 뜨신 물(따뜻한 물, 溫水)이 나오고 화장실도 집 안에 있어서 불편함이 없었다. 소위 말해 산업화가 진행된 곳과 그렇지 않은 곳의 생활격차를 그대로 보여주는 것이다.

공장이 증가하면서 근로자는 점점 늘어났고 이곳에서 생산되는 제품 상당수가 해외로 수출된다는 얘기가 TV를 통해 보도됐다.

정권 차원에서도 수출을 독려해 이곳은 순식간에 우리나라 주요 산업기지 중의 하나로 성장했다. 공장이 들어서면서 경제활동을 하는 생산인구는 점점 늘어났으며 주변지역도 덩달아 발전됐다.

하지만 무허가 주택과 식품접객업이 늘어나고 도로와 상하수도 등 체계적인 도시개발이 아니라 필요에 따라 무분별하게 건립되는 등 기형적인 난개발이 이루어졌다. 산중턱에는 이미 판자촌이 형성돼 하청업체 근로자들이 빈민촌을 형성하며 생활하기 시작했고, 인근에는 무허가 식당과 상점 등이 비위생적인 상태로 영업을 했다. 마을에는 공동변소가 생겨나고 아이들이 태어나면서 공동 빨래터와 공동 놀이터 등이 설치됐다. 새로운 학교와 병원 약국 등도 문을 열었다.

또한 어느 공장지역에서나 볼 수 있듯이 큰 공장에 납품하는 작은 기업들이 생기고, 근로자들의 임금도 기업의 재정 상태에 따라 천차만별됐다. 공장지역이 이처럼 무분별하게 변화되자 정부에서는 별도의 대책마련에 들어갔다.

산업단지 인근에 새로운 베드타운을 조성해 늘어나는 공장근로자를 수용하고, 근린 생활시설을 만들어 편의를 제공해야 한다는 것이었다. 정부의 이 같은 방침에 따라 풀미당골은 산업단지 배후시설로 검토되기 시작했고, 곧이어 토지거래허가구역으로 고시됐다. 투기가 목적인 토지거래와 급격한 지가상승을 방지하기 위해 도입한 토지거래허가구역 제도는 해당부처 장관이 지정 공고할 수 있다. 수백 년 넘게 농사만 지어온 풀미당골은 인근지역의 산업화로 졸지에 도시화의 길을 걷게 된 것이다.

풀미당골의 변화는 땅에서부터 시작됐다.

토지거래허가구역으로 고시됐지만 지가는 조금씩 상승하기 시작했고 허가구역에서 제외된 일부 토지는 서울사람들에게 고가에 거래되기도 했다. 월촌 부락과 초월 부락으로 나뉘어 있는 풀미당골은 우선 두 부락 사이에 4차선 도로가 개설돼 이동거리가 없을 정도로 가까워졌으며 곳곳에 간선도로와 상하수도 등 기반시설이 들어섰다.

또한 마을 사람들이 대대로 옥수수와 마늘 감자 등을 심었던 토지도 정부에서 수용해 도로와 택지 등으로 조성됐다. 이러한 변화에 따라 먼저 조성된 택지에는 TV에서만 볼 수 있었던 15층짜리 고층 아파트가 들어섰고 3~5층 규모의 연립주택도 붐을 이룰 정도로 건축됐다.

새로운 주거시설이 건립되자 인근지역 공장 근로자들이 이곳으로 이주해 출퇴근 하는 양상이 벌어졌으며 풀미당골과 산업단지를 연결하는 4차선 도로가 새로 뚫려 마을은 일대 혁신적인 변화를 가져오기 시작했다. 아파트가 들어서자 경제활동을 하는 사람들이 증가하고 아파트 인근에는 식당과 마트 가게 등 각종 편의시설이 들어섰다.

특히 몇 년 전까지 상상도 할 수 없었던 고층 상가건물이 들어서고 병원과 약국 은행 관공서 등 주민 편의시설이 설치돼 마을은 더 이상 농촌이 아니었다. 교통수단도 발달돼 버스터미널이 생기고 택시회사도 하나 둘씩 눈에 띄기 시작했다. 인구는 순식간에 수천 명으로 늘어나고 해가 갈수록 풀미당골에 거주하는 인구는 점점 늘어나기 시작했다. 인구가 늘어나자 월촌과 초월 사이에 있던 자그마한 월산(月山)도 택지로 개발되기 시작했다.

대규모 아파트 단지가 건설되면서 분교로 남아있던 초등학교는 본교로 다시 승격되고 중학교와 고등학교도 신설됐다. 풀미당골은 불과 몇년 사이에 아파트와 학교 은행 관공서 교회 등 도시생활에 필요한 것들이 대부분 충족될 정도로 급속한 변화를 가져왔다. 원주민들이라고 할수 있는 마을 사람들은 그 자리에서 도시생활을 누렸으나 농촌의 정서는 추억으로만 가지고 있어야 했다.

우리나라 도시 발전이 대부분 그러하듯이 풀미당골도 평화로운 농촌에서 정부의 산업화 정책 때문에 도시로 급변한 것이다. 과거 홍콩의 변화를 한국에서 느낄 만큼 풀미당골의 변화도 급속도로 전개됐다.

홍콩은 개항 전인 1840년대 인구가 7,500여 명에 불과했다. 우리나라와 비교하면 7,000여 명이 거주하고 있는 최근의 태백시 황지동 인구보다 조금 많은 수치이다.

영국은 1841년 홍콩을 할양받아 자유항으로 선포하고 각종 무역의 중심 역할을 하도록 했다. 홍콩은 개항 후 인구가 급속히 늘어나 우리나라가 해방되던 1945년 75만 명으로 증가했고, 70년이 지난 현재 무려 723만 명으로 폭증했다. 인구밀도는 세계에서 가장 높은 편이며, 1950년대 이민이 증가하면서 홍콩인구는 기하급수적으로 늘었다. 풀미당골도 도시화를 겪으면서 인구가 급속하게 늘어났다. 수출입 항구는 세계에서 가장 복잡하고 바쁜 항구 중의 하나이고 은행 교역량은 세계 10위권에 진입했다.

홍콩 주식시장 총액은 외국 기업과 중국 기업들이 잇따라 상장해 한 때 뉴욕을 제치고 세계에서 런던 다음으로 두 번째 큰 시장이 된 적도 있다. 비좁은 땅으로 천연자원이 부족해 무역을 중심으로 급성장 한 홍콩은 현재 서비스업이 92%로 가장 높고 산업은 7%, 농업은 0.1%에 불과하다. 이러한 경제구조가 형성되면서 홍콩은 절대적인 도시화가 이루어졌고, 한국 사람을 비롯한 전 세계인이 찾는 쇼핑 관광 문화의 중심지가 됐다.

이러한 형태는 아니지만 풀미당골의 변화도 인근 지역의 산업화로 영향을 받은 것이다.

100여 가구가 살았던 마을이었지만 아파트 단지가 들어오고 대형 상가건물과 연립주택 등이 잇따라 신축되면서 인구는 100배 이상 늘어나 하나의 도시를 형성했다.

사람들이 몰리면서 공무원과 지방의원 기자 기업인 시민운동가 등 다양한 직업을 가진 사람들이 이곳에서 경제활동을 펼쳤다. 경제활동의 주체는 이곳에 살고 있는 주민들이지만 이들은 막강한 힘과 정보 재력 등을 가지고 지역사회 전면에 등장하기 시작한 것이다. 체육관 선거로 통하던 군사정권이 막을 내리고 직선제로 치러진 두 차례의 대통령 선거가 끝난 후 더 많은 변화가 진행됐다.

1995년 자치단체장과 지방의원 등을 주민들이 직접 선출하는 완전한 지방자치시대가 도입되면서 이들의 영향은 엄청나게 늘어났다. 풀미당골에도 지방의원과 공무원 기자 기업인 시민단체 등 다양한 사람들이 생활하면서 상호 협력관계를 유지하지만 때로는 견제와 감시 역할을 하는 관계로 얽히기 시작했다. 선거가 있으면서 편이 갈리고, 선거 결과에 따라 갈등과 분열이 심각하게 벌어지는 중앙정치 현상이 작은 도시 풀미당골에서도 펼쳐진 것이다. 더욱이 일부 공무원과 지방의원을 비롯한 기업인 언론인 시민운동가 등은 정치적 성향을 노골적으로 표출하면서 풀미당골의 경제와 지역사회를 움직이는 한 축으로 등장하기 시작했다.

한국사회를 움직이는 작은 조직인 지방자치단체.

그 자치단체에서 펼쳐지는 또 다른 조직들의 경제활동과 생존경쟁을 정치적 사회적 관점에서 주의 깊게 조명해 본다.

오적(五籍)의 경제논리

오적(五籍)의 공존

　민선시대 지방에서는 자치단체와 지방의회 언론 시민사회단체 토호 기업인 등이 막강한 권력으로 부상했다. 소위 말해 5대 권력이다. 물론 5대 권력 위에는 시민이 있다.

　이 글에서는 시민 개개인을 제외한 단체나 사회 조직원을 중심으로 설명했다. 손쉽게 풀어보면 시장군수를 포함한 공무원, 지방의원, 기자, 기업인, 시민운동가 및 사회단체장 등이 리더의 역할을 하며 각 지역에 적(籍)을 두고 있는 주요 인사들이다. 여기에서 말하는 오적(五籍)은 바로 이들을 지칭한다.

　도둑을 지칭하는 적(賊)이 아니라 소속을 표시하는 적(籍)을 말하는 것이다.

시인 김지하 씨는 1970년 '사상계'라는 잡지를 통해 당시 재벌과 국회의원 고급공무원 장성 장차관을 을사늑약 때 일본에 나라를 팔아먹은 '5적(五賊)'에 비유했다. 을사늑약은 1905년 일본이 한국의 외교권을 빼앗기 위해 강제적으로 맺은 조약이다. 시인 김지하 씨가 표현한 5적도 70년대 한국사회를 대변하는 시대 비판적인 견해라고 할 수 있다. 당시 시인과 편집인은 반공법 위반 혐의로 구속되고 잡지는 폐간됐다.

그러나 긴 시간이 흘러 당시의 비판을 재평가하는 주장이 종종 나온다. 장성은 전두환 노태우 정권을 정점으로 권위가 점점 떨어졌고, 장차관도 어깨에 힘 줄 정도의 권력층이라고 하기에는 맥이 빠졌다는 것이다. 재벌도 동네북이 된 지 오래여서 과거와 같은 시각으로 평가하기에는 부적절하다는 면이 있다고 했다. 그나마 값어치를 유지하고 있는 고급공무원도 이제는 부패집단으로 볼 수 없다.

하지만 국회의원에 대한 평가는 아주 냉정하다. 5적의 대부분이 부패 권력이라고 할 만한 범주에서 이탈한 지 오래 됐지만 아직도 불거져 나오는 정치인에 대한 불신은 한국사회와 경제발전의 걸림돌이 된다는 주장이다.

지방자치시대 출범과 함께 등장한 5적은 유기적 협조관계로 공생하지만 때로는 강한 충돌로 지역사회에 막강한 영향력을 행사한다.

이들은 중앙권력과 어느 정도 표면적으로 친밀한 관계를 유지하지만, 실제적으로는 대립적인 위치에 있으면서 지역에 토착화된 지배세력으로 존재한다. 때문에 지방 경제의 핵심 주체로 활동하고 있다. 특히 정책

개발은 물론 정책에 대한 비판과 주민선동 등 자기영역을 확보하고 지키기 위해 보이지 않는 암투가 자주 벌어진다. 작은 지역의 특성상 지도자들의 행보는 늘 관심의 대상이 되고 없는 사실도 만들어 신랄하게 비판하는 사회풍토가 점점 심해지고 있다.

하지만 이들도 자본주의의 체제 하에 살기 때문에 각자의 경제활동 규모와 범위에 따라 대접받는 정도가 틀리다. 경제활동의 사이즈에 따라 사회적 정치적 요인도 밀접하게 움직이는 것이 지방의 역학 구도이다. 지방의 오적들이 각자의 위치에서 힘의 균형을 이루며 견제하고 있지만 경제적인 요소에 따라 힘의 불균형도 이루어지는 것이다.

즉 원칙과 논리 등 정의가 실천되는 사회보다는 개인과 집단의 이익, 특히 먼 곳에 있는 이익이 아니라 눈앞에 보이는 작은 이익을 위해 여러 무리가 이합집산으로 새로운 관계를 형성하고 있다. 이러한 형태는 사상누각과 같아 작패가 형성되더라도 오래가지 못하고 대립과 갈등 충돌 등이 반복되고 있다.

지방자치시대 들어 공무원의 영향력이 확대되면서 한때 공무원은 '슈퍼 갑'으로 통하기도 했다. 각종 민원과 인허가 사업 등 상당 부문이 공무원의 손에 따라 움직이면서 민원인과 사업가들은 공무원의 눈치를 안 볼 수 없었다. 하지만 이러한 것도 잠시, 최근에는 집단민원이 폭발하고 인터넷 등 정보통신의 발달과 행정환경이 변화되면서 공무원의 '슈퍼 갑' 시대는 점차 사라지고 있다. 더군다나 노조의 출범으로 투명성이 강화되고 책임성이 부각되면서 공격적인 행정보다는 방어적인 행정으로 변화되는 양상이다.

지방의원에 대한 기대도 점차 확대되고 있다.

1991년 기초 광역의회가 출범한 이후 여러 가지 사회문제가 끊임없이 대두됐으나 유급제 도입과 함께 풀뿌리 민주주의라 불리는 지방의회도 정착단계에 돌입하고 있다. 하지만 일부 지방의회의 경우 의장단 선거과정에서 불미스러운 일이 발생하고 집행부 공무원과 마찰이 빚어지는 등 아직도 실망스러운 일이 간혹 발생해 문제점으로 지적된다. 지방의원의 경우 과거에 비해 상당히 전문화되고 그 역할도 점점 확대되고 있기 때문에 유급보좌관제 도입 등 제도의 보완이 필요한 상황이다.

지역 언론의 역할도 커지고 있다.

언론은 과거 '1도 1사' 방침에 따라 강원도의 경우 하나의 신문사가 존립돼 왔으나 민주화 이후 강원도 전역과 시군을 권역으로 하는 신문사가 잇따라 창간됐다. 또한 최근에는 인터넷 언론이 적은 자본으로 창간할 수 있는 장점이 있어 언론사와 기자의 홍수 시대를 맞고 있다. 이러한 경향 때문에 언론사간 갈등이 증폭되고 있으며 행정기관을 주 무대로 하는 기자들의 정보전쟁과 광고경쟁도 치열하다. 지역 언론들은 여론조성과 정책개발 등 지역발전을 위해 자치단체와 동반자적인 관계를 유지하지만 때로는 비판적인 어조로 불편한 관계를 보이기도 한다.

시민사회단체의 정책참여도 확대되고 있다.

민주화 이후 시민사회단체는 농업 여성 노동 환경 경제 교육 등 사회 각 분야에 걸쳐 감시자 역할을 하며 많이 창립됐으며, 재야인사를 비롯해 학자 법조인 등 다양한 사람들로 구성돼 전문성까지 확보하고 있다. 이들은 정부 정책과 자치단체의 정책에 비난보다는 비판적인 의견을 제시하며 지역사회 리더의 한 축으로 성장했다. 하지만 일부 단체의 경우 지역사회 발전을 위한 정책보다는 이해관계에 따라 조직을 결성하고 반대를 위한 압력단체로 등장해 성장속도를 제어하고 있다.

민선시대 들어 가장 눈에 띄는 것 중의 하나가 지역을 연고로 한 토호기업의 탄생이다.

과거 정치권과 중앙권력 등 정경유착이 암암리에 진행될 때만 해도 이들의 성장은 쉽지 않았으나 지방의 건설경기가 활성화되면서 신흥 토호세력이 등장하기 시작했다. 이들은 지방의 권력층과 연계를 통해 급성장하는 추세를 보였으며 일부는 이렇게 쌓인 부를 토대로 지방정가에 진출하는 등 지역의 한 축으로 자리잡았다. 하지만 일부 토호기업 역시 지방권력과 친밀한 관계를 유지하면서 경제활동을 펼치고 있어 곱지 않은 시선을 받고 있는 것도 사실이다.

이처럼 한국사회는 많은 무리들이 그들만의 집단을 만들어 적(籍)을 두고 있지만 지방에도 똑같은 현상이 펼쳐지고 있는 것이다.

다만 규모의 차이일 뿐이지만 이들이 하는 역할과 위치는 중앙무대에서 벌어지는 현상과 거의 비슷하다. 최근에는 중앙의 권한이 지방으로 확대되면서 지역사회가 하나의 국가처럼 확대되는 양상을 보이고 있다. 지방의 주요 단체들은 자치단체라는 명칭을 '지방정부'로 변경하자는 주장도 한다.

특히 일부 학자들은 자치단체장을 빗대 '소통령'이라 부르며, 이들의 막강한 권한을 분산시킬 수 있는 비판과 견제 기능을 보강해야 한다고 주장한다. 실제 국방과 조세제도 등을 제외하고 외국 지방정부와 교류할 수 있는 권한도 자치단체에 있다. 엄밀히 말하면 외교권까지 주어진다고는 할 수 없지만 외국 지방정부와의 교류는 아무런 제재가 없다. 현행법은 자치단체의 경우 수교가 금지돼 있는 국가를 제외하고 세계 어느 나라의 자치단체와 교류협력을 맺을 수 있는 권한이 있다. 이러한 영향력 때문에 지방자치단체는 단체장을 중심으로 한 공무원과 지방의원 기자 시민사회단체장 기업인 등이 유기적이면서 배타적인 관계를 형성해 돌아가고 있다.

오적(五籍)이 지방의 중심축으로 부상하면서 이들 사이에 벌어지는 일들도 다양하다.

그 중 공무원은 지방의회와 언론 시민사회단체 등으로부터 상당한 견제를 받으면서 협력관계를 유지한다. 기업인 또한 공무원에 대한 견제보다는 협력관계를 유지하면서 실속을 챙기는 양상이 전개되고 있다. 지방의회는 집행부와 멀지도 가깝지도 않은 불가근불가원(不可近不可遠) 관계를 유지하고 있고, 언론과 시민사회단체 또한 여론형성과 선도 등을 통해 공생관계를 형성한다. 시민들은 이들의 역학관계에 관심이 많고 때로는 이들을 통해 정보 전달과 상당수 민원을 해결하려고 노력한다. 또한 이들은 지역경제의 큰 축으로 작용하기 때문에 많은 관심을 보이면서도 때로는 칼날을 세우는 경우가 있다.

　지방의 중심세력인 오적(籍).
　이들의 활동과 경제적 가치를 지방의 관점에서 재조명해 보는 것도 지역경제 현실을 파악하는 데 도움이 될 것이다.

소년광부

지방이 위축되는 원인 중의 하나가 교육문제이다.

큰 도시에 비해 명문대학 진학률이 저조하다 보니 학부모들은 교육인프라가 좋은 대도시를 선호한다. 자녀를 보다 좋은 대학에 보내 다른 사람과의 경쟁에서 비교우위를 느끼기 위해서다. 그렇다고 대도시로 가는 자녀들이 모두 훌륭하게 성장하는 것은 아니다. 좋은 대학을 진학하기 위해 고등학교부터 외지로 진학하는 학생을 비교 집계한 결과 현지 중학교를 졸업하고 현지 고등학교를 진학한 학생들의 입학결과가 훨씬 좋았다. 부모와 학생들의 잘못된 인식이 오히려 학생의 진로를 방해하는 결과를 가져오기도 한다.

학생들의 진로선택권을 부모가 일정부문 가지고 있어야 한다는 인식은 지나친 교육열의 폐해로 작용한다. 부모와 기성세대는 학생들의 진로를 안내하고 도움을 주는 역할을 해야지 군림해서는 안 된다.

과거 언론사에 근무할 당시 친하게 지내던 공직자 한 분이 있었다.

어려운 가정형편 때문에 고등학교만 졸업하고 공직에 입문해 서기관까지 올랐으나 자녀 교육에 대한 열의는 보기 안타까울 정도로 대단했다. 그는 퇴근 후 일정을 자녀에게 맞춘다. 중학교 때부터 등하교를 시키고 고등학교 3학년이 되자 아예 아들과 함께 생활을 한다. 그는 독서실에 매일 2개의 자리를 예약하고 자녀와 함께 공부한다.

물론 아들은 대학 입학시험 준비를 하지만 그는 아이의 공부가 끝나는 밤 12시까지 옆 자리에서 책을 읽거나 밀린 업무를 챙긴다. 밤 12시가 되면 피곤함을 무릅쓰고 아들을 태워 집으로 향하는 운전사 역할도 매일 했다. 그가 이렇게 열정을 보이는 이유는 있다. 아들을 서울대학교에 보내기 위해서라고 했다. 공부를 잘 한다고는 들어 진심으로 좋은 결과가 있길 바랐다.

그해 겨울 대학입학 시험이 끝나고 그는 말이 없었다.

결과가 썩 좋은 것 같지는 않았다. 얼마 후 그는 술자리에서 아들의 진학결과를 말해줬다. 운이 좋지 않아 지방대학에 입학했고 마음이 많이 아프다고 했다. 그에게 고생했다는 말과 함께 이제는 본인 인생도 중요하지 본인을 위해 투자를 하라고 조언했다. 그는 아들을 통해 좋은 대학에 진학하는 대리만족을 느끼려 했고, 아들은 엄청난 부담감으로 수능시험이 있기 직전부터 많은 압박감을 받았다고 했다. 오히려 아들에게 편한 마음을 줬다면 좋은 결과가 가능했을 텐데 … 하는 아쉬움이 남았다.

　자녀에 대한 과열은 이 외에 여러 곳에서 볼 수 있다.

　음악을 하는 아이의 뒷바라지를 위해 평생 공사 현장에서 일하며 유학까지 보냈으나 귀국 후 아이는 직업도 없이 아르바이트로 생활하고 있다. 한 부모는 아들이 대학을 졸업하고 취업을 포기한 채 호프집을 하겠다며 창업자금을 요청해 수십 년 동안 탄광에서 일했던 퇴직금을 중간 정산해 줬다가 모두 날렸다. 그는 지금 퇴직 후에도 오래되고 낡은 탄광 사택에서 생활하고 있으며 아르바이트로 전전하는 아들의 취업을 위해 동분서주하고 있다. 주변에서 보면 왜 부모가 저렇게까지 아들을 위해 해야 하는가. 오히려 아들의 장래를 부모가 망치는 것이 아닌가 하는 얘기를 했다. 일부 공감도 가지만 오죽했으면 부모가 저러겠나 하는 생각도 들었다.

　여기에서 잠깐 집에 있는 아들 얘기를 하고 싶다.

　아들이 이 글을 보면 어떻게 생각할지는 모르지만 일단은 잘 살았다고 얘기해 주고 싶다. 아들은 중고등학교까지 공부와는 거리가 좀 있는 생활을 했다. 걱정은 많이 됐지만 공부하라고 독촉하는 것은 아니라고 생각했다. 스스로 미래를 위해 준비하기를 바랐지만 공부에 대한 개념, 돈에 대한 개념이 부족해 많은 걱정을 했다. '아직 학생이니까 그렇겠지'라는 생각으로 스스로 위안했지만 졸업이 다가올수록 진로가 걱정됐

다. 다행이 아들은 본인의 특기를 살려 대학에 진학했고, 대학에서는 공부를 좀 해서 무사히 졸업도 했다.

졸업 후 군 입대를 앞둔 아들은 지역에 있는 광업소의 협력업체에 들어갔다. 헤드램프를 머리에 차고 광부복장을 한 채 지하 700m의 갱까지 내려가서 구슬땀을 흘리며 일했다. 휴대전화로 찍은 사진을 보니 천상 '소년광부'였다. 아직 소년티가 남아 있는 22살의 앳된 얼굴이지만 알게 모르게 듬직해 보였다. 처음에는 '며칠 일하다 그만 두겠지' 하는 생각을 했는데 한 달이 지나고 두 달이 지나면서 아들에 대한 인식이 바뀌기 시작했다.

아들은 첫 월급을 탔다며 태백 물 닭갈비와 선물로 돋보기를 사 주었다. 감동이었다. 불과 얼마 전까지만 해도 용돈이 늘 모자라던 아이였고, 미래가 걱정되던 아이였는데 이제는 걱정을 조금 내려놓아도 될 듯했다. 물론 더 지켜봐야 하겠지만 안심은 됐다. 아들에 대한 평가를 다시 하면서 아들이 변한 원인을 알게 됐다.

그건 단 하나의 이유였다.

"대학을 졸업하는 동시에 10원짜리 하나 지원할 수 없다. 졸업과 동시 모든 것은 네가 알아서 해라."

자녀교육에 대한 확고한 방침이 통했고, 그 결과 아들은 자신이 생존하는 법과 길을 찾은 것이다.

누구나 자녀교육에 대한 철학이 있다.

결과가 좋지 않다고 교육관이 틀리다고 말 할 수 없다. 다만 다를 뿐이다. 주변에 많은 사람들을 지켜보면서 교육관은 다르지만 자녀에 대한 사랑은 한결 같았다. 하지만 어떤 방법이 자녀의 미래를 위해 올바른 부모의 행동인지는 한번쯤 생각해볼 필요성이 있다. 당장 어려워하는 자녀를 보면 가슴 아프지만 아이의 미래를 위해 혹독한 훈련을 시키는 것도 괜찮을 듯싶다. 늙으신 어머니가 몸뻬바지 속주머니에서 꾸깃꾸깃한 아들의 이력서를 꺼내며 취직을 부탁할 때 가슴이 아팠다. 이마에 주름이 가득한 어머니가 무슨 죄를 지어 30살이 넘은 아들의 취직을 부탁해야 하는 것일까. 아들을 혼내주고 싶은 마음이 더 컸다. 지금 그 아들은 일반 회사에 취직해 열심히 살고 있다는 얘기를 들었지만 자녀에 대한 부모의 사랑은 끝이 없는 듯하다.

우리지역에도 많은 청소년이 있다.
미래인재를 육성하고 애향심을 고취하기 위해 다양한 정책을 펼치고 있으나 교육은 당장 눈앞에 결과가 나타나는 것은 아니다. 우리가 미래를 위해 준비하고 한 발짝씩 천천히 다가설 때 비로소 빛이 보이는 것이다. 아이들에게 늘 하는 말이 있다.
"당연한 것은 없다."
늘 감사하는 마음으로 살고, 남을 배려하고 베풀 줄 아는 사람이 돼야 한다는 말이다. 자식과 부모와의 관계는 보이지 않는 사랑으로 가득하지만 항상 부족한 부분도 있다. 서로가 부족한 부분을 조금씩 채워 간다면 건강한 가족사회 구성은 물론 밝은 사회가 형성될 것이다.
'소년 광부'의 머리에 달린 빛나는 램프처럼 …

아버지의 리어카

리어카는 우리 집안경제를 움직인 효자였다.

농사를 업으로 하는 집안이기 때문에 사람들의 손이 많이 필요로 했다. 수천 평의 논과 밭을 일구려면 농작물을 옮기는 일도 아주 큰 일중의 하나였다. 농로가 개설되지 않아 대부분 지게로 짐을 옮겼기 때문에 사람들의 고생은 이만저만 아니었다. 그러다가 신작로가 개설되면서 이동수단도 일대 변화를 가져왔다. 마을에 신작로가 개설된 것은 내가 태어나던 해였다고 한다.

1968년 울진 삼척에 무장공비가 침투하면서 조용하던 마을에 군인들이 도로를 개설하기 시작했다. 북한의 무장공비를 토벌하기 위해 군사작전용으로 개설된 도로는 짧은 시간에 마을을 관통했다. 그해 10월 무장공비가 침투해 토벌되기까지 2개월 동안 북한군은 무려 113명이 사살되고 7명이 생포되었다고 한다. 남한 측도 민간인을 포함해 40여 명이 사망하고 30명이 부상하는 피해를 입었다. 무장공비 토벌을 위한 군사작전이 우리 마을에 펼쳐져서 그런지 어릴 때 가랑비가 내리고 산허리에 안개가 가득한 날이면 괜히 무서운 생각이 들었다. 무장공비가 나타날지도 모른다는 어른들의 말에 겁을 먹은 것이다. 실제로 그 당시 작전이 수행되는 동안 동네 어른 한 사람이 북한군에 의해 죽임을 당했다는 얘기를 들었다.

지금도 70대 어른들 사이에서 '누구 집 아들이 그 때 죽었다'고 말을 하는 것을 보면 아마 사실인 것 같다. 날씨가 매우 을씨년스러우면 어린 나이에 잔뜩 겁을 먹고 집 안에서 외출을 삼가했던 기억이 생생하다. 그 때는 무장공비가 호랑이보다 더 무서웠고, 학교에서도 그렇게 가르쳤다. 지금 생각해보면 그 당시는 남북이 급박한 대치상태를 유지했고, 무장간첩을 남파해 교란작전을 펼치는 등 암울한 시기였던 것 같다.

그렇게 무장공비가 소탕되고 마을에 신작로가 개설되면서 동네에는 지게를 대신할 리어카가 생겨났다.

물론 일부 극소수의 집에만 리어카가 있었지 대중화되지는 못했다.동네 자체가 대부분 산비탈을 일궈 만든 밭이기 때문에 바퀴가 달린 리어카를 자유롭게 움직이는 것은 불가능했다. 때문에 80년대 초반까지는 지게가 절대적인 운반수단이었다. 그런 와중에 70년대 중반 우리 집에도 리어카가 하나 생겨났다. 새 리어카는 아니고 몇 년쯤 사용했던 것 같은 중고 리어카로 기억된다. 아마 무장공비를 소탕하기 위해 도로를 개설하는 등의 업무를 부여받고 마을에 몇 년 동안 주둔했던 군부대가 떠나면서 아버지에게 팔아넘긴 리어카였던 것 같다. 리어카가 생기면서 우리 집은 생동감이 돌았다. 우선 합판으로 상자를 만들어 놓은 작은 짐칸은 동생과 나의 놀이공간이었다. 리어카를 끌고 신작로에 나가 동생은 물론 동네 아이들을 불러 모아 함께 타고 다니며 놀았다. 당시 리어카는 아이들의 놀이기구로 안성맞춤이었다. 그러다가 리어카는 집에서 농사지은 마늘과 쌀 콩 옥수수 등을 옮기는 이동수단으로 사용돼 아이들의 힘이 필요하게 되었다. 농작물을 가득 실은 리어카를 아버지가 앞에서 끌면 어머니와 나는 힘을 보태 밀어야 했다. 경사가 많은 신작로를 오르기 위해서는 무척이나 많은 힘이 필요했고, 나중에는 리어카가 밉기까지 했다. 수확기가 한창이면 리어카는 아이들 손에 오지 못했다. 농작물을 옮기는 도구로 사용돼 거의 어른들의 손에 있었다. 하지만 농한기가 시작되는 겨울이면 리어카는 아이들 손에 쥐어지기 시작한다. 리어카가 있는 집들의 아이들은 집에서 10여 리나 떨어진 곳까지 리어카를 끌고 가서 나무를 한다. 물론 땔감용이다. 이전에는 지게로 땔감용 나무를 했으나 리어카가 생기면서 신작로를 이용하면 제법 멀리 있는 곳까지 나무를 할 수 있어서 좋다. 집 가까이는 매년 나무를 해서 산이 벌거숭이가 되어 있지만 집에서 조금 멀리 떨어진 곳에는 땔감용 나무가 많아서 아이들이 선호하는 곳이다. 그렇게 해서 아버지의 리어카는 우리들 손에 익숙해져 가기 시작했다. 하지만 신작로가 포장되고 난방기구가 연탄으로 바뀌면서 리어카의 인기도 시들어 갔다. 언제부턴가 리어카는 집안 한 구석에 녹이 쓴 채 방치되어 있다가 아예 보이지도 않았다. 고물상 아저씨가 그냥 가져갔는지, 아니면 어머니가 고물상에 팔았는지 알 수는 없지만 우리 집 리어카는 그렇게 사라졌다.

우리나라에 리어카가 처음 들어온 것은 1921년 일제 시대였다.
일본순사들이 타고 다니던 오토바이 옆에 붙어 있는 사이드카와 마차 수레의 장점을 합쳐서 만든 것이라고 한다. 리어카는 초기에는 자전거 뒤에 끌고 다니도록 되어 있었다. 영어로 '뒤에 달린 차'라는 뜻으로 영어 낱말 '뒤(rear)'와 '차(car)'를 합쳐서 만든 일본식 이름이라고 한다. 우리나라에서는 한글로 손수레라고 하지만 아직도 리어카로 익숙해져 있다.

과거 아버지는 리어카로 집안 일뿐만 아니라 동네일도 마다않고 하셨다.
70년대 새마을 운동이 한창이던 시절 리어카로 돌과 흙을 담아 제방을 쌓고 마을을 정비했다. 경운기와 트럭 등 마땅한 운반도구가 없었기 때문에 리어카는 동네일을 하는 데 거의 매일 동원됐다 .동네 새마을지도자와 이장으로 오랫동안 일하신 아버지는 리어카를 옆에 두고 사셨던 것이다. 더 이상 리어카는 우리 집 소유물이 아니라 동네일을 하는 공공용으로 인식되었다.
새마을운동이 한창이던 시절 리어카는 집을 나가 몇 달 만에 돌아왔다. 돌에 부딪혀 프레임이 휘어지고 시멘트가 말라붙어 있는 등 곳곳에 상처가 난 리어카는 그래도 우리들에게 최고의 놀이기구였다. 바퀴에 엉켜 있는 시멘트 덩어리를 걷어내고 합판상자에 뽀얗게 묻은 먼지를 털어내면 옛 모습을 거의 되찾는다. 이렇게 해서 재정비된 리어카는 다시 우리들 손에 쥐어져 나무를 하러 다니고, 때로는 아이들을 태워 신작로를 점령하는 등 웃음꽃이 끊이지 않았다.

돌이켜 보면 아버지의 리어카는 집안은 물론 지역 경제활동에 큰 역할을 담당했다. 지금은 굴삭기와 대형트럭 등 중장비가 엄청난 양의 토목공사를 순식간에 하고 있지만 예전에는 대부분 사람의 힘으로 했다. 비록 몸은 힘들었지만 그래도 함께 일하고 함께 나누는 즐거움은 있었다. 근면 자조 협동이라는 깃발 아래 시작된 농촌지역의 새마을운동은 지-덕-노-체 라는 4-H 운동과 함께 마을공동체의 붐이 일었던 시기였다.

이러한 향수를 못잊어 초선 시장 때부터 시작한 뉴 빌리지 사업은 새마을운동을 근간으로 추진해 벌써 7년째 운영되고 있다. 검고 혼탁한 폐광지역의 이미지를 벗어나기 위해 시작한 뉴 빌리지 운동은 마을 주민들이 자발적으로 참여해 전국에서 가장 좋은 정책 중의 하나로 평가되어 국무총리상을 받는 영예도 안았다.

지금도 관내 주요 공사현장을 방문하면 언젠가 모르게 사라진 아버지의 리어카가 눈앞에 떠오르곤 한다.

세련된 공무원

자치단체 공무원은 지역의 엘리트 집단이다.

소도시의 특성상 대기업이 부재하기 때문에 수백 명이 근무하는 직장은 일부를 제외하고 자치단체가 유일할 것이다. 근무자 대부분이 고학력을 지니고 있으며 적게는 수백 명, 많게는 1,000여 명을 넘고 있다. 이들에게 지급되는 연간 인건비도 수백 억 원이 넘어 일반 주민들에게 부러움의 대상이 되고 있다. 아울러 지역의 크고 작은 일들을 집행하는 업무를 하고 있기 때문에 공무원의 관심도에 따라 민원해결의 속도와 방향이 정해지기도 한다.

물론 정해진 법규에 따라 업무를 집행하지만 본의 아니게 일이 늦어지는 경우도 있다. 한정된 예산으로 수많은 민원을 동시에 처리하기란 쉽지 않지만 공무원의 판단에 따라 사업의 우선순위가 정해지는 사례도 있어 주민과 공무원은 늘 긴장관계에 있다.

공무원을 직접 대한 것은 1992년 9월 신문사 수습기자로 발령받아 행정관청을 출입하면서부터였다. 대학 4학년 2학기였으니까 일부 동기들은 이미 9급 공무원으로 근무하고 있었다. 기자의 신분으로 공무원을 대하기 시작해 2005년 12월 말까지 13년 4개월 동안 공무원의 업무를 직간접적으로 지켜보았다. 이후 4년의 지방의원 생활을 하면서 공무원들의 업무를 감사하고 예산을 승인하는 등 공무원들의 업무에 직접 관여하는 역할을 했다. 하지만 지방의원의 업무가 예산을 직접 집행하는 일이 아니기 때문에 공무원의 속내를 알기에는 한계가 있었다. 그러다가 2010년 자치단체장의 신분으로 공무원에 입문하면서 공무원들의 생리를 조금씩 알게 됐다. 물론 9급 공무원으로 출발해 체계적으로 승진한 것이 아니기 때문에 정통 공무원이라고는 볼 수 없다.

하지만 중요한 것은 공무원 시스템을 포괄적으로 볼 수 있는 안목이 생겨 시정을 펼치는 데 많은 도움이 됐다. 더욱이 내부의 세계에서 공직사회를 평가하는 것이 아니라, 외부인사가 내부의 세계에서 근무하면서 느끼는 것을 냉정하게 볼 수 있어서 다소 객관적이라는 생각이 든다.

정무직이지만 공직자의 신분으로 일반 공무원들과 함께한 시간이 벌써 8년이 되어간다. 그동안 행정업무를 총괄하는 책임자로서 느낀 것은 공직자들에게 좋은 말만 할 수 없다는 것이다.

물론 늘 부족한 정원에 과중된 업무를 하는 공무원도 있지만, 보직에 따라 편하게 지내는 공무원들도 상당수 있다. 또 본인에게 주어진 업무보다 윗사람에게 잘 보이면 그만이라는 생각을 가지고 있는 사람도 있고, 일보다 승진에만 신경 쓰는 모습도 눈에 띈다. 일부는 조직 장악력이 현저히 떨어져 연공서열로 봐서는 벌써 승진해야 하지만 겉으로만 맴도는 사람도 있다. 일보다 정무에 관심이 많은 사람, 요령을 피우며 눈치만 보는 사람, 조직과 융합하지 못하고 동떨어진 생활을 하는 사람 등 공무원 사회도 일반사회와 다를 바 없이 다양한 스펙트럼으로 형성돼 있다.

　그렇다면 가장 현명하게 일하는 공무원은 어떤 사람일까?

　우선 일반회사의 입장에서 보면 쉽게 이해할 수 있을 것이다. 대표이사의 의중을 빨리 읽고, 거기에 맞는 일을 순발력 있게 진행하는 사람이 능력 있어 보인다. 공무원도 윗사람의 생각을 발 빠르게 실천하는 것이 중요하다. 자치단체장은 분명 지역발전에 대한 철학과 책임감을 가지고 있다. 개인의 영욕을 위해 일하는 사람도 있겠지만 그보다는 지역사회 발전이 더 중요하다고 생각하는 사람이 많다. 이러한 관점에서 볼 때 단체장이 추구하고 있는 가치관과 정책 등을 빨리 찾아 이를 실천하는 모습이 아름다운 것이다. 서로의 생각이 틀리고 엇박자가 난다면 함께 가까이 할 수 있는 시간이 얼마나 되겠는가.

　조직사회에서는 일만 중요한 것이 아니라 적당한 아부도 필요하다고 했다. 자신의 업무를 뒤로 하고 윗사람에게 잘 보이려고만 하는 아부와, 윗사람의 의중을 파악하고 적극 풀어가려는 아부는 차원이 틀리다. 물론 보는 사람의 관점에 따라 일 잘하는 공무원과 그렇지 못한 공무원이 보이겠지만 중요한 것은 적극적인 자세에 있는 것 같다. 타성과 관행에 젖어 '오늘 못하면 내일 하고, 내일 못하면 모레 하고, 모레 못하면 시간 있을 때 하고, 결재만 받으면 끝이다.' 이러한 생각으로 일한다면 흔히 말하는 '철밥통'이라는 비난을 받아도 할 말이 없을 것이다.

문제가 발생하면 문제점이 무엇인지 정밀하게 파악하는 것도 중요하지만, 더 중요한 것은 그 문제점을 어떻게 풀어 가느냐를 연구하는 지혜가 필요하다.

우리 사회는 '나의 일이 아니면 관심 없다'는 인식이 팽배해져 있지만 공직사회는 그렇지 못하다. 나의 일이 곧 지역의 일이고, 지역의 일이 곧 지역발전과 동반된다. 이러한 사명감을 가지고 자신이 맡은 일에 책임을 지는 공무원이 참으로 멋있게 보이고 함께 하고 싶은 마음이 깊다. 그래서 늘 강조하는 것이 '열정'이다.

얼마 전 신규 공무원 36명이 입사했다. 이들과 막걸리를 한 잔 하면서 강조한 것이 열정이다. 열정은 본인뿐만 아니라 주변도 아름답게 한다고 강조했다. 공무원의 열정이 지역을 변하게 한다고 수시로 말한다. 이 말의 의미를 진솔하게 듣는 사람들이 많았으면 좋겠다. 솔직히 공직자의 신분이 되기 전에는 일에 대한 책임감이 많지 않았다. 지역이 어려우면 '좀 어렵구나' 하고 생각만 할 뿐 나서서 어떻게 해야 할지는 생각해 보지 않았다. 내가 나선다고 해결될 문제는 아니기 때문에 '왜 저렇게 일을 할까?' 라는 단순한 생각만 했다.

하지만 책임자의 자리에 앉게 되면서 지역의 일이 '내 일'이 된다. 지역에서 벌어지는 크고 작은 일들에 깊은 관심을 갖게 되고, 가능하면 우리 지역에서는 좋은 일만 일어났으면 하는 생각이 앞선다. 나와 함께 일하는 공무원들도 지역주민에게 비난을 받기보다는 칭찬을 받았으면 좋겠다는 생각이다. 간혹 주변 사람들이 공무원에 대해 부정적인 평가를 하면 내 가족을 비난하는 것처럼 마음이 아팠다. 민원인들에게 '조금만 더 잘하지, 조금만 더 참지, 조금만 더 고개를 숙이지'라는 생각과 함께 더 이상 욕을 먹지 않았으면 하는 바람이 가득했다.

　올려다보는 풍경보다 내려다보는 풍경이 더 아름답다고 한다.
　위에서 보는 것과 아래서 보는 것도 차이가 있다. 내가 하는 행동이, 내가 하는 말들이 윗사람은 모르겠지 하는 생각은 버려야 한다. 최소한 자신이 몸담고 있는 조직에서는 서로를 존중하고 예의를 지켜 주는 것이 좋다. 간혹 직원들로부터 나오는 얘기를 듣는다. 듣고 싶어 듣는 것도 아니고, 들어도 내가 직접 들은 것이 아니라 전해 듣기 때문에 신뢰감은 떨어지지만 그래도 기분은 좋지 않다.
　특히 술자리에서는 직장 상사가 늘 안주거리라고 한다. 술 한 잔 하면서 나누는 지나친 험담은 본인의 인격을 해치기도 한다. 그래서 술자리도 동기들과 갖는 것이 좋지, 아랫사람이나 윗사람하고 자리를 함께 하는 것은 불편하다. 아무리 술자리라도 단체장이 펼치는 정책을 직원이 비난하고, 직원이 하는 일을 단체장이 비난한다면 올바로 일을 할 수 없다. 그래서 문제가 되는 것은 비난보다는 충분한 검토 후에 해결방법을 찾는 것이 중요하다.

  아울러 공무원들이 업무적인 일로 업체 등과 깊게 어울리는 행동은 안 했으면 한다. 세상에 비밀은 없고 영원한 동지도 없다. 술 몇 잔으로 그날의 스트레스는 풀 수 있으나 평생 기를 못 펴고 사는 경우를 간혹 본다. 마이너에서 뛰는 공무원이 아니라 메이저에서 자신의 소신과 꿈을 건강하게 펼쳐야 한다. 지나친 원칙주의는 답답한 공무원이 될 수 있고, 원칙보다 소신을 중요시하면 정치 공무원이 될 수 있다.

  두 가지를 적절하게 조화시켜 당당하게 일하고, 융통성 있게 근무하는 세련된 공무원이 되길 바란다.

BMW 의원님

지방의회는 지역을 대표하는 민의의 전당이다.

지방의회의 구성원인 지방의원은 지역의 리더로서 권력의 중심축에 있다. 특히 이들에게 '의원님'이라는 권위와 권한이 주어지면서 지방의 막강한 신흥 세력으로 등장하기 시작했다. 지방의회는 당초 지역주민을 대표하는 기구로 출범했지만 초기에는 여러 가지 불협화음도 많았다. 경험부족과 자질문제가 끊이지 않았으나 시간이 지나면서 점차 안정을 찾아 이제는 지역주민과 함께 하는 풀뿌리 민주주의의 한 가운데 있다.

시군구의원으로 불리는 기초의원은 우리나라에 모두 2,898명이 있다. 기초자치단체장으로 분류되는 시장군수구청장은 전국에 226명이 있다. 이중 시장이 75명, 군수 82명, 구청장은 69명이다. 제주시와 서귀포시는 임명직이라서 제외된 수치이다. 수원의 권선구 같은 35개 행정구의 구청장은 지방자치단체장이 아니기 때문에 포함하지 않았다. 그리고 광역단체장으로 불리는 특별시장 도지사 광역시장 등은 17명이고, 도의원이 포함된 광역의원은 789명이다. 지역구 253명을 포함한 우리나라 국회의원 정수가 300명인 것을 감안하면 전국의 광역의원과 기초단체장이 그리 많은 수치는 아닌 것을 알 수 있다.

우리나라는 지방 어디를 가도 국회의원과 지방의원 지방자치단체장 등이 행사의 중심축에 있고 이들을 중심으로 지방권력이 형성되는 형국이다. 여기에 경찰서 교육청 상공회의소 등 기관 사회단체와 시민단체가 지방을 움직이는 핵심그룹으로 분류되고 있다.

근대 민주적 지방의회가 처음 구성된 것은 대한민국 정부수립 후인 1952년에 실시된 지방선거가 효시다. 하지만 3번의 지방의회를 구성해 운영해 오다 1961년 5월 군사정권 등장 후 해산되는 아픔을 겪었다.이후 1991년 30년 만에 부활한 지방의회는 그해 3월 29일 기초의원 선거, 6월 20일에는 광역의원 선거가 실시되면서 지방자치의 새로운 장을 열었다.

지방의회의 주요 기능은 조례의 제정과 개정, 예산 심의, 결산 승인, 행정사무감사 및 조사, 청원 등의 업무를 처리한다. 지방자치단체장이 신규 사업을 추진하거나 예산이 수반되는 대규모 프로젝트를 기획해도 지방의회의 예산승인 없이는 불가능하다. 때문에 지방의회의 가장 큰 권한은 예산승인이라고 볼 수 있다.

의회와 집행부의 가장 바람직한 구조는 견제와 균형이지만 때로는 지방의회와 지방자치단체가 노골적인 감정싸움을 벌여 시민들의 분노를 사는 경우도 있다. 일부에서는 지방자치단체장과 지방의회 의장이 공개적으로 권투시합을 하겠다고 약속하는 해프닝도 벌어졌다. 숨기지 못하는 감정을 간접적으로 표출한 것으로 보여진다. 하지만 시간이 지날수록 지방의회와 지방자치단체의 갈등은 수면아래 가라앉고 상생 협력하는 관계로 발전되는 모습이다.

지방의회의 핵심 구성원은 지방의원이다.

과거 지방의원은 언론의 도마 위에 오를 정도로 집중적인 조명을 받았지만 최근에는 환경 노동 여성 관광 등 전문 분야에서 두각을 나타내는 의원이 늘어나면서 점차 전문화 되는 양상이다. 지역의 크고 작은 민원을 직접 챙기는 경우도 늘어나는 추세이고 시민사회단체와 협력해 지역현안을 함께 풀어가는 역할도 마다않고 있다. 하지만 일부 지역에서는 권한을 이용한 이해관계에 얽혀 문제점을 노출하기도 한다.

지방의원은 주어진 권한 이외에 지역민의 민원을 직접 챙기는 일선에 있다. 주민들과 가장 가까이 있기 때문에 고장난 가로등 교체라든가 마을안길 포장은 물론 시내 약국에 가서 약을 타다 달라는 민원까지 받는다. 때문에 과거 일부 지방의원처럼 고급차를 타고 다니면서 민원인을 만나는 모습은 사라진 지 오래다. 그래서 사람들은 지방의원을 BMW라고 한다.

환경 캠페인으로 시작된 BMW는 버스(Bus) 지하철(Metro) 도보(Walk)의 약자로 사용된다. 지방의원들이 그만큼 많은 활동을 한다는 의미로 해석된다.

원래 BMW는 독일 자동차회사의 브랜드 이름이다.

바이에른 자동차공업회사의 약자로 독일어로 Bayerische Mororen Werke라고 한다. 영어로는 Bavarian Motor Works이다. Bavaria는 독일 동남부에 있는 주(州)로 독일 전체 면적의 20%를 차지하는 가장 큰 주이며 인구는 1,250만 명으로 두 번째, 주의 소재지는 뮌헨(Munich)이다. 이렇게 큰 도시에서 생산된 자동차는 고품질을 자랑하며 전 세계로 유통된다.

물론 차원은 다르지만 우리나라 사람들이 만든 BMW는 친서민적이라는 것을 알 수 있다. 외국에서는 지방의원이나 국회의원이 버스를 타고 다니거나 자전거를 타고 출퇴근해도 뉴스거리에 오르내리는 일이 없다. 그만큼 일상화되어 있기 때문이다. 하지만 우리나라는 국회의원이나 지방의원 정부 고위관료 등이 버스(Bus)를 타거나 지하철(Metro)을 타고 걸어서(Walk) 출근하면 화제거리가 된다. 그래서 어김없이 언론에 노출된다. 반대로 생각하면 고위직에 있는 사람들이 그만큼 대중교통을 이용하지 않고 있다는 것을 말한다. 하지만 지리적 특수성도 있다.

우리 지역에서 자전거를 타고 다닌다는 것은 쉽지 않다. 산악지역에 조성된 도시라서 자전거를 이용하기에는 많은 어려움이 있다. 때문에 시민들이 걸을 수 있는 보행환경은 국내 최고 수준으로 만들고 있다. 나는 건강도 챙기고 시민들과 접촉할 수 있는 기회도 많아 시간이 되면 늘 걸어다니는 습관을 들이고 있다. 우리지역에 지하철은 없지만 지방의원을 포함한 선출직들이 버스와 택시를 타고 시내를 걸어다니며 주민들을 접촉하는 모습이야말로 참으로 아름다울 것이다.

몇 년 전만 해도 우리나라 사람들은 자동차와 아파트 평수에 유독 관심이 많았다. 아파트 평수와 자동차 종류에 따라 부의 정도가 나타나고 권력이 형성되는 것처럼 인식됐다.

우스갯소리로 남자들은 자동차에 관심이 많고, 여자들은 아파트 평수에 관심이 많다는 얘기가 공공연하게 인식되는 시기가 있었다. 월세를 살고 전세를 사는 형편이지만 승용차는 고급 세단으로 운전하는 남자들이 종종 눈에 띄었으며, 먹는 것은 궁핍하지만 그래도 강남에 살아야 한다는 허영심 많은 주부들도 간혹 언론에 보도됐다.

지금은 실속 위주의 삶을 사는 사람들이 많아 이런 허영심은 사라지고 있지만 아직도 분수에 맞지 않은 삶을 살아가는 사람들이 간혹 눈에 보인다. 걸어서 2~3분이면 유료 주차장이 있음에도 불구하고 인도 위에 불법 주차를 하는 사람들. 지금은 당장 편할 수 있지만 수명은 점점 짧아진다는 것을 알아야 한다. 주차요금 1,000원을 아끼지 말고 깔끔하게 유료주차장에 주차시켜 놓고 5분만 더 걷는다면 수명은 5년 더 길어질 것이다.

건강한 시민과 함께 아름다운 동행을 기대해 본다.

거짓말 하는 약

그리스신화의 주신 제우스가 그의 소생이자 '전령의 신(神)'인 헤르메스를 불렀다.

"인간들이 너무 고지식하게 살아 재미가 없어 보인다"며 거짓말하는 약을 뿌려주라고 이른다. 헤르메스는 거짓말 약을 사람들에게 뿌리기 시작했다. 세상이 하도 넓어 뿌려도 끝이 없고 힘이 무척 들었다. 그래서 꾀를 부린다. 제우스가 잠든 틈을 타 남은 거짓말 약을 한 곳에 쏟아 부었다. 거기 살던 사람들이 모두 정치인이 됐다는 것이다.

누군가 꾸며낸 이야기겠지만 그럴듯하다.

정치인이 더 많은 거짓말을 한다는 근거는 없다. 사람은 누구나 10분쯤 대화를 나누면 세 번은 거짓말을 한다는 연구결과가 있다. 그 장면들을 녹화해 보여주면 "내가 저런 거짓말을 했던가?" 하고 놀란다. 그만큼 자기도 모르는 사이에 거짓말이 입에서 튀어나온다. 실제로 어느 심리학자는 "적당한 거짓말은 사회생활을 하는 데 도움이 된다"고 말한 적이 있다. 말을 전혀 하지 않는 사람이면 몰라도 대부분의 사람은 매일 거짓말을 하고 사는 셈이다.

그 중에서도 상습적으로 거짓말을 하는 직업군이 있다. 많은 사람들을 대하는 상점의 점원, 정치인, 언론인, 변호사 그리고 세일즈맨 등이다. 이를테면 직업적으로 거짓말을 해야 하는 사람들이다. 가령 음식점 종업원에게 손님이 "이 집 음식 맛있지?" 하고 물으면 습관적으로 "네. 맛있습니다"라고 대답해야 한다. 이 정도의 거짓말은 알면서 속아준다. 서로 맘이 편하기 때문이다. 정치인들의 경우도 그렇다. 정치인이 언제나 진실만을 말하면 사회 조정기능이나 통합 기능을 제대로 될까 싶기도 하다. 때론 유권자들이 듣고 싶어하는 말을 해야 한다. 왜냐하면 사람들은 자신이 믿고 싶은 대로 믿는 속성이 있기 때문이다. 정치인들은 진실보다 유권자들이 듣고 싶어하는 말을 하는 편이 유리하다는 사실을 경험을 통해 안다. 위 내용은 어느 신문에 게재된 칼럼의 한 부분이다.

하지만 정치인의 신뢰도는 모든 직업 중에 최하위 그룹으로 분류된다. 우리나라 정치의 경우 탈당과 복당 창당 등 1년에 몇 번씩 바뀌는 당적 때문에 선거관리위원회는 물론 국회 사무처 직원들이 애를 먹는다는 얘기가 있다. 그 때마다 정치인들은 자신만이 생각하는 변명을 늘어놓는다. 그 때 빠지지 않은 것들이 있다. 지역구 주민들의 뜻이고, 많은 국민들의 뜻이기 때문에 자신의 행동이 정당화된다는 것이다. 정치적 이해관계에 따라 유 불리를 따져 움직이는 철새 정치인이야말로 유권자를 기만하는 것이다. 정치인에 대한 신뢰도는 한국뿐만 아니라 외국의 각종 여론조사에서도 비슷하게 나온다. 최근 호주의 한 언론에서 발표한 50개의 직업 중 정치인의 신뢰도는 꼴지에서 두 번째인 49위를 기록했다.

우리나라도 공식 발표한 것은 없지만 높은 편은 아니다. 2017년 8월 야당의 한 국회의원은 정치인에 대한 신뢰도가 만년 꼴지라며 정치 불신을 넘어 정치혐오 현상까지 나타난다고 지적했다. 정치가 국민으로부터 신뢰받지 못하는 것은 어제 오늘 일은 아니다. 화합과 발전보다는 싸움과 갈등 반대 등 당리당략에 따라 불안감을 스스로 자초하고 있다.

정치인이 신뢰받지 못하는 가장 큰 이유 중의 하나는 거짓말이다.

요즘은 덜 하지만 과거 언론사 취재기자로 일할 당시 거짓말하는 정치인을 수없이 보았다. 그들은 아킬레스건이자 제일 많이 선호하는 말 중의 하나가 '내가 하면 로맨스, 남이 하면 불륜'이라고 한다. 뭐든지 자신이 하면 아름다운 일이고 나라와 지역을 위한 일이라고 포장한다. 하지만 다른 사람이 하게 되면 반국가적이고 반지역적이며 있는 말 없는 말 다 동원해 비난하는 경우가 많다. 정치인들이 거짓말하는 유형을 보면 다양하다. 불리한 일이 있으면 '기억이 안 난다'고 하는 공통된 말을 많이 한다.

또한 '민의에 의해 … 서민경제 우선 …' 등도 자주 하는 말이다. 여기에 '평생 청렴결백하게 살았다 … 국민을 섬기는 하인이 되겠다 … 국민이 주인이다' 등의 말도 아무렇지 않게 한다. 정말 그들은 국민을 섬기는 마음이 먼저인지, 아니면 본인이 먼저인지는 알 수 없지만 사람은 누구나 본인이 우선이라는 게 심리학자들의 말이다.

유명한 회사 대표가 직원들에게 "여러분은 회사를 위해 일하지 말고 본인과 가족을 위해 열심히 일하라"고 말했더니 업무능률이 더 올랐다는 얘기를 들었다. 회사 대표는 본인의 회사이기 때문에 직원들보다 더 많은 책임감을 가지고 일하지만, 반대로 직원들은 본인의 일만 하면 된다. 정치인도 마찬가지로 본인의 일만 열심히 하면 문제가 없지만 잿밥에 관심이 더 많기 때문에 문제가 생기는 것이다. 정말 지역을 위하고 국가를 생각한다면 조금은 부족하지만 솔직하게 진실되게 국민들 앞에 다가서는 자세가 중요하다.

2차 대전의 영웅이자 프랑스 대통령을 지낸 드골은 '정치인은 자기가 말하는 것을 스스로도 믿지 않기 때문에 남이 자기 말을 믿으면 놀란다'고 술회했다. 정치인에게 거짓말은 정치생명을 유지하는 데에 필요불가결한 요소임을 솔직히 털어놓은 셈이다. 그러나 정치인의 경우 사소한 거짓말도 그 영향력이나 파장은 엄청나다는 사실을 알아야 한다.

장밋빛 공약으로 유권자를 속이는 거짓말은 더더욱 자질이 의심스럽다. 공정한 경쟁을 통해 후보자를 공천함에도 불구하고 "○○○ 국회의원이 공천을 주기로 했다" "내가 공천을 받는다" 등의 거짓말로 유권자를 혼란스럽게 한다. 겉으로는 지역을 위하고 국가를 위하는 척하지만 경쟁자에 대해 항상 날을 세우고 비판하고 반대하는 정치인도 있다. 자신의 목적을 달성하기 위해 진실을 왜곡하는 거짓말은 범죄에 가깝다. 세치 혀로 거짓말을 하기는 누워 떡 먹기다. 거짓말이 진짜 무서운 것은 허언증(虛言症)이라고 한다. 자기가 거짓말을 해놓고 그것이 진실인 것으로 착각하는 것은 혐오스럽기까지 하다.

정치인들의 특징은 책임감 부재이다.

각자의 목표 달성을 위해 개인적인 영역을 가지고 있다 보니 공적인 업무는 주인의식이 별로 없다. 언론에서 국회와 국회의원을 비판하고 지방의회와 지방의원을 비판해도 이를 받아들이는 의원 개개인은 무덤덤하다. 비판성 보도의 경우 정치인 개개인보다는 국회와 지방의회라는 집단을 대상으로 하는 게 편하다.

하지만 의원들 세계는 또 다른 모습을 보이고 있다.

서로가 "존경하는 ○○○ 의원님"이라고 말하는 등 평소에는 진한 동료애를 보이지만 의회 내에서 실시하는 각종 선거는 치열하다. 의장단과 상임위원장 선거의 경우 당내에서도 패가 갈려 비난과 비판이 난무하는 등 상상을 초월할 정도의 세계가 펼쳐진다. 선거가 끝나면 후유증도 만만치 않다. 겉으로는 동료인 척하지만 평소에는 눈도 마주치기 싫어한다.

정치인은 선해야 한다. 그리고 진실해야 한다. 로마신화에 나오는 것처럼 거짓말하는 약을 먹어서는 절대 안 된다. 선함과 진실함으로 주민들 곁에 다가설 때 아름다운 동행은 계속될 것이다.

기자들이 사는 방식

우리는 지금 정보의 홍수 속에 살고 있다.

하루가 다르게 쏟아져 나오는 정보는 상상을 초월한다. 인터넷의 발달로 전 국민이 기자라고 불릴 만큼 언론과 국민은 가까워졌다. 기자를 보기 어려운 시절도 있었지만 지금은 어디를 가도 기자를 쉽게 볼 수 있다. 신문 방송은 물론이고 인터넷 언론까지 증가하면서 각 지역마다 많은 기자들이 상주하고 있다. 때문에 과열된 경쟁으로 취재원과 광고주가 피해를 보는 사례도 발생하고 있다.

특히 많은 사람들의 주목을 받는 사람은 한번쯤 언론에 노출되기 마련이고 본인의 의사와 상관없는 내용들이 독자들에게 전달돼 곤혹을 치르는 경우도 있다.

2016년을 기준으로 우리나라 언론사는 일간 신문의 경우 170여 개가 있다. 조선일보 중앙일보 동아일보 한겨레 등 전국을 무대로 하는 일간지가 54개, 강원권 등 지역을 무대로 하는 지방 일간지가 115개로 집계됐다. 여기에 주간신문도 478개가 등록되어 있는 등 잡지와 전문지를 합하면 모두 1,053개 사의 언론사가 있다. 특히 인터넷 신문도 전국적으로 600여 개에 달해 이곳에 종사하는 기자들이 대략 얼마쯤 될 것이라는 추측은 불가능한 일이 아니다.

내가 근무하던 언론사에도 80여 명의 기자들이 근무했다. 정치 경제 사회 문화 체육 편집 교열 등 다양한 분야에서 일하는 기자들이 있었다. 지방 일간지 치고는 결코 작은 규모가 아니었다. 현재 70년이 넘는 역사를 자랑하고 있으며 지역은 물론 국내외에서 활발한 취재활동을 펼치고 있다. 이곳에 근무할 당시 대부분 정치부에서 활동했지만 1년 반 정도는 자치단체의 주재기자로 근무했다. 그 당시 지역에 상주한 기자는 3명에 불과했다. 지금은 10명을 넘어 취재경쟁도 치열하다고 한다.

기자들이 사는 방식은 일반인과 다를 바 없지만 특이한 점이 있다면 빠른 정보와 사회 문화 교육 등 각 분야에 걸쳐 전문성이 있다는 것이다.

단점은 사회의 흐름을 가장 잘 안다고 하지만 의외로 사회적 변화에 발 빠르게 대처하지 못한다. 정치 경제 등 부서에 따라 정부 기관이나 정당 등 출입처가 지정돼 있기 때문에 오랫동안 한 곳을 출입하다 보면 타성에 젖어들게 마련이다. 그러다 보면 의외로 서민들이 사는 모습, 일반인들이 살아가는 모습과 동떨어진 생활을 하게 된다. 나름대로 사회적 흐름과 사회시스템을 가장 많이 안다고 하지만 고정된 틀에서 편협 된 사고를 가지기 쉽다. 이러한 분석은 기자 스스로의 판단이 아니라 사회적 경험에서 나오는 비전문가들의 진단이다. 그렇기 때문에 더 현실적이라는 생각이 든다.

기자들은 빠른 정보와 지위고하를 막론하고 누구나 만날 수 있는 사회적 접근성이 좋아 우월감을 가지고 산다.

일반인과 같이 평범한 생각을 가지고 평범한 생활을 한다면 정보의 차단은 물론 취재경쟁에서도 우위를 점할 수 없다. 그래서 끊임없이 사람을 만나고 만나는 사람들의 입에서 나온 얘기들을 종합 평가 분석 확인하는 과정을 거친다. 여기서 기사거리가 되는 부분은 작고를 통해 본사로 송고되지만 풍문이나 헛소문을 가지고 기사화한다는 것은 매우 위험한 일이다. 특히 이해관계가 얽혀 있거나 개인의 신상과 관련된 문제는 아주 민감해야 한다. 하지만 일부 언론에서는 악의적인 보도를 통해 개인의 명예를 심각하게 훼손하는 경우가 있다. 반드시 확인 절차를 거쳐야 함에도 불구하고 주변에서 흘러나오는 얘기를 마치 사실인 것처럼 포장한다. 사이비 기자의 전형적인 모습이다. 초보 기자라면 실수로 이해하지만 감정에 의해 잘못된 언어를 동원하는 것은 더더욱 아니다. '시민'이라는 이름을 빌려 기자 개인의 감정을 넣고, 광고주의 광고게재 여부에 따라 긍정과 부정이 엇갈리는 기사를 버젓하게 게재하는 것은 언론인의 자격에 심각한 문제가 있다고 본다. 기자생활을 하면서 본의 아니게 언론중재위원회에 제소도 당해보고, 자치단체장을 하면서 언론중재위원회에 중재를 요청하기도 했다. 몇 년 전 언론중재위원회를 통해 오보를 한 언론사로부터 공개적인 사과를 받았지만 후유증은 쉽게 가라 앉지 않았다. 더 혼내고 싶고 충분한 보상도 받고 싶었으나 열악한 언론사의 사정을 이해해 달라는 해당 언론사의 요청에 따라 사과만 받고 끝냈지만 잘못된 보도의 폐해는 언론사가 책임져야 한다고 생각된다. 물론 고의성이 있느냐 없느냐에 따라 생각은 달라지겠지만 악의적인 감정을 가지고 잘못된 내용을 보도하는 것은 문제가 심각하다. 언론과 표현의 자유는 있지만 잘못에 대한 책임도 분명 있어야 한다는 것을 알아야 한다.

지역을 연고로 하는 언론사는 지역의 이익을 절대적으로 생각한다.
자치단체의 주요정책을 함께 하고 지역발전을 위해 동반자적인 역할을 충분히 같이하고 있다. 지역현안을 함께 고민하고 함께 풀기 위해 지상(紙上)이 아닌 현장에서 머리를 맞대고 혜안을 모은다. 때로는 건강한 비판을 통해 자치단체의 잘못된 정책을 바로잡고 올바로 갈 수 있는 길을 안내하기도 한다. 잘못된 정책을 언론에 보도하는 것보다는 개선하는 것이 우선이라는 인식이다. 하지만 일부에서는 사실이 아니고, 확인되지 않은 내용을 사실인 것처럼 보도해 지역사회에 큰 혼란을 가져온다. 보도내용을 근거로 지역주민들은 마치 사실인 것처럼 큰 반발을 하고 급기야는 자치단체가 추진하던 일이 무산되는 경우도 있다. 사실에 근거해 정확하게 보도했다면 하는 아쉬움이 크다. 잘못된 보도가 결국은 지역발전에 큰 손실을 가져왔지만 누구하나 책임지지 않는다. 그만큼 언론은 지역을 살릴 수 도 있고, 지역발전에 해가 될 수도 있다. 특히 극소수의 사람들이 기자회견을 열어 그들이 주장하는 내용들을 여과 없이 보도한다면 주민들은 큰 혼란을 겪을 수밖에 없다. 차라리 사회적 이슈를 던져 놓고 전문가들이 참가한 가운데 찬반 양측이 토론을 벌여 독자들이 판단하게끔 하는 방법이 좋다.

기사를 작고하는 방식도 기자들의 철학과 성향에 따라 다르다.

다시 말해 기자들의 사는 방식에 따라 기사의 방향도 틀려진다는 것이다. 많은 취재원들이 경험했겠지만 오랜 시간 인터뷰를 하고 TV 등을 보면 본인이 주장했던 핵심은 빠지고 기자의 입맛에 따라 엉뚱한 내용이 보도되는 경우가 있다. 이는 기자가 미리 취재 방향을 정해 놓고 취재원을 등장시켜 본인의 의도를 유도하는 것으로 별로 좋지 않은 취재 행태라고 생각된다. 또한 행정기관에서 홍보용으로 배부한 보도 자료를 역으로 이용해 오히려 비난성 기사로 둔갑되는 경우가 있다. 이 같은 사례는 기자의 입맛에 따라 변화되기 때문에 기자와 취재원, 기자와 행정기관 등은 늘 긴장 속에서 밀월관계를 유지하는 것이 좋다.

지역 언론은 자치단체와 함께 하는 주요 기관이다.

지역발전을 위한 정확한 판단으로 여론이 조성됐으면 한다. 늘 찬반의 입장을 공평하게 보도하는 것이 원칙이지만 대의를 위해 여론을 조성하고 시대에 맞는 계몽활동도 적당히 필요하다고 본다. 기사 본문에 '~~~알려졌다, ~~~전해졌다, ~~~예상된다' 등의 추측보도는 자제하고

'~~~확인됐다, ~~~했다, ~~~이다' 등의 정확한 보도로 독자들에게 다가선다면 언론사의 신뢰도는 물론 지역사회와 함께 하는 동반자가 될 것이다. 물론 취재기자의 경우 지역사회에 대한 전반적 이해와 함께 기자와 취재원의 관계, 언론과 자치단체와의 관계를 생각 안 할 수 없다.

기자들의 취재활동과 보도방향 등은 절대적인 권한이기 때문에 자칫 언론의 자유를 침해한다는 오해를 받을 수 있다. 그러나 기자의 경험과 자치단체장의 경험을 동시에 했기 때문에 언론인으로서의 기본적인 자세와 철학은 당연히 가져야 하지만, 가급적 지역과 국가 발전에 함께 하는 언론과 기자가 되었으면 하는 바람이다.

'브나로드'(vnarod)

대중을 움직이는 대표적인 것 중의 하나가 언론이다.

영향력 있는 언론의 보도야말로 사회적 이슈가 되고 대중의 여론을 선도해 나가기도 한다. 그만큼 언론은 중앙과 지방을 망라해 사회에 미치는 영향이 크다는 것을 반증한다.

요즘은 지방에도 수많은 언론사 기자가 주재하면서 취재경쟁을 펼치고 있어 정보의 홍수시대를 맞고 있다. 과거 신문으로 대표되던 시절에는 언론이 입법 사법 행정에 이어 제4부라 불릴 정도의 권력기관으로 여겨졌다. 언론자율화 이후 신문과 방송이 폭발적으로 늘어나고 인터넷의 발달로 이젠 어디에서도 손쉽게 원하는 정보를 얻을 수 있는 시대가 됐다.

브나로드는 러시아 말로 '민중 속으로' 라는 뜻이다.

우리나라에서는 일부 정치인들이 '국민 속으로' 라는 말로 대신 사용하기도 한다. 말 그대로 정치인들이 즐겨 쓰는 용어이다. 그러나 언젠가 모르게 이 말은 진보 지식인들이 사용하는 말로 인식되고 있다. 요즘처럼 좌우가 극명하게 드러나고 보수와 진보가 대립하는 우리의 정치 사회 현실로 볼 때 자칫 오해받을 수 있는 단어이기도 하다. 하지만 소통이 중요시되는 요즘의 정치 패러다임에 국민 곁으로 다가서는 모습은 여야 좌우를 떠나 상당히 중요한 부분이라고 생각된다.

브나로드운동은 한마디로 민중 계몽운동이다.

황제가 통치하던 러시아의 차르 체제 말기에 젊은 지식인들로부터 시작된 농촌계몽운동이다. 이 운동을 전개한 사람들을 인민주의자라고 했다. 당연히 좌파적인 색채가 짙다. 이들은 러시아의 낙후성을 극복하고 이상사회를 건설하기 위해서는 부패하고 억압된 황제 지배구조인 차르 절대왕정을 타파하고 자본주의 체제에 오염되지 않은 순박한 농민들을 깨우쳐야 한다고 주장했다. 이들은 강도 높은 사회개혁을 요구하며 19세기 말 러시아 농촌을 배경으로 브나로드운동을 전개했다. 이러한 운동에 정부도 가만히 보고만 있을 리 없었다. 당국은 주동자들을 체포하면서 이상과 현실이라는 한계에 부딪친 운동은 결국 실패하고 말았다.

우리나라에서는 일제 치하인 1930년대 조선일보와 동아일보에서 이 운동을 도입했다. 당시 두 매체는 일제를 이기는 길은 무지하고 패배주의에 빠진 농민을 일깨우는 일이라며 문맹타파운동을 대대적으로 펼쳤다. 특히 한글 보급과 위생의식 등을 핵심 사업으로 추진하며 애국의식을 고취시켜 나갔다. 당시 동아일보는 야학을 통해 한글과 산수를 가르치고 다른 한편으로는 시국강연을 펼치기도 했다. 이 운동은 전국에서 6,000여 명의 학생이 참가해 10만여 명에게 강습을 진행했다는 기록이 있으며 만주 일본 등 국외까지 확산됐다.

당시 일제가 브나로드운동을 일시적으로 용인한 것은 항일운동을 펼치던 학생운동의 힘을 빼기 위한 목적도 있었다는 평가다. 해방 이후 우리나라에서는 각 대학에서 '농활'이라는 이름으로 농촌봉사활동을 펼쳤으나 군사정권 때는 운동권 학생들이 주로 이용한다며 곱지 않은 시선으로 보기도 했다.

최근 들어 우리사회는 너무나 이기적이고 개인주의로 흘러가고 있어 아쉽다는 생각이 든다. 조금만 양보하면 서로 잘 될 일이지만, 작은 일도 갈등으로 치닫고 때로는 살인으로 이어지기도 한다. 그만큼 사회가 냉랭해졌다는 것을 대변한다. 지방의 작은 도시에서 단체장을 하다보면 별의별 일을 다 겪게 된다. 주민들의 요구사항도 점점 많아지고 때로는 황당한 경험까지 하게 된다. 수십 년 동안 사이좋게 지내던 이웃이 하루아침에 원수가 되어 '내 집 앞으로 지나다니지 말라'며 자신의 땅에 난 도로를 막는 사례가 종종 있다. 물론 불법이다. 이러한 민원을 해결할 수 있는 길은 시에서 인근 토지를 매입해 도로를 신설하는 것밖에 없다. 적게는 수천 만원에서 많게는 수억 원이 들어가는 민원이지만 이러한 것을 지켜보는 입장에서는 참으로 안타깝다. 수십 년 동안 멀쩡하게 사용하던 도로를 막는 일이 벌어지기 전에 한 사람만 양보하면 해결될 일을 결국 예산낭비와 감정소비로 상처가 되기 때문이다.

국유지에 개 1마리를 사육하기 위해 개집을 지었다가 이웃에게 고발당해 벌금을 맞은 사례도 있었다. 그러자 벌금을 맞은 사람이 가만히 있을 리 없다. 그는 자신을 고발한 사람을 다른 혐의로 고발, 사이좋던 이웃이 졸지에 수백 만원의 벌금을 동시에 맞는 날벼락이 벌어지기도 했다. 우리나라 속담에 '사촌이 논을 사면 배가 아프다'는 말이 있다. 나보다 잘 살고, 나보다 지위가 높고, 나보다 월급을 많이 받으면 일단 시기 질투의 대상이 된다. 돈을 많이 번 사람이 노력하지 않고 돈을 번 것도 아닌데, 고위직에 있는 사람이 학창시절 놀면서 공부한 것도 아닌데, 운동을 잘하는 사람이 놀면서 운동하는 것도 아닌데 … 물론 극소수의 예외는 있지만 성공한 사람들의 대부분은 끊임없는 노력과 땀방울로 그 자리에 올랐다고 생각된다. 일부는 부모를 잘 만났다거나 부동산 개발로 졸부가 된 사람도 있지만 상당수는 운보다 자신의 노력이 뒷받침됐기 때문에 성공할 수 있었다. 그럼에도 불구하고 시기 질투는 이들에게 집중된다.

왜 우리나라 사람들은 칭찬에 궁색하고, 배려와 양보에 익숙하지 않은 것일까. 우리나라 국민성을 보면 위기대처 능력은 탁월하다고 한다. IMF 당시 금모으기운동 때도 그랬고, 2016년 북한의 핵실험과 안보 위협에 1,000여 명의 장병들이 전역을 연기한 것도 뛰어난 애국심의 발로

였다고 생각된다. 하지만 사회적으로 보면 우리나라의 국민성을 전 세계 다른 민족들과 비교해 볼 때 좀 특이한 점이 없지 않다. 무척이나 양심적인 사람 같지만 대부분 문제점을 몇 개씩 안고 산다.

총리나 장관 등 국무위원 인사청문회를 보면서 저들도 사람이구나 하는 생각이 든다. 고위직에 있고 돈이 많아도 다운계약서를 쓰고 위장 전입하는 것을 볼 때 말로는 정의사회를 외치면서 본인은 그렇지 못하다는 것을 생생하게 보여주는 것 같다. 최근 도덕적으로 해이된 사안들이 연일 발생되는 뉴스를 볼 때 우리 주변은 너무나 이기적인 사람이 많고 자신의 영달을 위해 기본 양심까지 버리는 지도자를 보면서 참 안타깝다는 생각이 든다. 과거 한국인들의 표상은 다정다감하고 인심 좋은 순수한 사람들이었다.

우리나라는 5,000년 역사 동안 1,000여 번의 외침을 당했다고 역사학자들은 말한다. 일부에서는 약소국가의 설움에 익숙해져 그때부터 이기적인 사상이 뿌리를 내렸다고 하지만, 타인의 불행이 곧 나의 행복으로 연결되는 독특한 생각을 가진 분들이 유난히 많아 보인다. 우리나라도 글로벌 시대에 맞게 성장하고 있지만 사촌이 논을 사면 배 아파 하지 말고 진심으로 축하해 줄 수 있는 국민정서를 함양시켜야 한다.

여기에서 나는 시대에 걸 맞는 신 개념의 브나로드운동을 권장하고 싶다. 칭찬에 궁색한 사회에서 벗어나 주변 사람들을 이해하고 배려하고 칭찬하는 국민운동을 펼치고 싶은 것이다.

이 운동은 지역에서 시작돼 불신이 팽배한 정치권에까지 이어졌으면 한다. 정권이 바뀌면 엄청난 후폭풍이 국민들을 불안하게 만들고, 여당은 지키고 야당은 반대하는 풍토가 매번 반복된다. 여야를 떠나 누구 하나 먼저 이해하고 배려한다면, 국민들은 이해하고 배려하는 정당에 박수를 보낼 것이다. 그렇게 되면 정치인들을 바라보는 국민들의 시선도 달라질 텐데, 애석하게 희망사항으로 끝나고 있다. 나는 작년부터 지역의 기독교 불교 등 종교지도자들을 만나면 이와 같은 얘기를 자주한다. 과거에는 종교지도자들의 목소리를 경청하지 않았지만 2016년부터는 많이 경청하는 편이다. 참 좋은 말들이 많기 때문이다. 비난보다는 칭찬에 익숙하고, 나보다는 주변을 먼저 생각하는 시민이 될 수 있도록 설교나 법회 시간에 신도들에게 말씀 드려 달라고 요청한다.

그래서 우리사회가 지금보다 더 맑고 건강한 사회가 되었으면 한다. 21세기의 새로운 브나로드운동이 우리지역에서 시작됐으면 하는 바람에서다.

연대 동문회

사회변화의 큰 틀에는 항상 시민단체가 있다.

정치 경제 사회 문화 등은 물론이고 환경 여성 교육 농업 등 각 분야에 구성된 시민단체는 정부와 지방자치단체에 견제역할을 하지만 때로는 공통된 분모를 찾아 협력하는 모습도 보인다.

특히 지역사회의 핵심 주체로 등장한 시민연대는 자치단체와 지방의회 경제단체 언론 등과 함께 대등한 관계를 유지하며 각종 현안 해결에 함께 하고 있다. 시민운동은 대중의 생각을 공동체적 사회의식으로 발전시키는 것이 무엇보다 중요하다. 때문에 시민들의 생각과 가치를 집결해 지역과 국가에 도움이 되는 건강한 사회를 만드는 역할을 해야 한다. 시민단체 지도부 개인의 의견이 시민의 의견으로 둔갑돼 여론화되거나, 여론몰이를 위한 선전전은 지양해야 할 부분이다.

80년대 이전까지만 해도 시민운동은 크게 빛을 보지 못했다.

군사독재에 맞서 싸우고 대통령 직선제 등 민주화운동을 펼친 핵심은 학생운동이다. 물론 야당과 재야인사를 중심으로 한 기존 정치권에서 민주화운동에 동참했지만 시민운동의 성격보다는 정치활동에 가깝다고 볼 수 있다. 87년 6월 항쟁을 기점으로 한국사회는 급격히 변했다.대학 2학년 때 6월항쟁의 중심에 있었고 민주화운동으로 구속되는 아픔도 있었지만 그해 6월 29일 민정당 노태우 대통령 후보의 직선제 선언으로 승리의 기쁨을 맛보았다.

특히 6월항쟁은 학생뿐만 아니라 수백 만 명의 시민이 함께 동참해 시민이 주권의 주체임을 실감했다. 바로 시민의 힘을 경험한 소중한 무대였다. 그러나 시민항쟁의 성과로 군부의 퇴각을 기대했지만 야권 대통령 후보의 분열로 정권 교체를 이루지 못해 국민들에게 실망감을 안겨줬다.

6월항쟁이 있고 난 후 7월부터는 노동자 대투쟁이 있었다.

노동자 투쟁 뒤에는 민주노조가 활발히 결성되어 노동운동의 조직기반을 넓혔다. 당시 통계자료를 보면 87년 6월 말 2,742개이던 노동조합이 89년 말에는 7,861개로 늘어났다. 조합원 수도 약 100만 명에서 190만 명으로 두 배 가까이 증가했다. 또 89년 5월에는 '참교육'을 슬로건으로 내건 '전국교직원노동조합'이 결성됐다. 그리고 90년 1월에는 친정부성향이었던 한국노총에 맞서 민주노조의 전국조직인 '전국노동조

합협의회'를 결성한다.

6월 민주항쟁을 거치고 난 이후 하나의 특징은 신 사회운동인 시민운동이 나타났다는 것이다. 당시 시민운동이 가능하게 된 것은 우리 사회가 산업고도화로 대량생산 대량소비사회로 발전하고 이에 따른 시민들의 사회적 욕구가 다양하게 표출됐기 때문이다. 시민들의 생활수준이 향상되면서 양보다는 질을 중시하는 가치관이 시민운동을 탄생하게 된 원인 중의 하나다.

당시 탄생한 대표적인 시민단체는 89년 7월 시민 청년 서민층이 경제정의의 안정적 유지를 위해 결성한 경제정의실천시민연합(경실련)이다. 이어 94년 9월에는 국가권력 감시 및 시민권리 획득을 목적으로 결성한 참여연대가 활발한 시민운동을 전개하고 있으며 환경운동연합 녹색연합 소비자연맹 등 공공의 이익을 위한 시민단체가 잇따라 설립됐다. 그늘지고 소외된 이웃들의 권리를 찾고 정당한 주권행사를 위해 구성된 시민단체는 참여 민주주의의 새로운 장을 열었다는 평가를 받았다. 특히 촛불집회 등 시민의 정치 사회 참여 활성화로 민주주의의 건강한 토대가 형성되고 새로운 변화의 주역으로 시민이 전면에 등장하는 계기가 됐다.

사회가 원활하게 유지되고 정부정책에 효율적으로 견제하기 위해서는 비영리조직인 시민단체가 반드시 필요하다. 효과적인 견제를 통해 잘못된 점을 시정하고 힘없는 국민들의 입장에서 그들의 권익을 대변하는 역할도 한다. 특히 시민단체는 시민의 자발적 의사에 따라 공익적 활동을 하는 결사체이다. 정부와 자치단체 등 상대적으로 문턱이 높은 조직과 열위에 있는 시민사회의 가교역할을 통해 권력이 시민을 장악하는 것을 막아준다.

집행기관과 의결기관인 정부와 국회, 지방자치단체와 지방의회 등은 견제와 감시를 통해 움직이는 상호 보완적 관계를 유지하지만 때로는 은밀하게 유착하기도 한다. 천문학적 예산이 들어가는 주요 정책을 당정이 유착상태로 추진한다면 이를 제동하는 기관은 시민단체와 언론 등이다. 그만큼 시민단체의 역할이 중요하기 때문에 단체를 이끌고 있는 지도자들은 정치적 중립을 지키면서 지역사회 발전을 위해 말 그대로 시민들의 여론을 잘 정리하고 형성해 나가야 한다. 공익의 이익에 정치성을 보이고 이념적으로 치우친다면 공감대 형성은 물론 시민사회 조직에도 치명적일 수 있다.

우리지역에도 각종 시민 사회단체가 중심을 잡고 지역발전의 한 축으로 활동하고 있다. 지방의 특성상 경제 문화 환경 등 어느 한 분야를 집중하는 전문적 시민단체가 아니고 각종 현안을 비롯한 크고 작은 일들에 관심을 보이며 목소리를 내고 있다. 자치단체에서 할 수 없는 말과 일들을 시민단체에서 대신해 주기도 하고, 때로는 중앙정부와 관련된 현안을 지원하기도 한다. 행정기관의 특성상 중앙정부를 대상으로 힘겨루기를 한다는 것은 쉬운 일이 아니지만 이를 대신해 지역의 목소리를 내주는 역할을 시민단체가 하고 있다. 이 같은 현상은 우리지역 뿐만 전국의 지방자치단체에서 비슷한 현상이 벌어지고 있다. 때로는 시민단체와 자치단체가 대립각을 보이기도 하지만 대체적으로 지역현안에 대해서는 공통된 인식을 가지고 함께 풀어가는 편이다.

하지만 일부에서는 시민의 힘을 빌려 유사한 시민단체를 만들어 세력화하거나 권력화하는 경우도 있다. 시민을 위한 시민의 단체가 아니라 특정인과 특정 단체를 위해 시민의 이름을 남용하는 것은 오히려 지역사회 발전에 역효과를 가져온다. 다행이 우리지역 단체들은 지역현안을 함께 풀어나는 역할을 하거나, 지역발전을 위해 올바른 대안을 제시하는 등 진취적인 자세로 노력하고 있다. 최근에는 이들 단체와 간담회를 통해 관광자원화 사업 등을 논의하고 토론하는 성숙된 모습을 보이기도 했다. 일부 현안에 대해서는 공동 대처하기로 하고 회의를 정례화하는 등 보다 발전적인 행보를 보이고 있다.

그러나 시민사회단체의 특성상 취약한 재정구조와 사회지도층 중심의 조직구성 등이 아쉬움으로 남는다. 회원들의 자발적인 성금과 후원으로 단체가 운영되는 모습이 바람직하지만 회장 또는 시민사회단체 대표 등이 출연한 기금으로 운영하는 경우가 많아 특정인의 출혈이 심한 편이다. 또 다른 한편으로는 소수의 회원을 보유하고 있어 운영자 몇 명이 출연한 기금으로 단체를 운영하고 있으며, 지역에 이슈가 발생하면 성명서 배포나 기자회견 등으로 의견을 제시하는 모습을 보인다. 어떻게 보면 진정한 시민운동보다는 선언적 수준에 머무르고 있어 개선해야 할 부분으로 지적된다.

한 때 시중에서는 전국적으로 '연대 동문회'가 가장 잘 구성돼 있다는 얘기가 있었다. 처음엔 그냥 동문회로만 생각했는데, 나중에 알았지만 뼈 있는 말이었다. 바로 시민운동을 하면서 '~~~연대, ○○○연대, △△△연대' 등 각종 연대를 만들어 마치 '연대 동문회' 같다는 것이다. 연대의 사전적 의미는 한 덩어리로 굳게 뭉친다는 의미다. 지역의 시민사회단체가 시민과 한 덩어리로 뭉쳐 지역사회 발전에 힘찬 전진을 하길 기대한다.

감동 교회

언론사 근무시절 유럽 출장을 다니면서 유럽의 역사에 대해 많은 관심을 가졌다. 유럽 대부분 나라들이 수많은 전쟁을 치르면서 치열한 생존경쟁을 펼쳐온 것과 비교하면 유럽의 문화유산은 비교적 안정적으로 잘 보존돼 있는 편이다. 우리나라 현대사에서나 볼 수 있는 건물이 유럽에는 이미 수천 년 전에 지어져 문화유적이 되고 많은 관광객들이 찾는다. 건물 외벽 하나하나에 예술적 표현이 살아 있고, 마차가 다녔다는 길과 건물 사이의 골목길도 예술 그 자체이다. 도대체 이 나라 사람들은 어떻게 이런 생각을 하고, 어디에서 이런 작품을 만들었을까 하는 생각이 가득했지만 그 해답은 아주 가까운 곳에서 찾을 수 있었다. 바로 교회이다. 유럽의 역사는 한마디로 교회의 역사라고 생각된다. 교회가 없었으면 유럽의 문화는 이렇게까지 발전하지 못했을 것이다. 교회가 있었기에 유럽의 문화는 세계를 지배할 만큼 찬란한 꽃을 피울 수 있었고, 지금도 전 세계의 관심과 사랑을 받는 땅이 된 것이다.

유럽에서 본 대부분의 현상들은 관광이라기보다 감동 그 자체였다. 문득 이런 생각이 들었다. 한국에서 힘들게 전도활동을 하는 것보다 유럽의 역사를 공부하게 되면 기독교는 자연스럽게 몸에 들어올 수 있다는 생각이다. 정치 경제 사회 문화 등은 물론이고 오늘날 전 세계로 전파된 사상과 철학 과학기술 등이 기독교와 밀접한 관련을 맺고 있기 때문이다. 굳이 하나님의 말씀을 전달하지 않아도 유럽의 역사만 알게 되면 절반은 이미 교회 곁으로 다가설 수 있다고 생각했다.

이러한 생각이 교차할 무렵인 몇 년 전 교회에 등록을 하고 교육을 받게 됐다. 기독교에 대한 믿음이 아직 부족하지만 목사님의 말씀은 다른 어떤 성도보다 귀담아 듣게 되었다. 말씀들이 너무나 가슴에 와 닿고 좋은 내용들로 가득해 메모를 하고 집에 와서 다시 한 번 묵상하게 된다. 주일 교회에 가지 못하면 시청에서 매월 한 번씩 열리는 기도회는 가능한 참석한다. 벌써 30회를 넘고 있지만 특별한 일이 없으면 참석하게 된다. 관내 목사님들이 돌아가면서 좋은 말씀을 해 주시고, 좋은 말씀을 들으면 다음날 목사님께 감사의 인사를 하기도 했다.

얼마 전 기도회에서 들은 말씀이다.
마태복음 7장 1~2절이다.

'비판을 받지 아니하려거든 비판하지 말라. 너희의 비판하는 그 비판으로 너희가 비판을 받을 것이요. 너희의 헤아리는 그 헤아림으로 너희가 헤아림을 받을 것이니라.'

참 중요한 말이다.

최근 우리사회는 자신의 입맛과 조금만 달라도 비난과 비판을 일삼는다. 당시 목사님은 마태복음 7장 1~2절의 경우 성경을 잘못 해석한 대표적인 구절 중의 하나라고 설명했다. 비판보다는 '판단'이 적당하다는 말씀이었다. 남을 비판하는 것은 둘째 치더라도 일단 남을 판단하는 자체부터 고쳐야 한다. 자신이 자신을 잘 모르고, 같이 살고 있는 배우자도 잘 모르는데 어떻게 남을 판단할 수 있느냐는 것이다. 더군다나 다른 사람의 얘기만 듣고 남을 비판한다는 것은 잘못되어도 한참 잘못된 일이다. 자신이 다른 사람으로부터 비판을 받기에 앞서 다른 사람을 판단하는 자세부터 고치라는 것이다.

그런 것 같다.

많은 사람들의 머리는 자동으로 판단하는 일에 익숙해져 있다.

그렇게 판단하고 비판함으로써 본인의 우수함과 명철함을 드러낸다고 생각하는 듯하다. 그래서인지 의도하지 않더라도 먼저 판단하고 비판한다. 아예 머리가 판단과 비판으로 자연스럽게 움직인다. 스스로 모순된 삶을 살면서도 모순인지 모를 뿐만 아니라, 너무나도 그 모순된 삶에 익숙해져 있다는 데 심각한 문제가 있다. 사람들은 본인 스스로는 왜 비판받을 수 있다는 생각을 못할까. 다른 사람들 눈에 내가 어떻게 비춰

질까 하는 생각은 왜 안 하는 것일까. 심지어 교회 내부에서도 비난과 비판이 회자되고 있다. 하나님의 말씀을 금방 듣고도 목사님을 판단하고, 교회 성도들을 자신의 잣대로 비판하는 것을 볼 때 참으로 안타까운 마음이 든다. 교회에서는 하나님의 자식이 되고, 교회 밖에서는 아무렇게 행동해도 괜찮다는 생각은 도대체 어디에서 나오는 것인지 이해할 수 없다.

우리지역의 일부 지도자들도 확인되지 않은 말로 남을 비난하고 자신은 깨끗한 것처럼 포장한다. 특히 본인이 직접 보지도 않은 소문들을 정확한 정보라며 사실인 것처럼 호도해 남을 비판한다. 자신이 보지도 않은 것을 어떻게 사실이라고 단정을 지을까. 격세지감을 느낀다.이런 자세야말로 고쳐야 한다. 직접 눈으로 확인해도 판단할 수 없는 일들을 보지도 않고 손쉽게 판단하고 소문을 확산시키는 어리석은 행동은 없어져야 한다.

이제는 이웃을 사랑으로 이해하고 포용해야 한다.

정치도 경제도 사회도 문화도 모두가 사랑하고 배려하고 포용하는 법을 배워야 한다. 지역사회도 갈등과 혼란을 부추기는 지도자들을 배척하고 진정한 사랑으로 포용할 수 있는 사람들이 앞장서야 한다.

몇 년 전 드라마 '태양의 후예'와 인연을 맺은 그리스 자킨토스시를 방문할 기회가 있었다. 그리스의 수도 아테네에서 4시간 정도 차로 이동해 다시 배를 타고 1시간여 가야만 도착할 수 있는 섬이다. 이곳에서 드라마 '태양의 후예'가 촬영됐다. 그런 이유로 자킨토스시를 방문한 것이다. 아테네에서 자킨토스시를 가기 위해 2시간여를 달리다 보면 고린도라는 작은 마을이 나온다. 바로 고린도 교회가 있는 곳이다. 사도바울이 고린도 교회에서 활동하다 전도여행을 떠난 후 고린도교회 사람들은 서로 비난하고 분열된 모습을 보였다.

사도 바울은 이 같은 소식을 듣고 편지를 써서 보냈다. 사랑으로 함께 이해하고 살아가야 한다는 내용의 편지다. 사도 바울이 보낸 편지는 성경의 고린도 전서와 고린도 후서가 됐다. 고린도 전서 13장 사랑장은 웬만한 한국인이면 다 아는 내용이다.

사랑은 언제나 오래 참고 사랑은 온유하며 사랑은 투기하지 아니하며 사랑은 자랑하지 아니하며 사랑은 교만하지 아니하며 사랑은 무례히 행치 않고 사랑은 자기의 유익을 구치 않고 사랑은 성내지 아니하며 사랑은 악한 것은 생각지 아니하며 사랑은 불의를 기뻐하지 아니하며 사랑은 진리와 함께 기뻐하고 사랑은 모든 것을 참으며 사랑은 모든 것을 믿으며 사랑은 모든 것을 바라고 견디느니라.

그런즉 믿음 소망 사랑 이 세 가지는 항상 있을 것인데 그중에 제일은 사랑이라.

사랑이 가득하면 평화가 온다.
사랑이 가득하면 행복이 온다.
며칠 전 평소 가깝게 지내는 젊은 목사님을 만났다. 목회자와 단체장의 신분을 떠나 연배가 같아 마음속으로 친구처럼 생각하는 분이다. 그

목사님은 유명교회 목사님의 설교를 인용해 "결혼한 지 오래 되어도 아이가 생기지 않으면 기저귀를 먼저 사 놓아라"라는 말씀이 있다며 "이는 곧 교회를 크게 지어놓으면 많은 신도들이 올 것"이라는 것을 의미한다고 했다. 아이가 생기지 않았는데 기저귀를 먼저 준비한다는 것은 어떻게 해석할까. 일단 교회를 크게 지어야 하는 것일까. 여러 가지 생각이 교차했지만 정답은 내리지 못했다. 며칠 후 젊은 목사님과 함께 합동 부흥회에 다녀왔다. 그날 초청된 강사님의 주제는 '감동'이었다.

정치인은 국민과 소통해야 하고, 소통이 되지 않으면 서로 다른 생각과 다른 행동을 하게 된다고 했다. 교회와 성도, 정치인과 국민 모두 감동이 있는 생활을 해야만 따뜻한 사회를 형성할 수 있다고 했다. 지금 젊은 목사님이 계시는 교회는 성도가 50여 명 된다. 과거 200여 명의 신자가 있었지만 지금은 도시의 인구가 줄어 교회 성도들도 많이 감소했다. 작지만 하나님의 말씀을 제대로 전달하고 비난과 비판보다는 사랑으로 채워가는 젊은 목사님의 교회야말로 '감동이 있는 교회'로 보였다.

선거 부랑아

민선시대에 접어들면서 자치단체장 지방의원 등을 선출하는 지방선 거가 4년마다 열리고 있다. 월드컵 축구가 열리는 해에는 지방선거가 실 시되고, 올림픽이 열리는 해는 국회의원 선거가 있다. 묘하게도 우리나 라 선거는 월드컵과 올림픽을 기준으로 매번 실시되고 있다. 국회의원 과 자치단체장 지방의원 등의 임기가 4년이고, 대통령의 임기가 5년이 니까 관련법 개정 없이는 이 같은 현상은 계속될 전망이다.

개인적으로 선거를 3번 치렀다.

2006년 지방선거에서 광역의원에 출마해 아슬아슬하게 당선되고, 2010년 지방선거에서는 기초단체장에 출마해 42살이라는 나이에 당선되는 영광을 안았다. 2014년 지방선거에서도 46살의 젊은 나이에 재선 단체장이라는 영광을 얻었다. 선거를 3번 해서 3번 모두 이긴 것은 어떻게 보면 큰 행운이다. 행운보다는 행복을 좋아하지만 흔히 하는 얘기로 운도 따라야 하는 것이 선거다.

선거의 속성은 한마디로 상대성이다. 이제 겨우 선거를 3번 치른 젊은 정치인이 알면 얼마나 알겠느냐마는 중요한 것은 상대에 따라 당선자가 결정될 확률이 높다는 것이다. '내가 아무리 뛰어나도 상대 후보자가 더 뛰어나면 나는 낙선이고, 내가 아무리 못나도 상대 후보자가 더 욕을 먹으면 나는 당선이다.' 이런 논리가 선거에 딱 맞는 얘기인 것 같다.

그래서 선거를 상대성이라고 하는 것이다.

그렇다면 선거를 어떻게 하면 잘 치렀다는 얘기를 들을까.

경험상 후회 없이 치른 선거는 '진실함'이다.

유권자의 표를 의식해 주민들을 현혹하고 거짓과 가식으로 다가선다면 분명 결과는 좋지 않다. 더욱이 본인이 왜 출마했는지를 주민들에게 이해시키기보다는 상대후보를 헐뜯고 비방하는 후보야 말로 낙선의 지름길임을 알아야 한다.

사람들은 남 욕하는 것을 싫어한다.

오히려 내 맘에 들지 않아도 칭찬으로 대한다면 본인에게도 칭찬으로 돌아오는 것이 인간관계이다. 이러한 원리들을 사람들은 잊어버리고 산다. 그래서 매번 상대를 비난하고 흠집 내는 데 익숙해져 있는 것이다. 상대를 비방하면 본인이 우월해질 수 있다는 어리석은 생각들이 머릿속에 가득 차 있기 때문에 고쳐지지 않는다. 그래서 선거기간 내내 남을 비방하다가 시간을 보낸다. 이런 사람들이 법을 지켜가며 바른 선거운동을 할 리는 없다. 더욱이 이런 후보 곁에 올바른 사람들이 얼마나 있겠느냐 하는 생각도 든다. 물론 훌륭한 사람들도 많지만 일부 몇 사람들이 선거캠프의 색깔을 완전히 흐려 놓는다. 후보자는 자신의 목적을 위해 자신을 포장하고, 포장된 모습을 시민들에게 보여주려고 하지만 시민들은 이미 상품의 질을 다 파악하고 있는 것이다. 마음에 들지 않은 상품에 손이 갈 리 없다. 그럼에도 불구하고 남의 비방에만 혈안이 되어 있는 후보자는 결국 선거에서 모든 것을 잃게 된다.

몇 번의 선거를 치르면서 주변에는 많은 사람들이 함께 했다.

돌이켜 보면 너무나 고맙고 감사한 마음이 가득하다. 그들은 돈을 바라고 선거캠프에 합류한 것도 아니고, 정치적 이념이나 사상이 특별해서 함께 한 것도 아니다. 선량한 마음을 가지고 있는 사람들이 선량한 후보를 만나 도시의 아름다운 변화를 기대했기 때문에 함께 할 수 있었다고 생각된다. 간혹 상대 후보 진영에서는 선거기간 좋은 음식으로 풍족한 생활을 했다는 얘기도 들렸으나 우리 캠프에서는 소수의 멤버들이 '열정' 하나로 함께 했다. 그런 열정들이 변화를 주도하고 순수하고 선함 마음들이 시민들에게 통했기 때문에 열악한 조건임에도 불구하고 3차례 모두 성공한 원인이었다고 생각된다. 목소리 높고 활동성 많은 유지들이 지역사회를 움직이는 것처럼 보이지만 절대 그렇지 않다. 큰 목소리로 남을 제압하는 것처럼 보이지만 실제는 본인이 제압당하고 있다는 것을 알아야 한다. 남에게 해를 입힌 사람은 본인도 해를 입게 된다. 인과응보의 세상이다. 지역사회를 움직이는 것은 시민이다. 대부분 말 없이 침묵하는 시민들이 지역사회를 움직이는 진정한 권력이다. 이들의 지지를 바탕으로 우리지역은 많이 변했다. 도시의 변화는 시민들이 주 도한다. 아무리 지역을 위해 일하고 싶어도 일할 수 있는 기회가 주어지 지 않으면 할 수 없는 것이 선출직이다. 다행히 많은 시민들이 지지해서 도시는 점점 아름다워지고, 도심지는 유래 없는 변화를 통해 국내 어느 도시와 비교해도 손색없는 관광자원과 복합 문화공간을 가지게 됐다. 시민이 자랑스럽고 우리 도시가 자랑스럽다. 지면을 통해 진심으로 감 사드리고 싶다.

선거판에서 빠질 수 없는 것은 운동원이다.
선거 운동원 없이 선거를 한다는 것은 있을 수 없는 일이다.
개인적으로 배신이라는 말을 너무 싫어한다. 하지만 선거에서는 수차 례 배신을 당해 봤다. 심지어 사기를 당해 본 경험이 있다.
2006년 첫 출마했을 때의 기억이다. 월급생활해서 모은 얼마 안 되는 돈으로 선거운동을 했으나, 선거경비에는 턱없이 모자랐다. 없는 돈으 로 겨우 연명해 가는데 선거운동원 중의 한 사람이 그 돈마저 빌려서 달 아나는 어처구니없는 일이 벌어졌다. 아마 선거에서 처음 배신을 당해 본 것 같다. 이 후에는 수없는 배신을 겪어 봤다.
2010년 처음 단체장에 출마했을 당시 함께 했던 몇 사람이 2014년 상 대 후보의 진영에서 선거운동 하는 것을 보고 깜짝 놀랐다. 얼마 안 되는 지역사회에서 몇 달 전까지 함께 하며 선거준비를 했으나 어떻게 말 한 마디 없이 다른 후보 진영에서 일하는지 놀라지 않을 수 없었다. 속된 말로 '선거판'이라고 하지만 그 사실을 이해하기에는 오랜 시간이 걸리지 않았다.

상대 후보는 당연히 많은 사람들로 선거캠프를 구성해야 하지만, 후보자의 문제가 아니라 자리를 이동하는 사람이 더 이상했다. 한 번 배신한 사람은 또 다시 배신한다는 얘기를 들었다. 그들은 아마 그 이전에도 누구를 배신하고 영혼 없는 육체만 캠프에 합류했을 것으로 생각된다. 아무리 선거에서 비밀스럽게 오가는 것이 돈이라고 하지만 양심과 자존심마저 바꿀 수는 없다고 생각된다.

때만 되면 선거판에 기웃거리는 그들을 사람들은 '선거판 부랑아'라고 했다. 부모의 곁을 떠나 뚜렷한 거처나 직업이 없이 떠돌아다니는 아이를 부랑아라고 하는 것처럼 그들은 '정치 부랑아'도 아닌 '선거판 부랑아'인 것이다.

자신의 양심을 팔고 자존심을 파는 사람들은 평범한 시민들이 아니다. 그들도 나름대로 구성원 속에서 '회장님'이라는 직함을 가지고 있다. 규모를 떠나 작은 조직이라도 움직이는 수장이 어른답게 행동하지 못하고 선거판에 기웃거리는 모습이야말로 없어져야 할 선거 문화이다. 차라리 지지했던 후보가 맘에 들지 않으면 조용히 쉬어가는 모습이 필요하다. 여기에서는 이말 하고, 저기에서는 저말하는 영혼 없는 지도자는 되지 말아야 할 것이다. 선거가 끝나면 그들과 다시 볼 수 있는 일들이 있지만 많이 난처하다. 그냥 스쳐 지나가는 눈인사만 할 뿐 과거처럼 다정다감하게 대화를 나누지 못한다. 상처받은 마음만큼이나 회복하는 데는 상당한 시간이 걸리기 때문이다. 올라갈 때가 있으면 내려올 때도 있다.

늘 그 자리에 있을 수는 없다.

항상 원칙과 중심을 잃지 않는 지도자를 볼 때 우리는 그를 진정한 '회장님'이라고 부를 것이다.

지방의 소멸

마을이 없어지고 있다.

가상의 시나리오가 아니라 현실화되는 분위기다.

학자들은 이미 구체적인 통계를 근거로 미래를 예측하고 있다.

시골에서는 부락단위의 동네가 사라지고, 얼마 안 남은 시간에 마을이 소멸되고 더 나아가서는 지방자치단체가 없어질 것이라는 전망도 내놓았다. 젊은이들이 일할 자리가 없는데 어떻게 마을이 유지될 수 있겠는가. 아주 심각한 문제이다. 최근 한국고용정보원은 '지방소멸'이라는 분석 자료를 통해 전국의 228개 지방자치단체 중 1/3에 해당되는 85개 지자체가 30년 후에 없어질 수도 있다고 전망했다.

소멸위험지수는 65세 이상 고령인구 대비 20~39세 가임 여성 인구의 비중을 말한다. 우리나라는 2016년 7월에 소멸위험지수 1.0에 접어들었다. 이는 고령인구와 20~39세 가임 여성의 숫자가 같아졌다는 의미다. 인구학적으로 쇠퇴 단계에 접어들은 지자체는 특별한 대책이 없을 경우 상당히 위험한 수준이라고 전문가들은 말한다. 인구가 감소하는 것은 출산율 저하도 있지만 무엇보다 대도시 위주의 정책이 문제이다. 청년 층이 지방을 떠나는 가장 큰 원인은 일자리가 없어서다. 고급 일자리가 수도권에 집중화된 탓도 있지만, 산업이 IT와 제조업으로 성장하다보니 균형발전을 이루지 못한 점도 원인이다.

최근 조선 철강 자동차 등 핵심 제조업의 기반이 흔들리면서 고용위기가 점점 심각해지고 있다. 참여정부 시절 정책적으로 행정수도 이전과 혁신도시 및 기업도시 건설을 추진했지만 지방의 문제를 극복하기에는 한계가 있다.

2017년을 기준으로 우리나라의 인구수는 총 5,173만 명을 조금 넘고 있다. 세대수는 2,143만 세대이다. 세대 당 인구는 평균 2.41명으로 집계돼 3명에도 미치지 못하고 있다. 1인가구가 계속 늘어나기 때문에 조만간 한 집에 두 명만 사는 초미니 가족사회가 도래될 것이다.

대한민국 인구는 2017년을 기준으로 세계 27위이다.

1위는 중국으로 14억 1,000만 명.

2위는 인도로 13억 4,000만 명.

3위는 미국으로 3억 2,400만 명.

4위는 인도네시아로 2억 6,400만 명.

5위는 브라질로 2억 900만 명이다.

아직 1억 명도 안 되는 한국의 인구는 2034년 5,282만 명으로 정점을 찍은 뒤 점점 감소할 것이라고 학자들은 전망했다. 인구절벽이라는 말이 현실화될 때 미래 한국의 국력에도 큰 타격이 예상된다.

얼마 전 평소 잘 알고 지내는 중견 언론인 한 분이 비서실을 통해 책을 한 권 보내왔다. 일본인 마스다 히로야가 쓴 '지방소멸'이라는 책이다. 인구감소로 연쇄 붕괴하는 도시와 지방의 생존전략을 체계적으로 서술했다. 그는 1951년 동경에서 태어나 동경대 법학부를 졸업하고 1995년부터 2007년까지 이와테 현지사를 거쳐 총무장관까지 지냈다. 지방정부의 수장에서 지방정부를 관장하는 장관을 지냈기에 그가 쓴 책은 일본뿐만 아니라 한국에서도 큰 반향을 일으켰다.

한때 일본 신서 대상 1위, 일본 최대 베스트셀러 경제서로 등극한 그의 책은 인구급감이 가져오는 경제파탄과 사회적 붕괴를 어떻게 막을 것인가를 상세하게 기록하고 있다. 그는 현재의 인구감소 추세대로라면 일본의 절반인 896개 지방자치단체가 소멸한다고 주장했다. 당연히 일본 전역을 충격에 빠뜨리며 격렬한 논쟁을 불러일으켰다. 그는 미국이나 유럽과는 달리 인구가 동경 한 곳으로만 집중하는 이상한 현상을 크게 우려했다. 한국도 서울집중 현상이 일본과 다를 바 없다.

특히 젊은이들을 '저임금으로 쓰고 버리는 곳이 동경'이라며 그들은 결혼도 출산도 포기한다고 했다. 그 결과 지방은 공동화되고 동경은 초고령화되고 있다.

2012년 일본의 평균 출산율은 1.41명이지만 동경은 1.09명이다. 우리나라의 수도권 집중은 일본보다 더 심하고, 2014년 전국평균 출산율은 1.2명, 서울의 출산율은 0.98명으로 훨씬 더 심각하다. 저자는 동경이 지방의 인구를 빨아들여 재생산을 못하는 인구의 '블랙홀'이라고 했다.

또한 지방에서 유입되는 인구도 감소해 '결국 동경도 축소되고, 일본은 파멸한다'고 경고했다. 더욱 심각한 것은 동경 도심에서 1시간 거리에 베드타운으로 형성됐던 신도시들이 몰락하고 있다는 것이다. 비슷한 연령대의 사람들이 몰려와 살다가 주거단지가 노후화되고 주민들은 고령화되자 사람들은 더 좋은 주거환경을 찾아 떠났다. 현금 흐름의 주 요인이었던 노인의 연금 수입이 노인 감소로 줄어들면서 편의점과 주유소 등이 문을 닫았다. 기본 편의시설이 부재하자 지방에서 생활하기 더욱 힘들어 인구는 점점 빠져 나간다. 때문에 지방 경제를 지탱하던 의료와 복지 분야의 일자리도 노인 감소로 축소된다.

정부와 지방자치단체는 인구감소로 생산성이 떨어지는 지방의 위기를 막으려고 안간힘을 쓰지만 역부족이다. 지방의 중핵도시를 육성하고 양질의 일자리를 제공하겠다고 발표하지만 쉽지 않다. 산업 기반이 열악하고 일자리가 부족하자 교육 의료 복지 등 모든 시스템이 성장을 멈춘 채 정체되어 있다. 인구가 감소하고, 시장이 축소되고, 수요가 줄어들고, 소비가 감소하는 시대가 너무나 급격하게 이루어지자 미처 손을 쓸 수 없을 정도로 위기감이 고조되고 있다.

지방이나 중앙 정치권의 일부 지도자들은 이러한 현상에 대해 현 정부나 현직 지자체장을 비판만 할 뿐 뚜렷한 대안을 내 놓지 못하기는 마찬가지다. 잘못된 원인을 찾아 치유하려는 지혜를 서로 모아야 하지만 비난이 먼저인 게 우리의 민낯이다.

지방이 위기를 겪으면서 지역 자금의 역외 유출도 심각하다.

불투명한 자금 흐름이 지방경제를 파탄으로 몰아가는 이유이기도 하다. 지방에서 번 돈이 수도권 등 대도시로 유통되지만 상당수가 지하자금으로 변질된다는 것이다.

2017년 2월 한 중앙일간지에 난 기사에 의하면 우리나라의 지하경제 규모는 125조원에 육박할 것이라고 추측했다. 제때 내지 않은 세금도 무려 27조원이라는 분석이다. 세목별로는 부가가치세가 11조 7,000억 원으로 최대였다. 소득세가 8조원, 법인세는 5조 9,000억 원에 이른다고 분석했다. 대부분 큰 사업을 하는 사람들이 지하자금을 형성하며 세금을 탈루하고 있는 것이다.

인구감소가 소비와 시장규모의 축소로 이어지고, 마을의 쇠락과 도시의 생산성을 약화시키는 큰 원인이라는 것을 알 수 있다. 여기에 지방에서 생산된 자금이 대도시 등 역외로 투자되면서 지방경제의 위축은 상상을 초월할 정도로 속도가 빨라지고 있다. 그렇다면 지방의 소멸을 방지할 수 있는 대책은 없는가. 분명 있다. 누구나 똑같이 말하는 것처럼 양질의 일자리 창출과 출산율을 높이기 위한 보육과 교육시스템의 선진화다. 이러한 것을 알고는 있지만 정부나 지방자치단체가 실천에 옮기지 못하고 있다. 실천에 옮길 수 있는 방법이 없는 것도 아니다. 법제화해서 강제조항을 두는 것이다. 신설되는 제조업의 경우 지방쿼터를 의

무화해 반드시 중앙정부의 승인을 받도록 하고, 열악한 기업 환경으로 피해를 볼 경우 정부에서 피해보상을 지원하는 시스템을 명문화하면 젊은이들이 일 할 수 있는 공간이 지방에 생성되는 것이다.

아울러 출산 육아 교육을 위한 지원도 정부와 지자체가 파격적으로 한다면 지방의 소멸을 막을 수 있다는 긍정적인 진단도 있다. 대한민국의 한 축으로 지방을 살리기 위해서는 정부의 화끈한 정책이 반드시 필요할 때라고 생각된다.

나쁜 사마리아인

사마리아는 이스라엘에 있는 도시 이름이다.

예루살렘에서 북쪽으로 약 1시간 거리에 떨어져 있으며 지대가 높아 적의 공격으로부터 방어하기 쉬워 한때 번영을 누리기도 했다. 그러나 외세의 침략을 자주 받고 종교적인 문제로 갈등이 노출돼 혼란도 많이 겪었다. 원래 사마리아에 살고 있는 사람들은 유태인들에게 무시와 경멸을 받던 사람들이었다. 유태인들에게 무시를 당하고 살았음에도 불구하고 한 사마리아인은 길가에 쓰러져 있는 유태인을 치유하고 도움을 줘서 목숨을 구하는 '선한 사마리아인'이라고 불렸다.

우리나라에는 영국 케임브리지대학 경제학과 교수로 재직 중인 장하준 박사의 '나쁜 사마리아인들'이라는 책을 통해 사마리아인이 알려지기 시작했다. 겉으로는 선한 척하고 뒤로는 나쁜 짓을 한다는 사마리아인을 패러디한 말로 신자유주의 경제 시스템에서 신랄하게 비판해 관심을 끌고 있다. 그는 선진국들이 개발도상국을 돕는다는 명분으로 여러 가지 일을 하는데 정작 그것이 개발도상국이나 저개발 국가들을 더 힘들게 한다는 것이다. 그들은 저개발 국가를 위해 기술 이전이나 교육 의료지원 등을 하며 생색을 내고 있지만 결국은 자국의 이익으로 가져간다는 것이다.

책 제목을 '나쁜 사마리아인들'이라고 정한 이유도 선진국 사람들이 가난한 나라에 대하는 태도가 나쁜 사마리아인처럼 곤경에 처한 사람들을 이용하는 것과 같다고 해서 정했다고 했다. 중국과 사드 문제로 심각한 경제전쟁을 치르고 있는 우리나라는 과거 기술력 우위 등을 통해 중국을 압도했으나 물량공세로 도전하는 중국에 고전을 면치 못하고 있다. 이처럼 세계는 지금 개방과 자유무역을 기조로 성장하고 있지만 보이지 않는 무역 전쟁이 곳곳에서 펼쳐지고 있는 것이다.

특히 선진 기술과 자본을 보유한 국가들은 자국에서 생산되는 전투기와 신무기 IT제품 등을 저개발국에 판매하면서 막대한 이익을 가져오고, 저 개발 국가에는 값싼 농산물 등을 수입해 무역 균형을 유지하는 것처럼 위장하고 있다. 그러나 이 같은 경제 구조는 저개발국가의 혁신적인 변화 없이는 균형발전이 불가능하며 선진국들의 보이지 않는 경제적 식민지 지배는 계속될 것으로 보인다.

막대한 자본이 시장을 점유하는 현상은 국제사회뿐만 아니라 국내 경제시스템에도 그대로 적용되고 있다. 기업들이 인수 합병을 통해 덩치가 커지면서 각 분야별 점유현상은 독점에 가까울 정도로 변화되고 있다. 때문에 서민들의 영업행위가 점점 어려워지고 있으며 대기업을 중심으로 한 시장경제구조의 재편 현상이 급속하게 이루어지고 있다.

정부와 자치단체 등은 영세 사업장과 전통시장 활성화를 위해 천문학적 예산을 들여 현대화 사업을 펼치고 있다. 그러나 시대가 변하면서 소비주체들의 취향은 전통시장을 찾기보다 주차공간이 편리하고 많은 물건들이 진열돼 있는 복합 쇼핑을 즐기고 있다. 여기에 일정금액 이상만 구입하면 가정까지 직접 배달하는 시스템을 갖추고 있으며, 인터넷과 전화로 집에서도 사고 싶은 물건을 구입할 수 있어 서민상권의 위축은 점점 심해지고 있다. 이 같은 현상을 극복하기 위해 펼치는 정부 정책도 아직까지 특별한 효과를 보지 못하고 있다.

지역사회도 마찬가지로 경제적 쏠림 현상이 심각해지고 있으며, 여기에 따른 사회문제도 곳곳에서 벌어지고 있다. 대한민국 지방에서 공통적으로 일어나는 것 중의 하나가 인구감소 현상이다. 인구 감소는 지역경제를 위축하게 하는 큰 원인이며 이를 타개하기 위한 자치단체의 노력도 눈물겨울 정도다.

일부에서는 1,000만 원이 넘는 출산장려금을 지원해 전국적으로 주목을 받고 있지만 근본적인 대책은 아니다. 1,000만 원을 받기 위해 셋째 아이를 낳겠다는 부모가 얼마나 되겠는가? 돈 1,000만 원이 욕심이 나서 아이를 낳겠다고 하는 부모는 거의 없을 것이다. 그렇다면 근본적인 원인부터 찾아야 한다. 인구감소의 원인은 일자리 부족이다. 일자리가 없기 때문에 젊은이들이 지방을 떠나고 있는 것이다. 양질의 일자리를 만들어야 한다. 물론 출산율 감소도 원인이겠지만 근본적인 이유는 일자리가 없기 때문에 지방경제가 큰 폭으로 위축되고 있는 것이다.

지난해 지역의 가장 큰 현안인 오투리조트 매각이 마무리되고 이제는 일자리 창출을 위해 뭔가를 해야겠다는 생각이 가득했다. 그 일이 바로 일자리 창출과 직결된 제조업 유치이다. 제조업도 재정상태가 건전하고 우량한 기업이 유치돼야 지역경기에 도움이 된다. 단순히 지방이전 기업에 대한 인센티브를 노리고 입주하는 업체는 양질의 일자리는 물론 저임금과 운영난으로 어려운 경우가 많다. 때문에 양질의 우수기업을 유치하기란 쉽지 않다. 그러던 찰나 지역에 조성중인 산업단지에 대기업이 입주하겠다는 의사를 전달해 왔다.

서울에서 몇 차례 대기업 회장과의 면담을 갖고 투자의향서를 체결한 후 본격적인 사업을 추진하기로 약속했다. 지역주민에게 너무나 좋은 소식이고 지역경제 발전에도 큰 도움이 될 것이라고 생각했다. 하지만 생각이 완전히 빗나갔다. 일부 지역주민들이 환경문제를 들며 기업유치를 결사반대했다. 주민들의 반대를 등에 업고 일부 지도자들까지 가세해 노골적인 반대를 했다. 주민들은 회의실을 막고 협약서 체결을 반대해 결국은 사인도 못하고 유야무야됐다. 반대의 움직임은 여기에 그치지 않고 정치권까지 동원됐다. 국회의원 몇 명이 현장을 찾아 현장을 둘러보는 등 문제는 점점 확산되는 듯했다.

대기업은 문제가 정치권까지 이어지자 사실상 그 사업을 포기하는 상황까지 벌어졌다. 아직 완전하게 끝난 상태는 아니지만 그 사업을 다시 유치하기란 쉽지 않을 것으로 보인다. 반대하는 일부 지도자들은 절차를 문제삼았다. 사실상 절차가 문제되는 것은 아니지만 반대를 위한 꼬투리로밖에 생각되지 않았다. 절차가 잘못되면 절차를 바로잡고 다시 시작하면 될 일을 그런 이유로 반대한다는 것은 나쁜 사마리아인보다 더 못하다고 생각된다. 문제의 본질을 피하고 절차만 따진다면 어떻게 될 것인가. 이 문제를 해결하기 위해 사업계획서가 제출되면 지역과 지역주민에 도움이 되는 사업일 경우 추진하고, 그렇지 않고 해가 된다면 이 사업을 추진하지 않겠다고 공개적으로 약속했지만 이마저도 무시되고 원천적으로 반대의견만 내놓았다.

지역에 장사가 안 되고 인구가 감소된다고 아우성이면서 기업이 유치되고 일자리가 생기는 일을 왜 반대하는지 이해할 수 없다. 환경문제가 우려되면 지역주민과 전문가 행정기관 등에서 공동으로 문제가 우려되는 부분을 정밀 진단하고 판단해야지 그 자체를 반대한다는 것은 무슨 이유일까. 이러한 문제를 정치적으로 이용하지 않길 간절히 바랄 뿐이다.

정치인은 지역과 지역주민의 이익을 대변해야 하다.

개인의 정치적 목적을 위해 지역의 공통된 이익마저 배신한다면 자격 미달이라고 생각된다. 지역이 어렵다. 자영업자를 포함한 택시기사 주부 등 많은 사람들이 경기가 없다며 어려움을 호소하고 있다. 이러한 어려움을 타개하기 위해서는 지도자들이 개인적 정치적 욕심을 버려야 한다. 일 할 땐 하나 된 모습으로 일하고, 선거가 다가오면 정정당당하게 페어플레이를 펼치는 모습을 보여야 한다. 지역의 현안이 개인의 정치적 욕심에 볼모로 잡혀서는 안 된다.

또한 지역의 현안을 해결하는 척하며 자신의 목적을 드러내며 이용하는 음흉한 생각도 버려야 한다. 선진국이 저개발 국가를 위해 도움을 주는 것처럼 하지만 실제는 자국의 이익을 먼저 챙기는 나쁜 사마리아인들처럼 이중인격을 가진 정치인은 절대 설 자리가 없다는 것을 명심해야 한다.

동주공제(同舟共濟)

'가장 현명한 사람은 항상 배우는 사람이다. 가장 강한 사람은 자신을 이기는 사람이다. 가장 부자인 사람은 자신이 가진 것에 감사하는 사람이다. 가장 행복한 사람은 기다림이 있는 사람이다.'

평소 존경하는 분이 공적인 자리에서 말씀하신 내용이다.

좋은 대학을 졸업하고 아는 것이 많다고 영어 단어를 일상생활에 써가며 폼 잡는 사람. 어려운 일이 다가오면 스스로 해결하기보다 남의 손을 먼저 빌리는 사람. 가진 것이 많다고 거만하거나 자랑을 일삼는 사람. 노력보다는 요행을 바라고, 행복보다는 행운을 바라는 사람. 이런 사람과 함께 한다는 것은 쉬운 일이 아닐 것이다.

사람들은 제각각 생각을 하고 뜻이 맞는 사람들은 무리를 지어 무엇인가를 함께 하려고 한다. 운동을 해도 같이 하고, 산에 가도 같이 가고, 여행을 해도 같이 하고, 술을 마셔도 같이 마시는 사람들이 늘 있게 마련이다. 하지만 마음이 맞지 않으면 그 자리를 피하거나 아예 무리를 등지는 게 사람의 심리다. 사람 사는 세상이 이러한데 어찌 함께 갈 수 있겠는가.

얼마 전 어느 스님의 경험담을 들으면서 많은 것을 느꼈다. 그 스님은 정말 좋아하는 친구가 있었고, 그 친구랑 함께 여행하는 것이 소원일 정도로 간절했다. 마침 서로의 시간이 맞아 여행을 하게 됐는데 하루 만에 함께 다니는 것을 포기했다고 한다. 아주 친하다고 생각한 친구와 함께 여행을 해 보니 성격이 틀리고 생활습관이 틀려 오히려 스트레스를 받았다고 했다. 심지어 식사를 같이 하면서 음식을 선택하는 취향이 다르고, 밥을 먹으면서 지나치게 소리를 내는 것도 불편했고, 분명 목적지를 빨리 갈 수 없는 길임에도 불구하고 이 길이 빠르다고 고집하며 차를 운전하는 것도 너무 불편했다고 토로했다.

그래서 스님은 그 친구와 저녁에 합의를 했다.

매일 오전 8시 각자 출발해서 여행을 하고 저녁에 다시 만나자는 데 의견을 같이했다. 스님은 여행기간 내내 그렇게 해서 친구와 멀어지는 것을 방지할 수 있었다고 고백했다. 가능한 일인가? 세속인 누구보다 참을성이 강하고 이해심이 많을 것 같은 스님들도 현실적이고 냉정한 방법을 택한 것이다.

하물며 일반인들의 경우 매일 반복되는 일상 속에 부딪히는 사람들과 함께 한다는 것은 쉬운 일이 아니다.

    갈등은 국가와 국가, 정부와 지방, 정치권과 행정부 등은 물론이고 지역사회의 작은 조직에서도 빈번하게 일어난다. 그 중에 잘 지내던 사람들이 하루아침이 갈라서서 주변을 놀라게 하는 경우도 있다.

    최근 노인인구가 급속하게 늘어나면서 어르신에 대한 복지수요가 급증하고 있다. 경로당도 크게 늘어나면서 아예 경로당에서 점심식사 등을 해결하며 공동체 생활을 하는 어르신들이 많다. 경로당에서 하는 점심식사는 대부분 여자 어르신들이 준비하고 설거지도 담당한다. 그러나 아주 극소수의 경우지만 남녀 어르신들이 불편한 관계로 갈등이 발생하면 점심식사를 제각각 해 드시는 경우가 있다. 때문에 요리에 익숙한 여자 어르신들은 불편한 게 없지만 남자 어르신들은 자취방에서 먹는 음식처럼 안타까워 보인다. 뿐만 아니라 경로당 회원들끼리 다툼이 발생해 아예 발길을 돌리는 경우도 있어 마음을 아프게 한다.

    일부 사회단체도 유사한 경우가 있다.

    잘 지내다가 갑자기 송사로 이어져 원수가 되는 것을 본다.

    가정도 마찬가지로 부부와 부모형제 사이에서도 갈등의 요인은 있게 마련이다. 어떤 이는 갈등의 예방요인으로 상대에 대한 관심을 적게 가지면 된다고 한다. 다시 말해 상대가 나에게 뭘 해주기를 바라는 자체가 욕심이기 때문에 욕심을 버리면 갈등이 발생할 이유가 없다는 것이다. 어찌 보면 틀린 말은 아닌 것 같다.

우리 민족은 예로부터 공동체 의식이 있었다.

가족공동체를 비롯해 마을 공동체 등 무엇이던 함께 하는 미덕이 존재했다. 그러나 지배와 피지배계급이 형성되고 자본주의가 정착되면서 공동체보다는 개인주의가 더 확산되는 양상이다.

최근에는 집단이기주의가 사회문제시되고 있지만 이를 극복하기 위해 봉사활동을 기반으로 한 공동체 의식운동이 확산되는 추세이다. 그 중에서도 나눔을 미덕으로 한 경제공동체는 거시적 측면에서 이루어지고 있으며, 지방자치단체에서도 봉사라는 명목 아래 점점 확산되고 있다.

지방의 신흥세력으로 등장하고 있는 자치단체와 지방의회 언론 시민사회단체 토호기업인 등도 상호 유기적 협조관계를 통해 공존하고 있는 것도 어떻게 보면 경제공동체의 틀 안에서 가능한 일이다. 이들이 각자의 이익을 위해 서로 다른 길을 간다면 갈등과 분열 등 지역발전은 점점 어려워질 것이다. 그런 의미에서 같은 배를 타고 함께 강을 건넌다는 말이 가슴에 와 닿는다. 사자성어로 동주공제(同舟共濟)라고 한다.

이 말이 참 좋다.

동주공제는 사랑하는 사람과도 통하고 부모형제 친구 등 통하지 않는 상대는 거의 없는 것 같다. 오랫동안 대립관계를 보였던 친구나 지인들과도 화해의 의미로 함께 할 수 있는 단어이고, 심지어 남북이 대치한 상황에서도 이 같은 말이 통할 것 같다.

개인적으로는 '아름다운 동행'이라는 말을 좋아한다.

혼자 가기보다는 뜻이 맞는 여러 사람들과 함께 가기를 바라는 마음에서 이 말을 늘 생활해 왔다. 특히 몇 번의 선거를 치르면서 함께 했던 사람들은 나와 비슷한 성격의 소유자로, 대내외적으로 크게 두각을 나타내는 분들이 아니었다. 늘 평범하게 살면서 자신의 위치에서 최선을 다하는 모습이 아름다운 사람들이었다. 어떻게 보면 선거캠프에서 활동한 경험이 없는 아마추어들로 구성됐는데, 몇 번의 선거를 치르면서 좋은 성과를 거두었다.

여기서 얻은 교훈은 순수함이다.

많은 사람들이 선거를 '도박판'에 비유하며 '선거판'이라고 표현한다. 잔 머리를 굴리고 유권자들을 기만하고 속이는 것은 패배의 지름길이라고 생각된다. 특히 본인이 출마하게 된 이유와 앞으로 무엇을 하겠다고 유권자들에게 호소하는 것이 중요함에도 불구하고 상대후보의 흠집 내기에 열을 올리는 후보도 있다.

자신의 정책을 홍보하는 것보다 상대를 비방하고 허위사실을 유포하는 행위야말로 자격이 없는 사람이라고 생각된다. 본인의 생각을 정확하게 전달하고 조금 부족하더라도 거짓 없이 유권자를 대한다면 패배를 해도 아름다운 패배가 될 것이다. 적어도 시민의 심판을 받겠다고 나서는 사람이라면 기본적인 가치관이 우선 정립돼야 하고 승자나 패자나 함께 갈 수 있는 '동주공제'의 자세가 필요하다고 생각된다.

정치 경제 사회 문화 등 모든 분야의 사람들이 같은 배를 타고 어려움을 헤쳐 나간다면 지역사회는 밝은 빛이 가득할 것이다. 조용히 생각해 본다.

앞으로 건배제의를 받으면 "동주공제"로 해야 할 것 같다.

"동주공제를 위하여!!!"

풀미당골 경제학

월인천강

달은 하나인데 수천 개의 강에 비친다.

지구상에 뜨는 달은 분명 하나지만 수많은 강과 바다에서 볼 수 있다. 과학적으로 달은 지구에서 약 38만 4,000km 떨어져 있다. 서울에서 부산까지의 거리가 도로원표를 기준으로 477km이다. 요즘은 고속도로가 직선으로 연결돼 있어 실제 거리는 더 짧다. 지구에서 달의 거리는 수치상으로 볼 때 서울에서 부산까지 805배에 이른다. 그리고 인천에서 뉴욕까지 거리가 6,879마일로 km로 환산하면 1만 1,000km이다. 인천에서 뉴욕까지의 거리를 비교해도 35배나 된다. 우리는 이렇게 먼 거리에 있는 달을 눈으로 보고 있는 것이다.

그렇다면 달의 크기는 얼마다 될까. 과학자들은 지구가 달보다 약 3.6

배 더 크다고 한다. 달이 지구의 절반 크기에도 미치지 못하지만 지구와 가장 가까이 있어 인간이 우주를 정복하는 데 전초기지로 활용된다. 1959년 구 소련이 무인 탐사선을 달에 보낸 이후 인간의 달에 대한 탐구는 꾸준히 진행되고 있다. 1969년에는 유인 탐사선인 미국의 아폴로 11호가 최초로 달 착륙에 성공했다. 과학적인 진실만으로 볼 때 달은 인류와 크게 떨어지지 않은 곳에 존재하고 있다.

달에 대한 인식은 과학적 접근 말고도 상징적 의미로 많이 사용한다.

역사적으로 보면 달에 대한 인식은 동양과 서양에서 큰 차이를 보이고 있다. 한국을 비롯한 중국 일본 등 동양에서는 달을 푸근하고 좋은 것으로 생각한다. 동양의 여러 나라에서는 보름달이 뜨는 날을 명절로 많이 삼고 있다.

한국은 정월 대보름엔 보름달을 보며 소원을 빌고, 음력 8월 15일은 설과 함께 민족 최대의 명절인 추석을 맞이한다. 물론 보름달은 빠질 수 없는 추석의 대미를 장식하고 있다. 우리나라에 지금도 유행하고 있는 '달타령'의 노랫말을 보면 달에 대한 이미지가 얼마나 좋은지 알 수 있다. 풍요와 해학 소망 등이 모두 담겨 있다. 정월에 뜨는 달은 새 희망을 주는 달이고, 삼월에 뜨는 달은 만연한 봄기운을 반영하듯 처녀가슴을 태우는 달이라고 했다. 그리고 구월에 뜨는 달은 풍년가를 부르는 달이고, 십이월에 뜨는 달은 기나긴 겨울 밤 사랑하는 임을 기다리는 마음을 표현해 님이 그리워 뜨는 달이라고 했다.

한국에서 뜨는 달은 노랫말처럼 1년 내내 이유가 있다. 그만큼 달에

대한 인간의 소망과 애환이 그대로 나타나 있는 것이다. 하지만 서양에서는 달을 불안하게 생각하고 공포의 상징으로 여기는 등 부정적인 이미지가 많다.

서양에서는 보름달 아래에서 마귀들이 축제를 벌인다는 속설도 있고, 보름달이 뜨는 날엔 늑대인간이 돌아다닌다고 생각했다. 달에게 인간의 소망을 담아내는 동양과는 반대로 달을 배척해야 하는 존재로 생각한 것이다. 물론 기독교가 뿌리 내린 서양에서 달을 신적인 존재로 생각하고 소원을 빈다는 것은 상상하기 어려운 일이다. 때문에 달빛 아래 인간을 해치는 마귀들이 활보한다는 이유로 달이 풍요와 번영의 상징으로 인식되지는 못했다. 이처럼 달은 하나인데 동양과 서양에서 받아들이는 인식은 완전히 다른 것이다.

월인천강에 나오는 달은 불교에서 석가불을 상징하고, 강은 중생을 의미한다. 수많은 중생에게 환한 빛을 비쳐주고 풍요로움과 자비를 베푸는 부처님의 온화함을 달에 비유한 것이다.

월인천강을 경제적 측면에서 접근해 음식점에 비유해 보자. 여기서 말하는 달은 주인이고, 강은 손님이다. 음식점은 하나인데 매일 수많은 사람들이 찾아오고 연간 헤아릴 수 없을 만큼 많은 사람들이 이용한다. 음식점 주인은 이곳이 경제활동을 하는 주요 무대이다. 본인의 생계와 관련돼 있기 때문에 소비자의 입장에서, 또는 고객의 입장에서 항상 귀를 열어놓고 손님을 대해야 한다. 잘 되는 음식점은 왜 잘 될까. 왜 인구가 줄어들고 사람이 많지 않다는 지방에서도 잘 되는 식당은 번호표를 뽑아가면서 사람들이 줄을 서 있는 것일까. 냉정하게 연구하고 살펴볼 필요성이 있다. 음식점이라고 다 잘 되지는 않지만, 안 되는 음식점이 더 많다는 것에 문제가 있다. 음식점이 갖추어야 할 최고의 순위는 맛이다. 우선 맛이 있어야 사람이 찾고, 입소문이 확산되는 것이다.

물론 음식점을 하는 사람들이 각자의 생각에 따라 매출을 올리고 적당한 수준의 수익을 낼 것이라고 기준을 정하지만 그렇지 못하는 경우가 더 많다. 특히 창업하는 경우 목표의 절반에도 미치지 못해 결국은 견디지 못하고 문을 닫는 아픔도 있다. 생각건대 음식점을 하겠다고 하는 사람들의 기본적인 솜씨는 갖춰졌을 것으로 판단된다. 요리에 솜씨가 없는 사람이 음식점을 하겠다고 생각하지는 않을 것이다. 그렇기 때문에 기본적인 솜씨는 특별한 경우를 제외하고 비슷할 것이라는 생각이 든다. 그렇다면 무엇이 승패를 갈라놓는 변수로 작용할까.

그것은 음식점 사장의 마인드라고 생각된다. 끊임없이 연구 노력하는 사람은 따라 갈 수 없다. 지역의 현실을 잘 파악하고 주요 소비층과 고객의 심리를 알아야 한다. 이는 소비자의 몫이 아니라 음식점 사장의 몫이다. 음식점 운영에 대한 분명한 철학과 영혼이 있어야 가능한 일이다. 가끔 골목 한 귀퉁이의 분식집에서 연간 수억 원대의 매출을 올린다는 TV 프로그램을 본다. 그냥 부러워할 일이 아니다. 그들의 뒷면에는 끊임없는 연구와 노력이 반드시 뒤따른다. 신선한 재료만을 사용해야 한다는 사장님의 절대적인 철학, 박리다매의 원칙에 따라 한국인이 좋아하는 저렴한 가격에 푸짐한 음식을 제공하는 손맛, 양념과 소스는 기성 제품을 사용하는 것보다 자체 개발하고, 다른 곳에서 흉내 낼 수 없는 특화된

맛으로 고객을 사로잡는 요령, 종업원의 청결과 음식점 내부의 위생상태, 심지어 음악이 흐르는 화장실까지 고려하는 섬세함, 여기에 종사자들의 친절이 가미되면 더 좋을 것이 없어 보인다. 이렇게 나열한 것들을 총체적으로 연구하고 실천해야만 성공의 길이 보이는 것이다.

하지만 이러한 일들이 결코 어려운 것은 아니다. 고용주와 종사자들의 마인드만 조금 변화되면 가능한 일이다. 이러한 노력도 하지 않고 음식점이 잘 되길 바라면 요행을 바라는 것과 무엇이 다르겠는가. 김밥 한 줄에도 주인의 철학이 들어가야 하고, 고객을 맞이하는 친절함이 묻어나야 한다.

요즘은 손님이 먼저 "잘 먹었습니다. 안녕히 계세요"라고 인사하는 경우가 많다. 그러기에 앞서 주인이 먼저 손님 곁에 다가가 살갑게 인사하고 미소로 친절을 베푼다면 손님은 대단한 만족함을 느낄 것이다. 손님이 찾으면 웃음도 없이 눈빛도 마주치치 않은 채 "어서 오세요"라고 하는 것은 인사도 아니고 친절도 아니다. 그냥 영혼 없는 메아리일 뿐이다.

옛날 한 주방장은 주인의 잔소리가 하도 심해 그 식당을 망하게 할 목적으로 음식을 아끼지 않고 퍼 주었는데 고객이 더 늘어났다는 말이 있다. 푸짐한 음식은 한국인의 정서와 부합된다. 그리고 요즘은 음식의 양과 함께 질적인 측면인 맛을 고려하지 않을 수 없다. 아울러 고용주와 종사자들의 친절한 미소가 손님을 더 많이 끌 수 있을 것이다.

지금이라도 음식점을 운영하시는 분들은 작은 변화를 한 번 주기 바란다. 영혼 없는 인사, 철학 없는 식단은 이제 버리고 신선하고 깨끗한 음식점으로 수천 명의 고객을 맞이하는 사장님이 되길 기대해 본다.

월인천강에 나오는 달처럼 풍요롭고 밝은 삶이 시작될 것이다.

화장실과 스위트룸

화장실은 음식점의 또 다른 얼굴이다.

우리나라 사람들은 옛부터 내면보다 외면에 많은 투자를 한다.

속은 쉽게 드러나지 않지만 밖은 사람들의 눈에 잘 보이기 때문이다.

웅장한 건물외벽과 화려한 간판, 명품으로 치장한 옷차림, 인형처럼 꾸민 색조화장, 형형색색의 헤어컬러, 날씬한 몸매 등 다른 나라 국민들보다 유독 외형적인 곳에 많은 돈을 투자한다. 그렇지만 사람들이 잘 보이지 않는 곳은 방치하는 경우가 많다. 지금도 일부 음식점의 경우 화장실을 소홀히 관리한다. 화장실의 청결상태는 선진문화를 가름하는 중요한 요소이다. 때문에 깨끗하게 관리하는 것은 기본이다.

지금은 많이 달라졌지만 몇 년 전만 해도 식품위생 업소의 화장실은 그렇게 청결하지 못했다. 88서울올림픽과 2002년 월드컵을 계기로 화장실 문화가 크게 개선됐지만 아직도 시골의 일부 식당에 가면 과거와 변함없는 화장실을 볼 수 있다.

음식은 소문대로 너무나 맛있는 집이지만, 가끔씩 가는 화장실은 옛날과 다름없이 청결하지 못하다면 음식 맛이 떨어질 수밖에 없다.

선진국일수록 화장실은 향기 나는 스위트룸으로 단장되어 있다. 우리나라도 점차 개선되고 있지만 아직도 선진국과는 거리가 먼 듯하다.

시장이 된 이후 화장실 문화 개선을 위해 몇 차례 회의를 소집하고 업소교육을 시행한 것도 이런 이유 때문이다. 특히나 많은 사람들이 찾는 기차역 버스대합실 등의 화장실은 그 도시의 얼굴로 표시될 정도로 깨끗해야 한다. 그렇게 하려면 철저한 관리가 필요하고 이용하는 사람들의 의식도 중요하다.

화장실은 과거 뒷간이라고 불렀다. 뒤를 본다는 순 우리말이다. 1948년 초대국회 때 어느 한 의원이 손을 들어 발언을 신청한 뒤 "뒤 좀 보고 오겠다"는 말을 해서 시중에 오랫동안 웃음거리가 된 적이 있다.

뒷간이라는 말 이외에는 변소 칙간 정낭 통시 등도 사용됐다. 칙간은 강원도와 전라도 지방의 사투리고, 정낭은 함경도 지방의 사투리다. 통시는 경상도와 강원남부 지방에서도 사용하는데, 통숫간은 그냥 방언 (方言)이라고만 사전에서는 풀이하고 있다.

화장실과 관련해 재미난 얘기가 많은 것은 인체와 밀접한 연관이 있기 때문이다. 경상도 친구가 서울에 가서 경상도 사람의 티를 안 내기 위해 말했다는 "통시가 어디죠?"라는 사투리는 유명한 일화이다. 당연히 서울 사람들은 통시라는 말을 알 리 없었다.

요즘 시골의 식당을 가면 화장실이 실내에 있는 경우가 많다. 고급음식점, 깨끗한 음식점일수록 화장실을 실내에 설치하고 비누와 수건 등을 비치해 놓는다. 그렇지만 얼마 전까지만 해도 시골의 식당 대부분은 화장실을 밖에 설치하는 경우가 많았다. 그만큼 화장실을 등한시했다는 것을 반증한다.

변소는 한자로 한국을 비롯해 중국 일본 등에서 널리 사용되는 말이다. 옛말로는 해우소(解憂所)라고 해서 근심을 해결하는 곳이라고 했다. 주로 사찰에서 많이 사용했다. 화장실이라는 말은 이제 우리나라에서 쓰던 재래식 화장실이 아니라 외국에서처럼 하나의 문화 공간으로 변해가는 추세이다. 요즘 백화점과 호텔 등의 화장실에는 음악을 틀어주고 여자화장실에는 아이의 귀저기를 갈 수 있는 곳도 있다고 한다.

화장실이라는 말이 처음 생긴 것은 영국이다.

18~19세기 영국에서는 가루를 가발에 뿌리는 것이 유행이었다.

이 때 상류층 가정의 침실에는 대개 파우더 클라젯(powder closet)이 있었다. 이곳은 가발에 가루를 뿌리기 위한 공간이다. 직역하면 '화장하는 방'인데 가루를 뿌린 뒤 손을 씻어야 하기 때문에 물을 비치하게 됐고, 이후 화장실이 변소를 의미하는 말로 쓰이게 됐다.

　과거 조선시대 경복궁에는 화장실이 28곳이나 있었다고 한다.
　프랑스 왕궁이었던 베르사유궁전에 단 한 곳도 없었던 것과 비교하면 상당히 많은 수치다. 경복궁 안에 있는 화장실의 이름은 서각(西閣) 또는 혼헌(渾軒)이라고 했다.
　그러나 정작 왕과 중전이 기거했던 곳에는 화장실이 없었다고 한다. 왕과 왕비는 화장실에 가지 않고 이동식 좌변기를 썼는데, 그 이름을 '매화틀'이라고 불렀다. 매화틀 그릇은 사기나 청동으로 만들었는데 밑은 서랍으로 만들어 밀어 넣고 뺄 수 있었다. 그릇 안에는 재를 가득 담아서 용변을 볼 때 소리가 나지 않게 하였을 뿐만 아니라 냄새도 나지 않게 했다. 아무래도 왕과 왕비는 귀한 몸이니만큼 독특한 방법을 사용했던 것 같다.

　우리나라 화장실이 변하고 있다.
　과거와 비교하면 호텔 스위트룸 정도까지라고 해도 과언은 아니다. 스위트룸은 호텔에서 최고급 룸을 의미하는 것으로 누구나 알 것이다.
　스위트룸은 하룻밤에 500만 원, 800만 원 등 그 가격은 알 수 없을 정도로 높다. 뉴욕의 플라자 호텔 스위트룸은 하룻밤 숙박료가 1,500만 원 정도라고 한다. 시설이 어느 정도인지는 모르지만 최고급 중에 최고급이라고 하니 일반 서민들은 상상도 할 수 없다. 4일 밤을 숙박한다면 지방 중소도시의 어지간한 아파트 한 채를 살 수 있는 돈이다.

우리나라 연예인들도 결혼 후 첫날밤을 특급호텔 스위트룸에서 보낸다고 하니 부럽기보다 "왜 하룻밤 자는 데 몇 백 만원씩 줄까" 하는 생각이 든다. 내가 아직 서민이라서 그런지 이해가 되지 않는다. 상류층 사람들은 당연시하겠지만 내 생각은 아닌 것 같다.

최고의 쉼터는 내 몸이 편하게 쉴 수 있는 그런 공간이라고 생각한다.

단 1평에 불과할지라도 남의 간섭 없이 정말 편히 쉴 수 있는 그런 곳이라면 스위트룸이 부럽지 않다.

지금 나에게 있어 최고급 스위트룸은 내가 생활하는 공간이다. 전국에서 가장 작은 시장실 중의 하나이지만 넓은 공간이 전혀 부럽지 않다. 벌써 8년 째 이 사무실에서 업무를 보고 여러 가지 정책을 구상한다. 하루에도 수많은 사람들을 이곳에서 만나고 수없이 많은 결재와 일들을 이곳에서 처리한다. 아마도 잠자는 시간을 제외하고 집에 있는 시간보다 사무실에 있는 시간이 더 많을 수 있다. 그래서 난 이곳을 나의 스위트룸이라 하고 싶다. 사무실 바로 옆에는 한 사람이 쉴 수 있는 창고도 붙어 있어 잠시 쉬는 이 공간은 너무나 편안하다. 이곳에서 보내는 시간이 즐겁기만 하다.

화장실도 마찬가지다.

편하게 쉴 수 있도록 깨끗하고 편리한 공간으로 조성돼야 한다.

특히 지역의 음식점 등 시민이나 관광객이 많이 다니는 식당 사장님들에게 화장실 문화 개선을 적극 권장하고 싶다.

화장실은 이제 그 나라, 그 지방의 얼굴이다. 공중 화장실뿐만 아니라 일반 음식점과 업소 가정 등에서 사용하는 화장실도 그들만의 스위트룸이 될 수 있도록 지속적인 노력을 당부하고 싶다.

향기 있는 음악이 흐르고, 책 한 권 손에 쥘 수 있는 작은 공간.

최고의 스위트룸을 우리나라 대중음식점에서 만들어 가길 기대한다.

자본이 필요 없는 투자

자본이 필요 없는 투자. 그것은 웃음이다.

자본주의 사회에서 자본은 경제활동의 척도이다.

자본 없이 영업활동을 한다는 것은 있을 수 없고, 기본적인 경제활동마저 제약을 받는다. 그만큼 우리 사회에서 중요한 역할을 하는 것이 자본이다. 그러나 자본이 전부는 아니다. 흔히 얘기하는 것처럼 '돈이 전부가 아니다' 라는 말과 같이 돈으로 모든 것을 해결할 수 는 없다. 자본이 많다고 해서 손님이 많은 것도 아니고, 다른 업체보다 영업이익을 많이 올리는 것도 아니다. 적은 투자로 매출액을 많이 올리는 작은 업소도 있고, 반대로 화려한 투자로 고객을 유혹했지만 견디지 못하고 폐업하는 경우도 있다.

그렇다면 자본과 함께 필요한 것은 무엇일까. 여러 가지 많겠지만 그 중에 빼 놓을 수 없는 것이 친절이다. 친절은 자영업자뿐만 아니라 사람이 살아가는 모든 분야에서 중요하다고 생각된다. 관공서를 포함해 정치 경제 사회 문화 등 사람이 살아가는 사회적 관계에서 가장 중요한 부분 중의 하나가 친절이다.

과거 한국에서 대사관을 지내고 미국으로 돌아가 교수 생활을 한 사람이 있다. 그는 미국에 살던 집에서 지하철로 이동해 역에서 10여 분을 걸어야 학교에 도착했다. 매일 걸어서 학교에 출근하던 중 우연히 그 시간에 혼자서 커피를 마시던 노인과 마주치게 됐다. 그 노인도 매일 그 시간에 혼자 2층에서 따뜻한 햇살을 받으며 커피를 마시고 있었던 것이다. 그 교수는 그곳을 지날 때마다 웃음으로 그 노인과 인사를 했고 시간이 지나면서 서로 친해져 커피를 같이 마시는 사이가 됐다.

하지만 그 노인이 무엇을 하는 사람인지 전혀 궁금해하지도 않았고 알지도 못했다. 다만 혼자 외롭게 커피를 마시는 노인의 말벗이 되어주기 위해 다가선 것이다. 그러다가 얼마 후 노인이 보이지 않았다. 수소문한 결과 그 노인은 더 이상 견디지 못하고 쓰러져 병원으로 이송돼 숨을 거둔 것이다. 그 교수는 장례식장까지 가서 따뜻한 마음을 담아 노인을 보냈다. 얼마 후 숨진 노인의 유서를 변호사가 가져왔다. 순간 놀라지 않을 수 없었다. 그 노인은 글로벌 기업의 회장으로 은퇴를 하고 혼자 외롭게 지내던 중이었다. 노인은 숨을 거두기 직전에 우리 돈으로 2조 원 규모의 유산을 그 교수에게 물려주라고 유서를 남겼다.

또한 글로벌 기업 지분의 5%를 그 교수에게 건넸다. 상상할 수 없는 일이지만 이 일이 미국에서 벌어졌던 것이다. 이 교수는 그 돈 전액을 개인적으로 사용하지 않고, 학교에 기부했다. 덕분에 학교는 미국은 물론 세계적으로도 유명한 명문 대학이 됐다. 유추해 보면 그 노인은 교수에게 돈을 준다고 해도 교수가 개인적으로 사용하지 않을 것이라는 믿음이 있었을 것이다.

결론적으로 노인은 교수를 통해 자신의 재산을 사회에 환원해 유익한 사회사업에 사용할 수 있도록 한 것이다. 물론 대학교수가 돈을 개인적으로 가져간 것은 아니지만 '웃음' 그 하나로 엄청난 믿음과 부를 가져올 수 있었던 것이다.

우리나라 속담에 '웃는 얼굴에 침 못 뱉는다'는 말이 있다.

아무리 미워도 상대방이 웃으며 잘못을 빌면 더 이상의 행동을 할 수 없다는 의미다. 현대 사회뿐만 아니라 과거부터 사람들은 사는 게 힘들다고 한다. 경제적으로 사회적으로 힘들다고 하면서 웃음과 미소에는 늘 궁색하다. 웃음은 피곤한 사람에게 휴식처가 되고, 가난한 사람은 부자로 만든다. 슬픈 사람에게는 위로가 되고, 병을 고치는 처방전이 되고, 어려운 숙제를 풀어주는 참된 스승이 된다. 웃음과 미소는 자본을 투자하지 않고도 돈을 버는 수단이 될 수 있으며, 가벼운 눈인사라도 먼저 던지면 상대방을 기분 좋게 한다.

인간관계도 미소가 만들어 준다. 사랑도 미소로 시작하고 인연도 가벼운 미소로 유지한다. 웃음 없이 진정한 부자가 될 수 없고, 웃음 많은 사람은 가난도 비켜간다. 웃음과 미소는 우리를 부자로 만들고, 건강과 장수의 비결에도 웃음 없이는 생각할 수 없다. 이렇게 좋은 웃음과 미소는 돈으로 살 수 있는 것도 아니도 빌릴 수도 없다. 스스로 긍정적인 생각을 가지고 욕심을 버려야 가능한 일이다. 지나친 욕심은 화를 불러일으키고 인간관계에서도 웃음과 미소로 대하기 어렵다.

지방경제뿐만 아니라 우리나라 경제활동의 큰 축을 차지하는 그룹이 자영업자이다. 통계청에 의하면 우리나라 자영업자수는 690여 만 명이다. 우리나라에 있는 사장님이 모두 690만 명이라고 해도 과언은 아니다. 자영업은 변호사나 개업 의사부터 학원 일반음식점 여행사 길거리 노점상 보험설계사 학습지교사 등 다양한 업종이 존재한다. 이 중 개인사업자가 590만 명이고, 법인사업자가 100만 명쯤 된다. 하지만 폐업하는 업체도 많아 매월 2,000여 개 이상이 문을 닫는다. 자영업은 음식업 서비스업 부동산임대업 등이 75%를 차지하고 있으며 이들의 폐업도 단연 월등이 많다. 그만큼 창업도 쉽지만 폐업도 쉽다는 것을 알 수 있다.

단적인 예로 우리나라 치킨 집은 3만 6,000여 개가 된다고 한다. 전세계맥도날드 매장보다 더 많다. 물론 폐업의 원인에는 여러 가지 있겠지만 서비스 등 업주의 친절도 한 몫 할 것이라는 연구기관의 발표가 있다. 불친절 사례를 보면 숙박업소의 경우 바가지요금도 모자라 위생상태와 난방 등을 문제시 삼아 개선되지 않은 경우가 많았다. 음식점은 가격에 비해 맛과 양이 형편없고, 특히 관광지나 피서지 등은 고질적인 민원으로 작용했다. 버스 기사의 과격한 운전과 과다한 택시요금 등 우리

사회 곳곳에서 불친절과 불편함이 존재하고 있다. 소비자가 상품을 구입해 사용하는 과정에서 품질결함으로 피해를 입는 경우에도 피해보상을 받기가 쉽지 않다.

또한 불친절한 종업원도 도마 위에 올랐다. 고객에게 불필요한 제품을 소개하거나 가격을 부풀리는 등 오로지 판매만 목적으로 하는 경우를 본다. 고객의 말을 듣지 않고 거칠고 무례하게 대하거나 고객의 요청에 대해 '제 권한이 아니라서 해 줄 수 없다'는 무책임한 경우도 본다. 특히 고객이 기다리고 있어도 물건을 사든지 말든지 하는 식의 무관심 종업원이 있고, 고객에게 인사 할 때 감정 없이 자동인형처럼 움직이는 사람도 있다. 가장 보기 싫은 것은 고객을 불청객으로 대하거나, 고객이 보는 앞에서 휴대전화를 오랫동안 사적으로 사용하는 등 개인적인 일을 우선하는 것이다. 이런 종업원이 있다면 그 사업장은 좋은 매출을 기대할 수 없다.

불친절은 공공기관에서도 존재해 근절을 위한 노력이 계속되고 있다.

단체장을 하면서 느낀 것은 공무원의 불친절은 조금만 노력하면 금방 고쳐질 수 있다고 생각한다.

예를 들어 민원인에게 어려운 행정용어를 사용하며 설명하는 것은 공무원의 입장에서 보면 당연한 것이지만 민원인 입장은 불편하기 짝이 없다. 민원인이 행정기관을 방문했을 때 해당 공무원이 민원인과 눈을 마주치지 않은 채 귀찮다는 태도를 보이면 자칫 감정싸움으로까지 번질 수 있다. 여권이나 각종 증명서 발급을 위해 민원실을 찾는 경우 "여기 있는 서식에 따라 제대로 작성해야 됩니다"라고 말하며 추가적인 질문에도 귀찮듯이 "작성 방법이 뒷장에 나와 있습니다"라고 한다면 민원인이 할 말을 잃는다. 이러한 것은 공무원의 작은 정성과 관심만 있다면 금방 개선된다.

　웃음은 사람을 기분 좋게 한다.
　웃음은 사람을 따뜻하게 한다.
　친절은 누구를 위한 것이 아니라 자신을 위한 것이다.
　자본이 필요 없는 투자로 최고의 음식점을 만들고, 신뢰와 사랑과 존중을 받는 최고의 공무원이 되길 바란다.

걸림돌은 빼고
디딤돌은 놓고

사회생활을 하다보면 갖춰야 될 부분들이 너무 많다.

일상생활에 필요한 예의범절부터 인간의 기초적인 삶인 의식주에 이르기까지 유무형의 과제를 늘 안고 산다. 관공서에서 각종 증명서류를 발급 받을 때나, 사업을 하거나 집을 지을 때도 필요로 하는 것들이 많다. 때로는 이러한 일을 굳이 해야 하는가 하는 생각도 든다. 물론 필요한 부분들은 반드시 해야 하겠지만 그렇지 않은 부분들은 비켜 가는 것도 나쁘지 않은 방법이다.

예컨대 학창시절 누구나 한번쯤 경험했던 부분이 있을 것이다. 사회생활을 하면서 어려운 수학을 전혀 사용하지 않는데 그렇게 복잡한 수학을 왜 배워야 하는지 아직도 이해불가다. 뇌 활동이 왕성한 청소년

시절 머리를 좋게 한다는 이유라고 하지만 사회생활에 큰 도움이 안 되고 있다. 또한 고등학교 2학년 때 이미 문과를 선택해 진로를 어느 정도 결정했음에도 불구하고 이공계 학생들이 배우는 물리 화학 지구과학 등도 왜 배워야 하는지 궁금했다. 대학에서 정치학을 전공했음에도 불구하고 입학과 동시 정치학과 무관한 수업을 들으면서 불편함을 느낀 적이 있다. 이러한 경험은 학창시절뿐만 아니라 사회생활을 하면서 곳곳에 있어 우리들의 생활을 불편하게 한다. 예전에 비해 관혼상제의 간소화 등 사회흐름에 따라 변한 것도 많지만 아직도 우리 사회는 구석구석에 보이지 않는 규제와 복잡한 절차가 많아 개선돼야 할 것으로 작용하고 있다.

특히 언론사 기자로 재직하면서 제도개선에 대한 부분을 수차례 거론하고 공론화시켰지만 현실화되기까지 쉽지 않은 노력과 관심이 필요하다는 것을 알았다. 제도개선은 일상생활의 작은 규범에서부터 자치단체가 할 수 있는 조례, 정부가 할 수 있는 시행령, 국회에서 하는 법률 제개정 등 여러 가지가 많다. 그 중에서도 입법 활동은 복잡한 절차와 관련된 이해 당사자들이 많아 쉽지 않다.

몇 년 전 우리지역의 큰 숙제를 해결한 적이 있었다.

강원도의원 재직시절 우리 지역 인사들이 해마다 수도권 주요 대학을 직접 방문해 폐광지역 수험생들의 입시편의를 부탁한다는 것을 알았다. 우리 지역 학생들을 위해 지도자들이 매년 힘든 노력을 하고 있었던 것이다. 문제해결의 근원을 찾지 않으면 이러한 불편함은 계속된다는 것을 알았다. 근본적인 해결책을 찾기 위해 회기가 없는 날 지역의 한 고등학교 교장선생님을 만났다. 당시 그 교장선생님은 법이 개정돼야 한다는 말씀을 하셨다. 법을 개정하는 것은 국회의원의 몫이다. 그것도 지역구를 하는 국회의원 한 사람의 일이 아니라 국회 상임위원회를 거쳐 법사위원회 본회의 등 복잡한 절차를 거쳐야 한다. 만의 하나 교육부에서 반대라도 한다면 법 개정이 더 어려워질 수 있다.

일단 근본적인 방법은 법 개정밖에 없다는 것을 알고 관련 자료를 찾기 시작했다. 그러나 관련규정은 법이 아니라 시행령이다. 법률 아래 있는 하위 규정으로 국회의 통과절차 없이 정부에서 관심만 가지면 충분히 해결될 수 있는 것이었다. 이러한 해결책을 알게 된 이상 가만히 앉아 있을 수 없었다. 지역의 인사들과 함께 정부에 몇 차례 건의했지만 받아들여지지 않았다. 그러다가 단체장에 당선되고 마찬가지로 지역의 인사들과 함께 수도권 주요대학을 찾아다니며 폐광지역 수험생의 농어촌특별전형 포함을 요청했다. 매년 각 대학을 찾아다니며 이런 일들을 반복해야 한다는 것은 어려운 일이다. 그러나 안 할 수 없는 일이다. 그러던 중 당 대표가 우리지역을 방문하겠다고 연락이 왔다.

당시 내가 속한 당은 여당으로서 정부와 긴밀한 관계를 유지할 수밖에 없었다. 당 대표가 폐광지역을 찾는다고 하니 지역에서는 '이때다' 하고 틈새를 놓치지 않고 지역현안 해결을 요청할 태세였다. 아니다 다를까 우리지역 해당부서 공무원들도 건의사항이라며 몇 가지를 들고 왔다. '오투리조트 해결. 함태탄광 재개발' 등 몇 년째 풀리지 않는 과제를 건의하겠다며 문서를 만들어 온 것이다. 그 순간 '너무나 형식적이다'

하는 생각이 들었다. 그동안 수차례 정치권과 정부에 건의한 현안들이 당 대표가 우리 지역에 온다고 해서 풀리겠느냐는 의문이 든 것이다. 때문에 직원이 만들어 온 건의사항을 백지화시켰다. 대신 폐광지역을 농어촌특별지역에 포함될 수 있도록 시행령 개정을 요구하는 건의서를 만들라고 지시했다. 그렇게 해서 당 대표에 전달된 건의사항은 딱 1건이었다. 그것도 가장 현실적이고 실행이 빠른 시행령 개정이다. 수백 억 원이나 수천 억 원의 국비가 들어가는 현안도 아니고, 국회가 이해관계로 얽혀 있는 법을 개정해 달라는 것도 아니고, 단 하나 ⋯ 대학입시 제도에 '농어촌특별전형 대상지에 폐광지역을 포함한다'는 단 한 줄의 삽입이다. 당 대표는 흔쾌히 약속하고 우리지역을 방문해 교육계 인사들을 별도로 만나 책임지고 추진하겠다고 밝혔다. 이 약속은 함께 동행한 보좌진과 실무진을 통해 2011년 11월 17일 고등교육법시행령이 개정돼 곧바로 성사됐다. 이렇게 해서 폐광지역 학생들은 농어촌학생들이 대학 진학 때 누리던 혜택을 함께 누리게 됐다.

이후 우리지역은 교육이 강한 도시 '교육강도'를 표방해 관내 초중고등 학교에 지원 폭을 크게 확대했다. 그 결과 관내 한 고등학교의 4년제 대학 진학률은 강원도내 86개 일반계 고등학교 중 6위를 차지할 만큼 급상승했다.

또한 농어촌특별전형으로 서울시내 대학에 진학한 학생은 2012년 20명 중 6명에 그쳤으나, 2017년에는 41명 중 33명이 진학하는 성과를 거두었다. 당시 당 대표를 했던 분은 지금 국회를 떠나 행정기관의 대표로 재직 중이다. 돌이켜 보면 되지도 않는 일을 되게 해 달라고 하는 형식적인 말보다 정말 필요로 하는 부분을 현실화 시키는 순발력에 스스로 쾌감을 느낄 정도다.

폐광지역에 무분별하게 개발됐던 도시를 변화시키는 데도 어려움이 많았다. 난개발보다 더 심한 도시환경을 정비하기 위해 시가지부터 전선지중화 사업을 펼치고 보도블록을 화강석으로 교체했다. 전국 어느 도시도 흉내 낼 수 없는 낙동강 발원지 관광자원화 사업도 자연친화적이면서 시민과 관광객 누구나 편리하게 이용할 수 있도록 유럽풍으로 색깔을 교체했다. 만성체증이 심한 도로는 일방통행으로 조정했다. 주변 상인들의 엄청난 반대에 시달렸으나 상인들을 몇 차례 만나 설득한 끝에 경우 성사시켜 복잡한 교통흐름을 정리했다.

지금은 우리 지역도 하늘이 열려 깨끗한 도시가 됐지만 처음 정비를 시작할 때는 주변의 반대가 너무나 심했다. 장사가 안 되니까 공사를 중단해라, 공사 때문에 일부 구간이 비포장도로로 되어 있어 차량 부품에 손상이 간다며 손해배상을 요구하는 사람도 있었다. 사무실로 수많은 민원이 제기되고 수없이 많은 반대에 부딪혔지만 결국은 이뤄냈다. 일부에서는 유착관계를 제기하며 기자회견과 예산낭비를 지적해 사업이 한동안 지연되는 상황이 발생했다. 이들이 여론화를 시도하자 시의회에서는 안건 심의를 미루고 예산을 삭감해 사업추진에 많은 어려움이 발생했다.

그러나 이러한 어려움을 모두 견디고 사업은 처음 생각대로 추진됐다. 주변의 강한 반대와 의혹 제기에도 사업이 정상적으로 추진될 수 있었던 원동력은 지역개발을 위한 분명한 원칙이 있었기에 가능했다. 또한 한 치의 의혹 없이 공정하고 투명한 절차를 거쳤기에 마침내 웅장한 모습을 드러낼 수 있었다고 생각한다. 그동안 이 일을 추진하면서 담당 공무원도 몇 차례 교체됐다. 주민들의 반대와 일부 단체의 반대로 시달림을 받자 담당 공무원은 보직변경을 요청해 왔다. 자신감 없는 사람과는 같이 일을 할 수 없다. 과감하게 담당 공무원을 바꿔가며 중심을 잃지 않고 더 강하게 밀고 나갔다.

그 결과 새로 조성된 낙동강 발원지의 황지연못 물길은 시민 대다수가 자랑스러워하고 지역의 대표적인 랜드 마크로 태어났다. 과거 시민참여 민주주의의 상징이고, 지금은 문화예술의 전당이라고 할 수 있는 광장조성 사업도 시내 한 복판에 '태백문화광장'이라는 이름으로 탄생해 지역의 명물로 자리잡았다.

그동안 함께 해 준 토지 건물주와 임차인 공무원 사업시행자 등 모든 분들께 감사드리고 싶다.

2017년 가을이 익어가는 10월 어느 멋진 날.

지역 현안 해결 차 서울 광화문에 있는 정부종합청사를 방문했다. 청사에서 우연히 국무조정실과 문화체육관광부가 발간한 규제개혁 홍보 책자를 보게 됐다. '걸림돌은 빼고, 디딤돌은 놓고'다.

걸림돌은 빼고, 디딤돌은 놓고 가는 철학을 또 배우게 됐다.

불한당

불한당(不汗黨)이라는 말은 땀을 흘리지 않는 무리를 일컫는다.

조선시대 임진왜란과 병자호란을 겪으면서 도적떼가 늘어나자 땀 흘려 일하지 않고 약탈을 일삼으며 살아가는 무리들을 불한당이라고 부르기 시작했다. 원래는 게으름뱅이나 거지 등을 부르는 말이다. 요즘은 불한당이라는 말이 사회 저변에 많이 확산돼 있다. 일정한 직업 없이 남의 힘을 빌려 생활을 하는 사람들이 사회 곳곳에 존재한다. 간혹 언론 보도를 보면 권력층과 밀접한 친분관계를 유지하며 사기를 치는 행각을 본다. 사기를 치는 사람도 문제지만 사기를 당하는 사람도 문제라고 생각한다. 정정 당당하게 문제를 해결하는 것이 중요하지 금전으로 권력의 힘을 이용하려는 자체가 불량하기 때문이다. 권력층과 부유층에 은밀히 접근해 자신의 목적을 이루려는 생각은 없어져야 한다. 하지만 아직도 이런 일들이 곳곳에서 벌어지고 있다.

초선 단체장 시절 재미난 에피소드가 있다.

언론사 생활을 하면서 친하게 지내던 몇 몇 동료들이 있었다. 신문 방송기자도 있었고 정당인과 정부 관료도 있었다. 연배가 비슷했기 때문에 자주 모여 운동도 하고 지역사회 문제에 대해 심도 있는 토론도 하는 모임이었다. 도의원을 거쳐 단체장에 당선되면서 이들과 가까이할 시간이 점점 줄어들었고 전화로 안부를 묻는 시간이 늘어났다. 그러던 어느 날 전화 한통이 왔다. 그들은 춘천의 한 음식점에서 술자리를 하던 중 우연히 우리 지역 출신의 중년 남성을 만났는데 태백시장을 잘 안다고 했다. 그렇게 해서 합석을 했는데 정말 어이없는 말을 해서 전화를 했다는 것이다. 그 분은 춘천에서 건설업을 한다고 자신을 소개하며 태백시장과 형 동생하는 사이라며 친분을 우리 동료에게 과시했다는 것이다. 그러면서 태백시장과 친형처럼 지낸다는 말도 덧붙이고 지금도 형이라고 부른다고 했다. 동료들은 혹여 전임시장이 아닐까 싶어 현 시장이냐고 물으니까 내 이름까지 말하며 분명 현 시장이라고 했다는 것이다. 그럼 나이가 어떻게 되냐고 물으니까 본인은 58세라고 했다. 그때 당시 난 42세의 초선시장이었다. 58세의 동생을 둔 적도 없고 있을 수도 없는 일이다. 동료들은 그 자리에서 전화로 태백시장을 바꿔 준다고 하니 전화를 안 받겠다며 자리를 빠져 나갔다고 했다. 참 이상한 일이 내게도 벌어지는구나 하는 생각이 들었다. 왜 아무것도 아닌 일에 거짓말을 하고 다닐까 하는 생각에 고개가 저어졌다.

비슷한 일은 정치권 주변에서도 벌어진다.

사회생활을 하다 보면 주변에 유독 많은 사람들을 알고 지내는 인사가 있다. 그들의 주변에는 대부분 잘 나가는 연예인이거나 대기업 임원과 유명 정치인 등 힘 있는 사람들이다. 이들은 자신과 특별히 친분관계가 있다며 식사도 자주 하고 전화도 자주 하는 사이라고 한다. 또한 자신과 잘 아는 선후배 사이라며 각별한 관계를 은근히 자랑한다. 하지만 속내는 전혀 아닌 경우가 많다. 전화를 자주 하는 것은 명함 속에 전화번호를 통해 한두 번 통화한 사이이고, 식사를 자주하는 것은 행사장에서 많은 사람과 어울려 밥을 먹었고, 선후배는 같은 학교만 졸업했지 얼굴과 이름도 모르는 사이가 많다. 이 같은 얘기는 어느 정치인이 한 말이다. 정말 잘 알지도 못하는 분이 가끔 전화를 걸어와 반말부터 하면서 사적인 얘기를 하면 끊을 수도 없고 누구냐고 몇 번씩 물어보기도 곤란하다는 것이다. 이러한 경험은 선출직이라면 누구나 한번쯤 당해봤을 것이다.

단체장을 하면서 유독 이런 일들이 많이 벌어지고 있다는 것을 알았다.

자신의 목적을 위해 힘 있는 정치인에게만 접근하는 '줄 대기 현상'이 버젓하게 벌어지고 있다. 이를 이용하는 브로커도 있다. 공천을 받으려면 권력층에 있는 핵심 인사를 만나야 한다며, 자신이 이를 주선할 테니 잘 준비하라는 애매모호한 말을 한다. 하지만 공천은 민주적 절차에 의해 정당하게 치러진다. 어느 누구의 입김에 의해 공천이 좌지우지되는 시대는 이미 지났다. 간혹 공천과 관련해 낙천한 사람과 브로커 간의 금전 문제로 심한 홍역을 겪는 일도 언론을 통해 볼 수 있다. 아울러 대기업 임원을 잘 알고 있다며 지역에 큰 기업을 유치하려면 로비를 해야 한다는 브로커도 있다. 기업유치가 절실한 지방의 약점을 이용한 브로커가 생겨나고 있는 것이다. 그러나 이들을 만나보면 사기성 여부를 금방 알 수 있다. 이들에게는 눈에 띄는 특징이 있다. 대부분 금목걸이와 금팔찌 등 묵직한 금으로 장식한 채 활동한다. 물론 남자들이 금으로 만든 액세서리를 사용하는 경우가 많지만 이들은 유독 노출 정도가 심하고 금장의 무게도 있어 보인다.

또한 대화를 하다보면 자신의 얘기보다는 힘 있는 사람의 사생활까지 들먹이며 친분을 과시한다. 10여 분만 대화하면 이 사람이 진정성 있게 말하는 것인지, 아니면 사기성에 가까운지는 판단할 수 있다. 이럴 땐 다른 약속을 핑계로 미팅을 빨리 끝내고 자리를 피하게 된다. 지역에서도 마찬가지다. 권력층과 인간관계를 악용해 사기행각을 벌이는 사람이 있다. 자신의 주변에 있는 높은 사람들을 지칭하며 자신의 주가를 향상시키는 사람들이 그들이다. 정작 당사자는 잘 알지도 못하는 데 어떤 연고를 찾아내 아는 척하며 거만을 피운다. 선거철만 되면 자신이 수백 표를 가지고 있다며 자랑하는 사람. 자신이 중앙당의 높은 사람에게 말해 공천을 주겠다는 허언하는 사람. 단체장을 잘 알고 있으니 사업에 도움을 주겠다고 하는 사람. 내가 알지도 못하는 일들이 지금도 사회 곳곳에서 벌어지고 있으며, 이를 이용하려는 사람과 이용하는 사람들이 복잡한 관계를 유지하며 살아가고 있다.

  몇 년 전 편도선으로 병원에 며칠 입원했을 때 직원 한 사람이 '한비자(韓非子)'라는 책을 가져왔다. 내용이 어렵고 두꺼워 선뜻 읽기가 쉽지 않았으나 시간이 지나면서 그 책에 흥미를 느끼기 시작했다. 한비자는 학자와 논객 협사 측근 상공인 등 다섯 부류의 사람들을 나라를 좀먹는 벌레와 같은 존재라며 이들을 '오두(五蠹)'라고 했다. 지금 시대와는 거리가 있지만 그 당시 어떻게 이런 생각을 했을까 하는 호기심을 불러왔다. 한비자가 말하는 학자의 경우 선왕들의 도리라고 빙자하며 겉모습을 화려하게 꾸미고 교묘한 말솜씨로 군주의 마음을 혼란하게 한다. 논객은 거짓말과 간사한 칭송으로 다른 나라의 힘을 빌려 자신의 사리를 이루는 데 목적이 있다. 협객은 칼을 차고 다니는 사람으로 나라의 법령을 어기고 무리들에게 자신의 절개와 자신의 이름을 알리는 데 우선한다. 측근은 권세 있는 자들의 청탁은 들어주면서도, 전쟁터에서 말에게 땀을 흘리게 할 정도의 공적을 세운 사람들을 등한시한다. 상공인들은 형편없는 물건을 만들고 좋지 않은 물건들을 사서 모아 두었다가 때를 기다려 농부들의 이익을 가로챈다. 이 이야기는 한비자의 오두에 나오는 말로 말에게 땀을 흘리게 하며 수고했다는 말에서 '한마지로(汗馬之勞)'를 만들었다.
  한비자는 중국 전국시대 말기의 법치주의자다. 한나라의 귀족으로 태어났으나 말더듬이인 탓에 등용되지 못했다. 한나라가 위태로워지자 임금에게 충언을 하지만 받아들여지지 않았다. 이때 답답함을 책으로 쓴

것이 '한비자'다. 진나라 황제는 이 책을 읽고 한비자를 데려오기 위해
전쟁도 불사했다고 한다. 개인적으로 한마지로(汗馬之勞)라는 말을 좋
아해서 기억에 남는 내용이다.

다음은 지역 언론에 보도된 내용이다.

한마지로(汗馬之勞).

'말이 달려 땀투성이가 되는 노고(勞苦)라는 뜻'으로 김연식 강원 태백
시장이 지난 1월 신년사를 통해 밝힌 2012년 시정 운영 방향이다. 당시 김
시장은 한마지로에 대해 "삶의 철학이 묻어 있는 말인만큼 이를 토대로 가
식적인 정치와 보여주기 식 행정은 지양하겠다"고 강조했다. 특히 그는
"어렵다고 좌절하지 않고 보다 공격적이고 적극적인 자세로 '안 돼'를
'돼'로 만들 수 있도록 뛰어 다니겠다"고 시민들에게 다짐했다.

…

중략

…

태백시장의 한마지로, 1년 4만Km를 달렸다.

4만Km는 '지구 한 바퀴'를 상징한다.

반면 강원 태백시에는 위기의 지역을 살리고자 하는 고난의 여정으로 기
억에 남을 것이다. 4만Km는 2012년 김연식 태백시장이 100여 차례가 넘도
록 정부 강원도청 등을 다녀온 거리. 그가 지구 한 바퀴를 돌 수 있었던 것은
예년과 비교해 국내 출장 횟수가 20차례 늘어났기 때문이다. 이렇듯 그는 지

역 현안 해결의 실마리를 잡고자 1년 동안 지구 한 바퀴를 돌며 자신의 시정 철학인 한마지로(汗馬之勞)를 실천해 보였다. 그의 노력에 지역 사회 반응은 일단 긍정적으로 나타났다.

...

중략

...

김 시장은 지난 11월 21일 '2013년 시정연설'에서 현안 해결의 화두로 '합심'을 던졌다. 이 자리에서 그는 "집행부 혼자 힘으로 오투라는 장애물을 뛰어넘을 수 없다"며 "시민들이 한 마음 한 뜻으로 힘을 모아 준다면 빠른 시간 안에 해결할 수 있을 것"이라고 강조했다. 다가오는 2013년을 본격적인 현안 해결의 원년으로 삼은 김연식 태백시장, 올 한해 한마지로 정신을 태백 시민에게 제대로 보여준만큼 김 시장이 탁월한 위기관리 능력을 발휘해 시정 목표인 '살기 좋은 태백'을 건설할 수 있을지 귀추가 주목된다.

개인적으로 한마지로(汗馬之勞)라는 말을 좋아한다.

땀 흘리는 말처럼 열심히 일하는 것을 의미한다. 일하지 않고 불로소득을 얻는 불한당은 사라져야 한다. 땀 흘려 노력하는 사람이 성공하는 그런 사회가 돼야 한다. 땀은 거짓말을 하지 않는다. 이 세상에서 가장 소중한 것은 땀방울이다. 나는 땀방울의 소중함을 느끼면서 열심히 걸어가는 그런 사람이 되고 싶다.

풀미당골
경제학

작은 도시가 더 뜨겁다.

복잡한 인간관계가 형성되고 서로 미묘한 입장이 얽혀 있기 때문이다. 간밤에 일어난 일들은 아침에 마시는 모닝커피처럼 뜨겁게 전달된다. 어떻게 보면 사람들이 살아가는 정감 있는 도시로 생각되지만, 개인의 사생활이 확인절차 없이 돌아다니는 불편함도 있다. 하지만 이렇게 전달되는 내용은 구름처럼 바람처럼 떠돌다가 어느 순간 사라진다. 작은 도시에 사는 사람들의 일상이다. 작은 관심이 도시를 움직이고, 그 중심에는 자치단체 공무원과 지방의원 시민사회단체 경제인 언론인 등이 있다. 물론 핵심은 시민이다.

풀미당골이라는 가상의 도시를 만들었지만 현실은 우리나라 지방의 문제이다. 수도권과 대도시 집중 현상으로 소외되고 퇴색되어 가는 중소도시의 문제로 보면 된다. 작은 도시에도 정치 경제 사회 문화 등 각 분야에서 일하는 다양한 사람들이 모여 산다. 규모는 작지만 주민들에게 필요한 관공서와 병의원 약국 식당 등 편의시설이 있다. 이곳에 살고 있는 사람들은 특정한 분야 한 곳에 있는 것이 아니라 여러 곳, 여러 단체에 가입하면서 생활하고 있다. 새마을지도자가 방범대원이 되고, 방범대원이 의용소방대원으로 활동한다. 하루에도 몇 개의 행사장을 다니지만 대부분 같은 사람들을 많이 만난다. 결국 행사에 참여하는 사람들은 지역을 움직이는 적극적인 주도층이라고 보면 된다.

'풀미당골 경제학'이라는 책을 집필하면서 구상한 내용도 바로 작은 도시 사람들의 삶과 직결돼 있다. 거창하게 경제학을 동원해 어려운 이론과 용어를 사용하며 '지적 허영심'을 노출하려 하지 않고 지방과 지방에 사는 사람들의 문제를 진솔하게 짚어 봤다. 경제학이라는 용어를 등장시킨 것은 지방의 최대 문제가 경제 활성화이기 때문이다. 선출직은 물론이고 경제활동의 중심축인 자영업자까지 지역경제 활성화를 최우선 과제로 삼고 있다. 이러한 시대적 상황을 반영하고 지역경제를 활성화시켜야 된다는 강한 의지가 표현됐다고 보면 된다.

경제 문제는 국가와 지방 모두의 고민이다.

세계무역기구(WTO)가 발표한 2016년도 우리나라 수출규모는 전 세계 200여개 국가 중 8위이다. 전년도에는 6위를 기록했으나 2계단 떨어진 것이다.

우리나라는 2008년 12위에서 2009년 9위, 2010년 7위로 오른 뒤 2015년 또다시 상승해 6위까지 기록했다. 1위는 중국이 차지하고 2위는 미국이다. 3위는 독일, 4위는 일본, 5위는 네덜란드, 6위는 홍콩, 7위는 프랑스가 차지했다. 9위는 이탈리아, 10위는 영국이 각각 차지했다. 수출규모로 보면 한국은 분명 선진국이다. 6·25전쟁과 빈곤을 겪으면서 일어선 값진 승리라고 볼 수 있다. 하지만 수출 강국에도 불구하고 우리 경제는 늘 어려움을 호소하고 있다. 얼마 전 유명 경제지에 보도된 내용을 보면 한국은 현재 국가실패의 징후가 보인다고 우려했다. 정치적으로는 갈등을 조장하는 비포용적 정치체제가 지속되고 있으며, 무분별한 포퓰리즘으로 경제기반이 흔들릴 수 있다는 것이다. 이와 함께 기업의 구조조정 실패로 산업경쟁력이 크게 떨어지고, 사회복지 등 각 분야에서 국민부담이 크게 늘어나고 있는 것도 원인이라고 했다. 여기에 인구절벽을 대비하지 못한 저 출산 문제도 심각하다고 지적했다. 투명한 사회를 만들기 위해 제정된 일부 법률은 오히려 서민들의 경제활동을 위축시켜 국가적으로 큰 손실을 가져오고 있다.

실제로 지난해 9월 시행에 들어간 김영란법은 1년여 동안 요식업계 일자리 3만여 개를 앗아간 것으로 추정된다. 이는 중소기업청 설문조사에서도 법 시행 이후 중소상공인 매출이 20% 감소한 것으로 나타나 사회 전반에 걸쳐 경제활동이 심각하게 위축되고 있는 것을 반증한다. 공직자 등의 금품수수나 부정청탁을 막자는 법률이 본래의 목적을 넘어 사회 전반의 소비를 얼어붙게 만든 꼴이 됐다. 한때 우리 경제의 버팀목

이었던 제조업은 '고용 없는 성장'이 계속되면서 청년실업률이 최악의 상태에서 벗어나지 못하고 있다.

국내 근로자의 임금체불액이 2016년 무려 1조 4,286억 원이라고 한다. 열심히 일하고도 급여를 받지 못하는 안타까운 경제구조가 점점 확대되고 있는 것이다. 특히 국가와 국민을 위해 안정적인 국가를 운영해야 할 정치권은 정파적 이익에 몰두하면서 나라 상황을 극단적인 대결 국면으로 몰고 가고 있다. 여야를 막론하고 서로가 기득권을 버려야 한다. 이마저 안 되면 안정적인 정국운영을 위해 법률을 제정하고 정치권부터 기득권을 내려놓을 수 있도록 강제조항을 넣어야 한다. 그래야 국가 경제도 튼튼하고 국민들의 불안감도 해소될 수 있다. 전문가들은 우리나라가 '성공한 국가'에서 '실패한 국가'로 추락하는 결정적 분기점은 선순환 고리가 깨졌기 때문이라고 지적했다. 대기업 노조를 비롯한 의료계, 법조계, 교육계 등 각종 이익단체가 기득권 보호에 치중하는 등 엘리트 계층이 오히려 국민들의 정치 사회참여를 막는 폐쇄적 상황이 한국에서 벌어지고 있다는 것이다.

따라서 정치 경제 사회적 구성원들이 집단 이기주의를 버리고 국익을 위해 일반 국민들을 보다 더 많이 포용할 수 있는 자세가 필요하다고 지적했다. 아울러 일반 국민들이 적극적으로 참여할 수 있도록 통로를 만들어야 사회적 경제적 불균형은 해소될 수 있다고 했다.

우리나라 지방도 경제문제는 예외일 수 없다.
지방경제의 가장 큰 문제는 크게 두 가지다.

하나는 인구, 다른 하나는 일자리이다.

이 두 가지가 해결되지 않는 한 지방의 소멸은 가속도를 낼 것이다. 지방의 인구 감소는 심각한 수준이다. 농어촌지역의 자치단체는 말할 것도 없고 일부 광역시도 인구감소 현상이 눈에 띄게 나타난다. 인구감소는 경제활동을 위축하는 가장 큰 요인 중의 하나이다. 지방인구가 감소하면서 지역 생산성이 크게 떨어지고 있다. 소비활동이 줄면서 버스 택시 등 대중교통에서부터 식당 숙박업소 서비스업 등 사회 전반이 위축될 수밖에 없다. 심지어 종교시설까지 타격을 받아 운영난을 겪고 있다.

지방의 인구 구조는 이미 고령화로 인해 역 피라미드 구조를 띠고 있다. 이 같은 구조는 지역 내 총생산은 물론 자치단체의 세수확보 등 지역 간 경쟁력에 큰 타격을 준다. 고령화 사회로 부양해야 할 인구는 증가하지만 미래소득을 창출하는 인구는 감소해 생산력이 떨어질 수밖에 없다. 자치단체의 경우 주민들이 납부하는 세금이 주요 재원이지만, 지방세로 공무원 인건비도 충당하지 못하는 지역이 점점 늘어나고 있다. 이와 함께 지방의 인구감소는 산업 전반에 지각변동을 불러오고 있다. 제조업뿐만 아니라 학교 유치원 등 미래세대의 교육에까지 영향을 준다.

초등학교 통폐합이 중고등학교까지 진행되고 있고, 지방대학의 폐교와 축소도 점점 늘어나고 있다. 학령인구 감소로 미래를 예측할 수 없을 만큼 교육산업 전반에 걸쳐 붕괴현상이 오고 있는 것이다. 지방인구 감소는 은행권에도 심각한 운영난을 가져오고 있다. 당장 영업 손실이 발생하자 일부 은행권들이 지점과 출장소를 폐쇄해 주민들이 피해를 보고 있다. 지방의 인구는 지역을 지탱하는 원동력이다. 하지만 동력이 사라지면 마을이 없어지고 지방 자체가 사라진다.

지금부터라도 대비하지 않으면 향후 20년 뒤의 지방은 쪼그라진 풍선처럼 초라해질 것이다. 지방인구 감소의 원인은 일자리다. 양질의 일자리를 만들어 인구를 증가시켜야 하지만 노동집약적 산업은 특정지역에 집중돼 있다. 이러한 구조를 탈피하기 위해서는 일자리가 많이 창출되는 대규모 신설 제조업의 지방이전을 적극 추진해야 한다. 지방에 공장을 건설하도록 강제규정을 만들어야 한다는 것이다. 다시 말해 적정한 인구를 보유하고 자족기능이 있는 도시에는 ○○○명 이상의 기업이 입주하지 못하도록 한시적인 특별법을 만들어야 한다. 기업의 지방이전으로 손실을 보는 물류비용 등은 국가가 세금감면 등의 혜택을 부여해 균형을 유지하면 지방은 분명 살아날 것이다. 이렇게 해서 지방에 일자리가 창출되면 젊은이들이 다시 돌아오고 인구가 증가하면서 경제활동도 다시 활발해질 수 있다. 출산율 저하로 앞으로 '사촌'이라는 단어가 사라질 수 있다는 말처럼 양질의 일자리 창출 없이 지방분권과 지역경기 활성화는 기대할 수 없다.

풀미당골에서 벌어지는 경제활동도 여느 지방도시에서 겪는 것처럼 인구와 일자리 감소로 점점 위축되고 있는 것이다. 지방분권은 말로만 되는 것이 아니라 경제활동이 활발한 재정분권이 이루어져야만 가능하다. 재정분권은 제도적인 장치가 반드시 뒷받침돼야 한다. 정부와 정치권은 지방의 한계를 극복하고 지역 간 균형발전을 통해 국가 경쟁력을 키우려면 지금부터라도 '지방분권 특별법'을 제정해 인구와 일자리 문제를 해결해야 한다. 그렇지 않으면 일본보다 더 심각한 지방소멸 시대를 맞을 것이다.

'풀미당골 경제학'에서 추구하는 본질은 바로 재정분권이 선행된 지방분권이다. 정부와 정치권이 위기의식과 책임의식을 가지고 지방의 문제를 해결하길 강력히 요청한다. 평범하면 새로운 생각을 할 수 없다고 한다. 발상의 전환을 통해 지방과 국가가 함께 살아가는 아름다운 동행을 기대해 본다.

It's the leader

It's the leader.

직역하면 지도자를 지칭한다. 의역하면 '문제는 지도자다'라는 의미다. 2014년 지방선거를 통해 재선에 성공한 이후 우리 사회의 문제점을 좀 더 가까이서 느낄 수 있었다. 물론 선거과정에서 절실하게 느꼈지만 마치 생존경쟁이 치열한 '동물의 왕국'처럼 물고 물리는 형국은 진흙탕 싸움보다 더했다. 싸움의 중심에는 일반 시민들이 있는 게 아니다. 바로 소위 지도자라고 하는 리더들이 중심에 있다.

선거 때마다 나타나 비방과 비난을 일삼는 무리가 있다. 그들은 나름대로 시민여론을 주도하는 우월적 지위에 있다고 자만한다. 한마디로 못된 지도자들이다. 자존심도 의리도 없이 자신의 유리한 면만 찾아다니는 철새보다 더 못한 행동이 거침없이 나온다. 지방선거에 출마한 이유가 '○○○ 후보를 낙선시키기 위함'이라고 시민들에게 공공연히 말하는 것을 볼 때 참 한심스러웠다. 어떻게 저런 사람이 지역을 위해 일하겠다고 하는지 양심이 의심스러울 정도다. 정치를 하겠다고 하는 사람이, 선거에 출마하겠다고 하는 사람이 자신을 속이고 시민을 속여서는 안 된다. 중요한 것은 자신의 생각을 시민들에게 올바로 전달하고 심판받는 자세가 필요하다. 본래의 출마 취지를 벗어나 상대후보에 대한 비방과 비난을 위해 출마한 것처럼 유권자들이 느낀다면 낙선의 지름길이고 선거법에서도 이를 그냥두지 않는다. 소모적인 에너지를 낭비하지 말고 정정당당하게 걸어가는 지도자의 모습이 필요하다.

대다수 시민들은 선량하지만, 일부 못된 지도자들 때문에 지역이 혼란스럽고 갈등과 충돌이 일어난다. 이는 지역뿐만 아니라 국가와 국가 사이에서도 지도자들의 잘못된 정책과 판단으로 전쟁이 일어나고 경제가 파탄되는 것을 본다.

2014년 선거 후 지역 내 기관단체장이 모인 공식적인 자리에서 '문제는 지도자'라고 말했다. 선거과정에서 느낀 지도자들의 부적절한 언행을 보고 나 자신부터 반성하고, 앞으로 진정성을 가지고 지역을 위해 다가서겠다고 약속했다. 이후 고민되는 지역문제가 있으면 꼭 생각하는 것이 있다. 그것은 '지역과 지역민의 이익이 되는가'이다. 각종 사업과 현안들이 지역을 위한 일이고 지역주민을 위한 일이면 적극 추진하겠지만, 지역과 주민에게 해가 된다면 추진할 이유가 없다. 이러한 대원칙을 정해 놓고 일을 하다 보니 판단이 애매한 일들도 쉽게 풀리기 시작했다.

그렇다면 지도자가 왜 문제인가.

지역을 위해 진정성을 가지고 일하는 지도자도 많다. 보이지 않는 곳에서 봉사활동을 하며 보다 큰 틀에서 자신을 희생하는 지도자들이 많다. 그러나 이들은 목소리를 크게 내지 않고 일하기 때문에 여론조성에는 별 관심이 없다. 침묵하는 여론이 무섭다고는 하지만 흙탕물을 만드는 사람들과 어울리기 싫어해 발을 빼고 있는 것이다. 이 틈새를 노리는 무리가 있다. 이들은 지역유지라는 이름으로 각종 현안에 관여한다. 본인이 한 일들을 남이 알아주기 좋아하고, 본인이 아니면 안 되는 생각을 가지고 있다. 이들은 남을 비방하는데 수준급 실력을 가지고 있다. 확인되지 않은 일들을 마치 사실인 것처럼 말하고, 입소문과 언론 등 다양한 방법으로 노출해 자신의 존재를 부각시킨다. 본인의 단점은 보지도 않고, 볼 수도 없다. 오로지 자신의 목적을 위해 앞만 보고 간다. 일이 안 되면 본인의 잘못보다는 남의 탓으로 돌린다. 잘되면 본인이 다 한 것처럼 선전에 열을 올린다. 그러나 사람들은 나쁜 지도자와 선한 지도자를 알고 있다. 나쁜 지도자들 때문에 지역과 국가가 분열되고 발전 속도가 제자리걸음이다 못해 뒤처지고 있는 것이다.

국가와 지방자치단체가 추진하는 일들에 앞장서서 반대하고, 그로 인한 손실은 전혀 책임지지 않고 있다. '목소리가 크면 이긴다'는 식의 비상식적인 생각이 여론을 호도하고 다수의 여론인 것처럼 위장한다. 결국 그들의 종말은 주민들의 심판으로 끝을 맺지만 얼마나 많은 출혈과 에너지를 낭비하게 되는지 상상을 초월할 정도다.

과거 아날로그 시대에는 불세출의 지도자들이 많이 탄생됐다.

　지역과 국가를 위해 희생하면서 경제발전을 이끈 지도자들도 많았다. 과거 많은 사람들의 영웅이 탄생할 수 있었던 것은 그만큼 사회가 척박했다는 것을 의미한다. 하지만 민주사회를 지향하고 안정화되어 갈수록 강한 리더십을 가진 지도자가 탄생되기란 쉽지 않다. 국민의 다양한 욕구를 들어줘야 하기 때문에 한곳에 집중할 수 없다. 복잡하고 다양해진 민주적 가치추구와 사회적 욕구분출은 국민의 감성도 바꾸어 놓았다. 그럼에도 불구하고 국민들은 강력한 리더십을 가진 지도자를 원한다. 지금과 같은 시대에서 강력한 리더십을 찾기란 쉽지 않다.

　미국의 트럼프 대통령은 강한 성격을 소유한 인물로 거침없는 언어로 가끔 세계를 긴장시킨다. 그러나 트럼프 대통령을 두고 강한 지도자라고 하는 사람은 거의 없다. 지금은 힘으로 누르는 시대가 아니라 감성을 겸비한 강한 지도자가 필요할 때다. 분명한 원칙과 흔들림 없는 추진력이 강한 지도자를 만드는 것이다. 얼마 전 까지만 해도 우리에게 리더십은 그렇게 친숙한 용어가 아니었다. 그러나 민선시대 들어서면서 우리나라에서도 리더십에 깊은 관심을 갖기 시작했다. 그것은 우리나라 정치사와 무관하지 않고, 갑작스런 변화에 따른 국민들의 요구가 한꺼번에 표출된 결과이다.

　정치 사회 경제적으로 억눌림을 당했던 시대를 벗어나면서 인권이라는 단어가 사회적 이슈로 등장했고, 이 인권을 지켜 줄 지도자가 필요로 했던 것이다. 보편적 상식으로는 시대변화를 강력하게 대처할 지도자가 없음에도 불구하고 기대감으로 나타난 것이다. 때문에 다양한 목소리로

그룹을 이루는 시민단체가 양산되고, 조직이나 단체를 대표하는 리더들도 점점 많아졌다. 하지만 우리는 늘 존경할 만한 지도자가 많지 않음에 안타까워한다. 리더의 부재는 사회의 혼란을 가져올 뿐만 아니라 사회통합을 어렵게 한다. 민주적인 방법인 선거를 통해 대통령을 선출하고 지방자치단체장과 지방의원 등 각 조직을 대표하는 리더를 선출한다. 시민사회단체에서도 조직의 리더는 대부분 민주적인 절차를 통해 선출한다. 하지만 선거과정에서 나타난 불협화음으로 인해 상당수 조직이 결과에 순응하지 않다 보니 사회통합이 어려워지는 것이다.

사회통합은 지도자의 적극적인 의지와 지혜도 중요하지만 이를 따라주는 국민과 조직원들의 공감대가 무엇보다 중요하다. 지도자 한 사람의 힘으로는 사회를 움직일 수 없다. 선출된 지도자에게는 임기동안 힘을 실어주고, 임기가 끝난 후 다시 경쟁을 하게 되면 정정당당하게 싸우는 모습이 필요하다. 지역발전과 국가 발전에는 여야도 필요 없고, 좌우, 진보 보수도 필요 없다. 오로지 하나를 위한 통합된 의지가 중요하다. 이 과정에서 자신의 정치적 목적과 당리당략을 위해 분열을 조장하는 행위는 지도자의 자격이 없다. 이들에게는 여야를 막론하게 철저하게 심판해 지도자의 자격을 박탈해야 한다. 지도자는 독창성과 판단력 등 지도자로서의 능력이 있어야 한다. 적당한 지식과 철학을 겸비하고 건강한 체력도 필수적이다. 신뢰와 인내 자신감 등 공공에 대한 책임감이 강해야 하고, 폭넓은 활동성과 협동성도 가져야 사회통합을 이끌 수 있다.

물론 이러한 과제들을 모두 가져야 훌륭한 지도자가 되는 것은 아니다. 최소한 주민들 위에 군림하지 아니하고, 권위적이지 않고, 복종을 바라지 않는 지도자가 이 시대에 필요한 것이다.

국민들의 감성을 자극하고 아픔을 함께 하는 지도자. 스스로 국가와 지역을 위해 일하는 지도자라고 생각한다면 현재 본인이 가지고 있는 생각, 지금까지 본인이 해 왔던 행동들을 한번만 뒤돌아보기를 바란다. 진정 국가와 국민을 위해 봉사할 마음이 먼저인 것인지, 아니면 자신의 출세를 위해 공적인 일을 이용하고 있는 것은 아닌지 … 한번만 더 생각해보고 다음 일을 실천한다면 답은 쉽게 내릴 것이다. 앞으로 그 답에 따라 일을 하면 더 훌륭한 지도자가 될 것이다.

FAIR • FEARLESS • FRIENDLY • FREE

Baguio Midland Courier

ISSN 0115-9186

EXPONENT of the WONDERLAND of the CORDILLERAS and the RICHES of ILOCANDIA

| Volume LXIX   Number 37 | BAGUIO CITY, PHILIPPINES | 38 Pages | September 11, 2016 | P16.00 |

Taebaek mayor open to sharing of good governance practices

The mayor of Baguio's sister city, Taebaek, South Korea, is willing to share to city officials the best practices his administration introduced to make government services closer to the people, and improved economic status.

In an email to the *Midland Courier*, Taebaek City Mayor Kim Yeon Sik said the sisterhood ties between his city and Baguio could be the subject of a future subject owing to shared commonalities in education, investments, tourism, and climate.

The sisterhood ties between Baguio and Taebaek, the highest city and watershed cradle of South Korea, was formalized in April 2006. This enabled both cities to have an active and in-depth relationship.

The Taebaek mayor said he wishes to expand that relationship into cooperation in the fields of tourism, investment/economy, and even education.

Like Baguio, Taebaek, under the term of Kim, became an education-oriented city with almost 20 percent of tax income allocated to education subsidy to train local human resources.

Investments in people have been maximized with the establishment of the Future Talent Fostering Foundation.

Kim added his administration could share how it saved a resort project, one of the biggest issues in Taebaek, from going bankrupt after it was sold to a large local corporation.

The project ended up creating more than 100 jobs and earned an income of 25.8-billion Korean won.

The strategy employed by his administration also attracted new local investments which is currently constructing an apartment

(Continued on page 33)

TAEBAEK . . .
(from page 14)
complex of 1,238 households.

Kim, who once worked as a political journalist, served as a member of the Gangwon-do Provincial Congress at age 38 and currently serving his 7th year as mayor since he turned 42.

"My source of empowerment is the citizens and having them on my first priority allowed me to achieve my goals for a better Taebaek. The people who keep rallying behind me made our goals for Taebaek turn into reality," Kim said in his email.

He said he has devised people-focused policies to enable Taebaek citizens improve their lives. These innovations include the smart administration system that uses social media platforms to further enhance communication regarding on-site issues.

The "Mayor in Tent" system, which is similar to the historic "Sinmungo" of the Joseon Dynasty, enables citizens to voice out their complaints to city officials first hand.

In the olden times, the "*sinmungo*" has been effective in bringing to the attention of the dynasty the common people's complaints to the government.

"These platforms have brought me and other city officials even more closer to our citizens," he said.

Taking cue from Baguio's past, Kim said he has envisioned Taebaek City to be developed into the best " clean, green, and human city in Korea."

He said this can be realized through concerted efforts from all fronts such as the citizens in general and the public officials.

He expressed confidence that with all fronts rallying behind his administration, the goals set for Taebaek will be achieved during the remaining two years of his term.

"As of now, my priority will always be the citizens, and as for Baguio City, I hope to serve as the stepping stone for the growth of both cities through the development of their relationship into faithful and future-oriented partners, with close ties based on friendship and trust," Kim told the *Courier*. – Harley F. Palangchao

VISIONARY -- Taebaek City Mayor Kim Yeon Sik expressed willingness to further strengthen the sisterhood ties between the South Korea-based city and Baguio, as he claimed the innovations and best practices initiated by his government could be replicated by the city government. -- Contributed photo

▲ 태백시정을 원만하게 운영하고 있다는 내용을 보도한 필리핀의 한 신문

욕심보다 필요를
채우는 지혜

사회구성원의 중심은 사람이다.

사람은 누구나 목적을 가지고 산다. 젊은이들의 경우 진학과 취업을 위해 노력하고, 기성세대들은 지금보다 좀 더 편리한 생활을 위해 끊임없이 노력한다. 현재 상황을 만족하며 사는 사람은 얼마 되지 않을 것이다. 1인당 국민소득이 연간 100만 원에 불과한 아프리카의 작은 나라 국민들의 행복지수가 오히려 선진국보다 높다. 물론 일부이기는 하지만 경제적 풍요로움이 행복의 지수를 가름하는 절대적 기준이 아니라는 것을 반증한다.

자본주의 사회에서는 적당한 목적을 가지고 사는 것은 삶의 활력도 되고 성취감도 느낄 수 있어 좋다. 완벽한 성공은 아니지만 자신의 목적을 서서히 이루어가는 것이야말로 진정한 행복이기 때문이다. 사람들은 자신이 가진 것에 만족해하지 않고 새로운 것을 꾸준하게 찾는다. 행복함보다는 요행을 바라는 것에 익숙해져 있고, 복권 당첨 등 노력한 결과보다 행운을 바라는 것이 사람의 심리다. 사람이 살면서 필요한 부분을 채워가는 것이 그만큼 어렵기 때문에 이 같은 일들이 생각하게 되는 것이다. 하지만 본인이 실천할 수 있는 가능한 것을 목적으로 한다면 살아가는 데 큰 어려움이 없다. 자신의 능력을 벗어난 목표는 본인뿐만 아니라 주변을 힘들게 하고 자신의 삶마저 어렵게 한다.

'꿈은 이루어진다'는 말이 있듯이 누구나 꿈은 꿀 수 있다. 하지만 꿈을 현실로 만드는 것이 중요하다. 직장을 퇴직하고 어렵게 모아둔 퇴직금을 투자해 쉽게 할 수 있는 일이 식당 등 음식점의 창업이다. 창업을 기획하고 매출액을 머릿속에 그리면 절대 손해를 볼 일도 없고 돈을 많이 벌 것처럼 보인다. 통계에 의하면 창업의 70%는 위험지수에 들어가는 '블랙홀'과 같다는 것이다. 어렵게 모은 돈을 투자해 '사장님'이라는 대열에 오르지만 그 기간은 1년을 채 넘지 못하는 경우가 많다. 창업이 폐업으로 이어지기 때문이다. 때문에 꿈만 가지고 경제적 목적을 달성하기에는 상당한 위험이 뒤따른다.

육군 병장으로 제대하고 대학 4학년 2학기에 만 24세의 나이로 직장생활을 처음 시작했다. 그것도 주가가 한창 높은 시절인 언론사 기자로 사회로 진출한 것이다. 대부분 신입사원은 기도 펼 수 없고 당당하지도 못한 채 수동적으로 일을 하는 게 일반적인 현상이다. 물론 언론사 기자도 사내에서는 신입사원의 티를 벗어날 수 없고 윗사람들의 눈치를 안 볼 수 없다. 그러나 취재현장에 가면 상황은 달라진다. 아버지보다 더 나이가 많은 분들이 취재원이 되고, 평상시 같으면 쉽게 볼 수 없는 기관장들도 취재원이 되어 편하게 대할 수 있다. 새파랗게 젊은 기자가 사회생활을 하기에는 늘 당당했고 두려움과 부러움도 없었다. 그렇다고 이러한 생활을 즐기지는 않았다. 기자라는 직업이 좋았고, 일이 좋았기 때문에 매사에 적극적으로 임했다.

만약 작은 특권의식이라도 가졌더라면 상황은 지금과 많이 달라졌을 것이다. 그렇게 10년이 넘는 기자생활을 접고 정치를 시작한 지 또 10년이 넘었다. 그동안 잃어버리지 않은 것이 있다면 예의라고 생각한다. 나보다 나이가 많은 직원은 물론 나이가 어린 신입 직원들에게까지 말을 놓지 않고 있다. 기자 할 때도 그랬고, 정치를 하는 지금도 이 생활은 변함이 없다. 아무리 권한을 가지고 힘 있는 자리에 있다고 해도 사람을 동등하게 바라보는 시각이 중요하다. 그늘지고 소외되고 힘없어 보이는 사람에게는 강하고, 힘 있는 사람에게는 약한 모습을 보이는 것이야말로 인격적으로 문제가 있다고 생각한다. 지금까지 살면서 스스로에게 강한 모습을 주문하긴 했지만, 다른 사람 위에 군림하려는 노력은 하지 않았다. 다시 말해 필요한 부분을 채워왔다는 생각이다.

무소유로 유명한 법정스님은 '무소유란 아무것도 갖지 않는다는 것이 아니라 불필요한 것을 갖지 않는것'이라고 했다. 우리가 선택한 맑은 가난은 부보다 훨씬 값지고 고귀한 것이라고 덧붙였다. 반대로 소유를 하게 되면 상황이 많이 달라진다고 했다. 내 소유를 유지하기 위해 또 다른 일을 해야만 한다는 것이다. 소유를 중심으로 살면 삶은 괴로운 일들의 연속이다. 하지만 일반인들에게 무소유를 말할 수는 없다. 삶에 꼭 필요한 최소한의 요건을 유지하기 위해 소유가 필요하다고 인정했다. 소유는 집이 필요하고 자동차가 필요하고 먹을 것이 필요한 것처럼 기본적인 것은 갖춰야 한다. 그러나 기본을 넘어 소유가 욕심으로 간다면 화를 불러일으킬 위험이 크다. 그 욕심을 채우기 위해 자신의 능력을 넘어 다른 사람의 힘을 빌리고, 다른 사람들이 가지고 있는 것을 뺏어야 한다는 강박관념에 사로잡히기 쉽다. 스스로의 노력으로 필요한 것을 채우는 것이 아니라, 노력보다는 술수와 거짓으로 위장된 행동이 나올 수밖에 없기 때문이다.

혜민스님도 비슷한 말씀을 했다. 고민과 걱정 욕심은 내려놓고 순간순간 사랑하고, 순간순간 행복하라는 것이다. 그 순간들이 모여 한 사람의 인생이 되기 때문이다. 본인의 가치는 본인이 가지고 있는 돈이나 학력이 아니라, 본인이 인생을 살아가면서 얼마나 사람들에게 베풀며 살았는가가 측정되어야 한다고 강조했다. 그래야만 진정한 가치를 찾을 수 있다. 세상에 완벽한 사람은 없다. 오직 자신의 부족함을 잘 아는 사람과, 잘 모르는 사람만 있을 뿐이다. 욕심을 버리고 함께 필요를 채워가는 아름다움이야말로 행복하고 지혜로운 삶이라는 의미다.

우리 지역은 여름과 겨울이 성수기이다.

여름은 시원한 기온을 바탕으로 피서객들이 매년 급증하고 있다. 여기에 각종 스포츠 대회가 동시에 열려 최고의 시즌이 된다. 흰 눈이 많이 내리는 겨울에도 태백산 등을 찾는 사람들이 100만 명에 달할 정도로 점점 늘어나고 있다. 때문에 음식점과 숙박업소는 일 년 중 최고의 호황을 맞는다. 하지만 우리지역을 다녀간 사람들의 불편함은 끊이지 않고 있다. 불친절과 바가지요금이 대표적인 사례다. 수억 원을 들여 전국규모의 스포츠대회를 유치하는 이유는 무엇일까. 대회에 참여하는 많은 선수 임원들이 우리 지역에서 숙박하고 우리지역의 음식점을 이용해서 두 배 세 배, 많게는 열배 이상의 경제적 효과를 거두기 위함이 목적이다.

그러나 일부 숙박업소의 과다한 요금청구로 대회에 참여한 일부 팀들이 우리 지역이 아닌 다른 지역에서 숙박한다면 상황은 달라진다. 대회 주최 측과 주관하는 협회 등이 지역 업소를 이용하기 위해 많은 노력을 기울이고 있음에도 불구하고 일부 업소의 과욕으로 오히려 다른 지역이 혜택을 보는 것이다. 식당도 마찬가지다. 단체 관광객이 몰려오면 다소 소홀해지는 면이 있다. 그렇다고 7,000원짜리 음식을 700원도 안 되는 것처럼 성의 없이 내 놓는다면 관광객의 불만은 불 보듯 뻔하다. 곧바로 인터넷에 올리고 불매운동과 함께 지역의 이미지를 먹칠하게 되는 것이다. 성수기 한 철에 많은 돈을 벌려고 하는 것은 이해가 간다.

하지만 돈을 벌기에 앞서 이용하는 소비자들의 불편이 없도록 미리 준비하고 철저하게 관리하는 것이 더 중요하다. 숙박업소와 식당이 한 해만 장사하고 없어지는 것이 아니기 때문이다. 한꺼번에 많은 돈을 벌려고 하는 욕심은 내려놓는 게 좋다. 고객이 필요한 것을 천천히 채워주면서 간다면 지금보다 더 많이, 더 오랫동안 돈을 벌 것이다.

급하게 가지 말자.

특히 숙박업소 음식점 등 고객을 대하는 업소는 자기 자신을 천천히 둘러보고 필요를 채워가는 지혜를 갖길 기대한다.

노력하지
않아도 되는 사랑

사람들은 자신의 목적을 위해 많은 노력을 한다.

사랑을 쟁취하기 위해, 부자가 되기 위해, 권력에 오르기 위해 끊임없이 노력한다. 그 중에 이성과 금전문제는 인간의 삶과 밀접한 관련이 있어 누구나 성공과 실패를 한 경험이 있을 것이다. 인류의 역사를 보면 가장 많은 관심사들이 금전과 이성 문제이며, 요즘도 이성과 금전문제가 사회구조의 핵심을 차지하고 있다. 사람들은 이 두 가지를 위해 수많은 약속을 한다. 그러나 이 약속이 지켜지지 않으면 갈등과 충돌이 벌어지고 있다.

금전문제의 경우 경제활동과 직접적인 관련이 있다.

개인과 회사, 지역과 국가 등 경제적 규모에 따라 계층이 형성되고 보이지 않는 계급사회가 구성된다. 물론 정치사회적 시스템에 따라 제도화 되어 있지는 않지만 자본주의 사회에서 엄연히 존재하는 것이 경제규모에 따른 계급화다. 계층의 갈등은 곳곳에서 존재한다. 경제적 계급화가 정치적 충돌로 이어져 국가권력에까지 영향을 미친다.

특히 진보와 보수 등 여야로 나뉘어 있는 정치행태에 나타나는 표심은 경제활동 층에 따라 확실하게 구분된다. 정치권은 이를 표심으로 이용하기도 한다. 과거 소득이 적었던 노동자 농민 등 프롤레타리아 계급은 양심 있는 지식인 등의 선동에 따라 권력투쟁의 중심에 섰다. 일부 인사들은 이를 이용하기도 했다. 반미운동에 앞장섰던 사람들의 자녀가 미국유학을 먼저 하고, 미국제품을 경쟁적으로 구입하는 것을 본다.

또한 일제시대 친일 매국노를 비방하는 사람들이 일본제품을 구입하고 일본에서 생산되는 브랜드의 옷과 신발을 착용하고 다니는 것을 보며 고개를 갸우뚱하게 만든다. 과거 제3세계의 종속을 우려하며 독점자본을 체제를 반대했던 사람들도 외국산 휴대전화를 사용하고 외국산 음료를 즐겨 마신다. 국가와 민족을 위해 노력하겠다는 이들은 상반된 논리의 생활을 하고 있는 것이다. 더 모순된 것은 경제적으로 약한 사람들의 불만을 이용해 권력을 차지하려는 정치권이다.

서민들의 불만을 교묘하게 이용해 자신도 서민처럼 살고 있다며 선전하고 포장하지만 진실은 서민이 아니라 부르주아 이상의 계급이다. 노동자 농민 등 실질적으로 어렵게 사는 소수의 계층을 대변하는 일부 선동자들은 자신의 정치적 목적을 위해 일부러 현장에서 함께 한다. 이들의 뒷면에는 이해하지 못할 일들이 종종 벌어진다. 일부 노조의 경우 조합원들의 삶에 비해 지도부가 지나치게 호화생활을 하고 있어 '귀족노조'라는 수식어가 지워지지 않고 있다. 노조지도부는 제도권 진출을 위해 정치세력화하기도 한다. 정치권 진출이 유력하게 거론됐던 일부 환경단체 지도자들도 보조금을 유용해 여론의 도마 위에 올랐다. 그들의 베일을 벗기면 오히려 경제적 약자를 이용해 자신의 배를 채우는 비정상적인 생활을 하고 있는 것이다. 자신의 목적을 위해 선동으로 권력을 쟁취하고, 오히려 사회적 혼란만 부추기는 모순이 반복되고 있는 것이다. 이들에게 노력이란 어떤 의미가 있을까.

노동자 농민 등 사회적 약자를 위해 자신을 희생하는 것인가. 아니면 자신의 목적을 위해 이들을 이용하는 것인가. 이를 판단하는 데는 그렇게 어렵지 않을 것 같다.

이성문제도 경제활동 못지않게 많은 일들이 벌어지고 있다.

사회과학자들이 말하는 범죄의 주요 원인에 등장할 만큼 중요하고, 사람의 감정을 자극하는 애피타이저와 같다. 때문에 사람들은 자신이 원하는 이성을 갖기 위해 많은 노력을 한다. 감정이 살아 있는 사람이라면 태어나서 한번쯤은 이성을 사랑하게 되고, 사랑도 받았을 것이다. 사랑의 정도에 차이가 있을 수는 있지만 대체적으로 서로 보호하고 아끼는 것이 사랑의 존재다. 우리세대의 남자들은 대부분 공격적이고 적극적이지만, 여자들은 이성문제 만큼은 늘 소극적이고 수동적이었다. 영화나 드라마를 보더라도 남자 주인공은 물 불 가리지 않고 사랑하는 여성을 차지하기 위해 많은 노력을 기울인다. 그렇지만 여자가 남자를 차지하기 위해 노력하는 경우는 극히 드물다.

학창시절 주변에서 일어나는 다양한 일들을 보더라도 틀린 말은 아닌 것 같다. 좋은 이성관계는 사생활뿐만 아니라 가정이나 직장에서 활기를 불러일으키는 엔도르핀과 같다. 언제나 흥이 넘쳐 나고 자신은 물론 주변사람에게까지 관심과 즐거움을 선사하는 마성의 매력을 지니고 있다. '누가 누구를 좋아 한다. 누가 누구를 사귄다' 등의 확인되지 않은 말들이 언론에 보도되고, 정정기사가 나는 것을 보면 많은 사람의 관심사가 이성문제인 것만큼은 틀림이 없는 듯하다.

남녀가 서로 사랑하고 서로 좋아하는 것은 건강한 사회를 위해 반드시 필요하다. 하지만 이성도 지나친 관심과 욕심은 화를 불러일으킨다. 관심이 깊어지면 집착이 되고 집착은 불신과 갈등의 원인이 된다. 상대를 편안하게 해 주는 여유로움이 있어야 하지만 이성을 자신의 생각에 맞추려고 하는 것은 상대를 지치게 한다. 이는 상대를 존중하게 해 주는 것이 아니라 하나의 소유물로 생각하는 것과 마찬가지다. 이성도 분명 자신의 가치관이 있고 개인의 생활이 있다. 이마저 소유하려 한다면 결과는 쉽게 예측할 수 있는 문제다. 본인의 생각에 이성을 맞추려 하지 말고 이성의 생각을 존중해 주는 것이 아름다운 것이다. 이성과의 갈등은 욕심에서 시작된다.

연인과 부부 등 모든 이성은 관심을 받기 원하고 이성에게 자신의 존재를 확인하고 싶어한다. 물론 이러한 것은 당연한 것이고 서로가 서로를 위해 갖춰야 할 예의이다. 그러나 관심을 넘어 본인의 생각대로 움직이지 않았을 경우 이성에 실망을 하게 되고 갈등으로 표출된다. 갈등의 수위가 높아지면 이별의 원인이 되는 경우도 있다. 때로는 이성에 대한 사랑이 지나쳐 복수심으로 변절돼 처절한 결과가 발생되기도 한다. 잘못된 이성관이 사회혼란을 부추기고 급기야는 사람의 생명을 위협하는 것이다.

얼마 전 방송국에서 인터뷰를 하다가 단체장을 하면서 생각하는 키워드(key word)는 무엇이냐고 물었다. 그 자리에서 바로 '노력하지 않아도 되는 사랑'이라고 답했다. 지역발전은 물론이고 이성 간에도 노력을 해야 하는데 왜 '노력하지 않아도 되는 사랑'이냐고 진행자가 반문했다.

노력하지 않아도 되는 사랑은 머릿속에서 '노력해야 된다'는 의식이 없는 것이다. 다시 말해 마음속에서 이미 움직이고 있는 것이다. 굳이 노력하지 않아도 마음이 움직이기 때문에 의도적으로 노력할 필요가 없다는 의미다. 진정한 사랑은 노력이 필요한 것이 아니라 자연스러운 것이다. 마음속에 사랑이 있으면 있는 만큼 사랑을 하게 된다. 굳이 노력하지 않아도 사랑은 이루어진다는 것이다. 지역사랑도 마찬가지다. 표를 얻기 위해 출마하는 많은 후보자의 공통된 말이 '지역발전을 위해 노력하겠습니다'라고 한다.

그러나 지역발전은 노력해서 되는 것이 아니다. 지역을 사랑하는 애향심만 있다면 굳이 노력하지 않아도 지역발전은 당연히 이루어진다. 마음속에 이미 지역발전을 위한 마음이 가득하다는 의미다. 이러한 논리로 인터뷰에 응했고 많은 시청자들이 공감을 했다.

그렇다. 노력하지 않아도 되는 사랑은 애향심이다. 애향심은 굳이 노력과 무관하게 마음속 깊이 담겨져 있는 것이다. 노력은 뒤에 자연스럽게 따라오기 때문에 지역을 사랑하는 마음이 더 중요하다.

　부자가 되기 위한 마음도, 사랑하는 사람을 차지하기 위한 마음도, 지역발전을 위한 마음도 … 진정성이 있다면 자연스럽게 이루어질 것이다.

민청(民廳)

민청(民廳)은 말 그대로 백성의 소리이다.

요즘은 백성이 국민으로 불리지만 과거에는 신분에 따라 계급이 나뉘어졌다. 벼슬이 없는 상민을 일반적으로 백성이라고 불렀다. 옛날이나 지금이나 똑 같은 것이 있다면 정치는 백성이 주인이라는 '민본정치'이다. 이는 우리나라뿐만 아니라 중국 미국 유럽 등 동서양을 막론하고 많은 국가에서 국민 중심의 정치철학이 발전돼 왔다. 정치지도자들이 가장 많이 쓰는 말 중의 하나가 국민이고, 세계 여러 나라에서 국가명과 정당이름에 국민이라는 단어를 포함하고 있다. 국가 이름에 백성의 나라라는 것을 포함한 나라도 상당수 있다.

우리나라의 국호는 대한민국이다. 중국은 중화인민공화국, 북한은 조선민주주의인민공화국이다. 우리나라 헌법 제1조1항에는 '대한민국은 민주공화국이다.'라고 명시돼 있다.

공화국이란 국민의 대표가 통치하는 정치체제이다.

공화국의 주권은 국민에게 있고, 국민이 선출한 대표자가 국민의 권리와 이익을 위해 정해진 법에 따라 통치를 행하는 것이 일반적이다. 전형적인 형태는 민주공화국이다. 공화국은 의회공화국과 인민공화국으로 나눈다. 의회공화국은 봉건적 군주제를 극복하고 자본주의 사회를 정립한 정치체제이다. 그러나 인민공화국은 사회주의 공동체 건설을 목표로 하는 프롤레타리아 중심의 정치체제이다. 노동자 농민 등을 중심으로 하는 권력구조를 지향하고 있지만 사실은 자본가 계급이 지배하는 모순이 있다.

현대 여러 나라에서는 국민에 의해 선출된 대표자가 정부를 구성하며, 이 같은 운영체계를 민주공화국의 개념으로 사용한다. 영어로 공화국은 republic이라고 한다. 이는 라틴어 res publica가 어원으로, 해석하면 '공공의 것'이라는 의미다. 말 그대로 공화국은 국민의 것을 국민이 선출한 대표자가 통치하는 정치 행위이다. 2016년을 기준으로 전 세계 200여 개 국가 중에 147개 국가가 공화국이라는 명칭을 국호에 넣고 있다.

동양에도 민본사상이 수천 년 전에 등장했다.

맹자는 공자의 손자인 자사의 문하생으로 수업하고 정통유학을 발전시켜 공자 다음의 아성으로 불렸다. 이후 남을 가르치는 스승을 역임하고, 전국시대에는 제 나라 관리로 일하기도 했다. 통치자는 백성들의 생계를 보장하는 물질적인 상황을 만들어 주어야 하고 그들을 교육시키는 도덕적 교육적 지침을 마련해야 한다고 강조했다.

맹자의 민본주의 사상을 자세히 보면 백성을 어떻게 다스려야 하는가가 중요한 부분을 이루고 있다. 맹자는 나라가 강해지기 위해서는 백성을 덕으로 가르쳐야 한다고 했다. 일반적으로 부국강병을 위해서는 강한 군사력이 뒷받침돼야 한다고 하지만 맹자는 반대로 백성의 삶의 기반이 탄탄해야 한다고 강조했다.

유항산자유항심(有恒産者有恒心) 무항산자무항심(無恒産者無恒心). 해석하면 수입이 있는 사람은 일정한 마음을 가지지만, 그렇지 못하면 마음 또한 일정하지 않다는 말이다. 살면서 적당히 여유가 있어야 마음의 안정이 된다는 것을 의미한다. 이처럼 맹자는 백성에게는 먹고 사는 문제가 제일 중요하다고 생각했다. 그래서 백성들을 살만하게 해 주고 백성들의 필요를 채워준다면 백성은 당연히 임금을 따를 것이라고 했다. 맹자의 출생이 기원전 371년쯤 되니까 백성이 주인이 돼야 한다는 국가의 통치구조는 이미 2,000년 전에 사람의 머리에서 체계적인 학문이 됐던 것이다. 이렇게 오랜 세월이 지났음에도 불구하고 민의에 의한 정치는 아직까지 혼란 속에서 벗어나지 못하고 있다.

우리나라도 역사적으로 민본주의 사상을 정치체계로 삼아 왔다.

철학이라는 학문이 우리에게 익숙하지는 않지만 많은 사람들이 나름대로 자신의 생각을 가지고 있다. 자신의 가치와 생각들을 좀 더 유식한 말로 철학이라고 표현한다. 철학이라는 학문이 포괄적 의미로 사용되다 보니 앞에 붙는 수식어에 따라 방향이 달라진다.

　예를 들어 정치와 관련된 것은 정치 철학으로 분류되고, 교육과 관련된 부분은 교육 철학으로 구분된다. 일부 지도자들은 자신의 정치철학을 '통치철학'으로 여기고 국민을 통치의 대상으로 여기는 경우도 있다. 과거 군사정권에는 수많은 국민들이 민주화라는 이름으로 희생을 당해야만 했다. 통치자는 국민의 목소리를 외면한 채 오로지 정권유지에만 혈안이 되어 있어서 국민의 저항은 끊이지 않았다. 통치자가 국민의 목소리를 제대로 듣지 않고 있는데 국가가 바로 간다는 것은 싶지 않은 일이다.

　정치(政治)는 한자 뜻에 잘 담겨 있다. 정(政)은 내가 먼저 바르고자 노력하는 것이고, 그런 뒤 남이 바로 서도록 도와주는 것이 치(治)이다. 헝클어진 나라의 질서를 바로잡고 국민들이 각자의 위치에서 잘 살 수 있도록 하는 게 정치라고 생각된다. 어느 신문 사설에 게재된 내용이 눈길을 멈추게 했다.

　'군주민수(君舟民水)'라는 말이 있다. 국내 교수들이 한국 정치상황을 사자성어로 선택한 것이다. 군주민수는 순자의 왕제(王制)편에 나오는 말로 직역하면 '백성은 물, 임금은 배'라는 말이다. 풀어쓰면 '물의 힘으로 배를 뜨게 하지만, 강물이 화가 나면 배를 뒤집을 수도 있다'는 의미다. 국가 최고 통치자를 국민들이 선출하지만 국민들이 화가 나면 통치자를 뒤집을 수 있다는 의미 있는 말이다.

최근 국내 정치상황은 국민들을 매우 불안하게 하고 있다. 정치권의 다툼은 점점 치열해지고 북한의 핵 문제와 사드배치 등을 두고 좀처럼 안정을 찾지 못하고 있다. 정권이 바뀌면서 남북한 관계가 개선될 것으로 기대했지만 북한의 잇단 미사일 발사로 점점 더 악화되는 분위기다. 이러다가 전쟁이 나지 않을까 하는 불안감도 여기저기서 관찰되고 있다. 미국의 한 언론은 한반도의 긴장상태가 최고조에 달하고 있지만 한국 사람들이 느끼는 전쟁 위험지수는 아주 적다고 표현했다.

그러나 미국 대통령과 북한 통치자의 군사적 옵션 등의 격한 발언이 한반도와 우리 국민들을 긴장하게 한다. 사드배치는 우리 정부가 원했든, 아니면 미국이 권유했든 간에 주체는 미국이 한반도에 배치하는 것이다. 그럼에도 중국은 미국에 제대로 된 말 한마디 못하고 한국을 압박하고 있다. 거기다가 우리 국민들은 정치적 이해관계에 따라 갈등과 반목을 계속하고 있고, 정치권에서도 국민 화합보다는 당리당략에 집중해 있는 모습이다.

한국의 정치 사회현상을 면밀하게 볼 때 도저히 단합될 기미가 안 보인다. 주변국인 중국과 북한은 한국의 이러한 상황을 보면서 얼마나 많은 회열을 느끼겠는가. 중국이 북한의 핵 개발에도 제대로 된 제지를 하지 않고 있는 이유는 어디에 있는 것일까. 북한이 중국을 대신해 미국을 협박하고 심기를 불편하게 하니 중국으로선 뒷짐만 지고 흐뭇해 할 것이다. 다만 힘없는 한국만 사드라는 명목으로 경제적 단교를 당하고 있는 것이다. 사드 부지를 제공한 롯데는 중국에서 쫓겨나다시피하고 있다. 롯데는 또 무슨 잘못을 했단 말인가. 이렇게 보복을 당하고 있는데도 정부와 정치권은 특별한 조치를 취하지 못하고 있다. 오히려 국민에게 불신과 불안감만 조성하고 있는 형국이다.

정치권이 이제라도 국민의 목소리를 들어야 한다. 국민의 목소리를 제대로 듣고 함께 갈 수 있는 방법을 찾아야 한다. 더 이상 정치보복 논란으로 소모적인 정쟁을 그만하고 이제는 화합과 하나된 모습으로 이해하고 포용하는 정치를 해야 한다. 그래야 이 위기를 극복하고 국제사회에서 당당한 대한민국, 다른 나라에서 함부로 대할 수 없는 강한 대한민국이 되기 때문이다.

열정의 경제학

두려움은 없다

"우리가 두려워해야 할 것은 바로 두려움 그 자체입니다."

국민들의 절대적인 지지를 받으며 미국에서 유일하게 4선 대통령을 역임한 루즈벨트 대통령의 말이다. 그에게는 남다른 리더십이 있었다. 1930년대 미국을 비롯한 전 세계는 공포의 시간이었다. 세계대전과 함께 미국은 1,500여 만 명의 실업자와 금융기관의 파산 등으로 쇠락의 길을 걷고 있었다. 루즈벨트 대통령은 당시 취임사에서 "이유도 없고 정당하지 않은 두려움이야말로 후퇴를 전진으로 바꾸기 위한 노력을 마비시키는 것"이라고 못 박았다.

그는 또 "나는 평범한 사람이 되고 싶지 않았다. 나는 사람들이 나를 따름으로써 바보가 되기를 바라지 않는다. 나는 내 꿈을 키우고 만들어

나가기 위해서라면 어떤 위험이던 감수하고 싶다. 나는 하루하루를 근근이 살아가고 싶지 않다. 나는 보장된 일보다 도전을 택하고 싶고, 한정된 천국보다는 성취감의 스릴을 맛보고 싶다. 나는 높은 사람 앞에서 위축되지도, 친구들에게 몸을 숙이지도 않을 것이다. 똑바로 자랑스럽게 서서 세상에 과감히 맞서서 내가 이룬 일들을 당당하게 말하는 것이 나의 운명이다."

'불굴의 CEO 루즈벨트 두려움은 없다'라는 이 책은 내가 정치에 입문하면서 엄청난 멘토가 됐다. 루즈벨트 대통령의 일대기와 그의 리더십을 소개한 책으로 다소 딱딱할 수 있지만 난 이 책을 몇 번이나 읽었다. "할 수 있는 일이 아무 것도 없는 것처럼 생각될 때 무엇이든 하라. 지금 자신에게 남아 있는 것을 이용해서 절망을 극복하라"는 말은 두려움을 넘어 강한 도전 정신을 보여주는 대목이다.

루즈벨트의 리더십은 크게 두 가지로 구분되는데, 첫번 째는 전반적인 참여를 강조했다. 모두가 함께 끌고 가야 한다고 소개하고 있다. 요즘 한국사회에서 말하는 소통의 중요성과 상통한다. 두 번째는 포괄적인 범위를 피력했다. 모든 사람이 자신의 역할에 충실해야 하고, 계층이나 빈부의 차이를 막론하고 모든 사람이 이해하고 노력해야 한다고 말한다. 이는 개인과 집단의 이기주의로 이해하지만 각자의 위치에서 각자의 역할을 다할 때 사회경제 시스템이 잘 돌아가는 것을 말한다.

2010년 42살의 나이에 지방도시의 시장으로 취임한 나는 이러한 말들을 가슴에 깊이 새기고 있었다. 젊은 나이에 원칙과 기준이 없으면 자 첫 휘둘릴 수 있다는 생각에 반드시 원칙과 소신을 가지고 일해야겠다 는 각오가 앞섰다. 당시 선거결과에 대한 평가는 스스로가 더 잘 알았다. "내가 잘 나서 42살의 젊은 나이에 시장이 된 것은 절대 아니다. 지역의 미래에 대한 기대감이 다른 후보들보다 나았기 때문에 선택됐다. 무조 건 잘해야 된다"라는 생각이 지배하고 있었다.

당시 지역의 상황은 시 개청 이래 최악이었다.

인구감소는 끝이 안 보일 정도로 추락하는 상태였고, 지역을 살리려 고 추진했던 리조트 사업은 수천 억 원의 빚더미에 허덕이고 있었다. 시 에서는 1년 예산의 절반에 가까운 돈을 보증채무로 안고 있었고, 시에서 출자한 관광개발공사의 직원들은 몇 달 동안 월급도 못 받는 최악의 상 황이었다. 전기세는 밀려 한국전력 지점장이 출근하자마자 사무실로 찾 아와 전기세 납부를 독촉했고, 용역업체 직원들과 외상대금을 받지 못 한 가스회사 사장 등 자영업자들도 아우성이었다. 지방행정의 수장으로 취임한 시장이 행정을 하기 보다는 '부도나기 직전의 회사'를 살려야 하 는 이상한 상황이 벌어진 것이다.

루즈벨트는 말했다.

"역경은 다른 옷으로 갈아입을 수 있는 기회다"라고 …. 분명 지역이 최악의 역경을 맞고 있지만, 한편으로는 다른 살길이 또 있다는 것을 믿 으며 얽혀 있는 실타래를 풀어가기 시작했다. 취임 초부터 진행했던 리조트 매각 작업은 좀 더 빠른 속도를 냈다. 청와대로 국회로 정부청사로 우리나라 권력기관을 일일이 찾아다니며 지역의 상황을 설명하고 협조를 구했다. 다른 한편으로는 기업체와 금융권 등을 찾아다니며 매각을 추진했고, 인근 강원랜드를 통한 매각도 추진했지만 대부분 무위로 끝났다. 미국, 중국, 일본, 유럽, 동남아 등 세계 각국의 자본을 유치해 해결하려던 노력도 쉽지 않았다.

수 년 동안 끝이 안 보이던 실마리는 재선에 취임한 그 다음해 서서히 풀리기 시작했다. 담당 직원들도 수없이 바뀌고 수많은 노력이 허위로 끝나갈 무렵 직원 한명의 소개로 국내 굴지의 대기업 회장님과 연결될 수 있었다. 정말 좋은 기회였고, 이 기회를 살리지 못하면 지역은 더 이상 회생할 수 없다는 생각이 들었다. 직원들에게 이 업무를 맡기기는 했지만 내가 직접 나서지 않으면 안 될 것 같은 생각이 들었다. 하지만 담당 직원들의 의견 차이로 진행속도는 상당히 지연되기 시작했고 '설마 대기업이 오투리조트를 인수할까?' 하는 불신감마저 직원들 사이에 돌았다. 직원들의 불협화음이 있는 한 일의 진행은 안 될 수밖에 없었다. 몇 차례 고민한 끝에 진영을 새로 구성해 본격적인 매각작업에 뛰어들기 시작했다.

사실 오투리조트는 초선시장 취임 다음 해인 2011년 매각될 수 있었지만, 지역에서 일부 반대해 절호의 기회를 놓친 적이 있다. 지금까지 이 일에 대해 공식적인 경로를 통해 공개하지는 않았지만 너무나 안타까운 일이 아닐 수 없다. 당시 정부의 핵심 관계자와 나는 과천과 서울에서 몇 차례 만나 오투리조트의 강원랜드 인수 방안을 협의하고 극적인 합의점을 찾았다. 방법은 강원랜드에서 출자한 하이원엔터테인먼트에서 오투리조트를 인수하되, 태백시는 게임사업 중 3단계인 펀 파크 사업을 포기하는 조건이었다. 당시 나의 판단은 국내 게임사업이 쉽지 않은 상황에서 모두 포기하는 것이 아니라 놀이시설인 펀 파크 사업만 포기하고 오투리조트를 매각하면 충분히 우리에게 이익이 될 것이라는 생각이었다. 당시 정부 핵심 관계자는 그날 내가 옆에 있는 상태에서 강원랜드 임원에게 전화를 걸어 이사회를 얼마동안 연기하라고 통보했다. 다만 우리 지역에서 이 같은 내용에 동의하는 협약서를 받아야 한다는 것이었다. 나는 이러한 내용에 지역의 지도자들이 반대할 이유가 없을 것이라고 생각했다.

다음날 바로 시의회와 현안대책위원회에 이 같은 내용을 알리고 동의를 요청했으나 일부 시의원들과 현안대책위 간부들이 결사적으로 반대해 협약서는 작성되지 못했다. 반대하는 시의원들의 주장은 강원랜드가 직접 인수하라는 주장이었고, 현대위 임원의 주장은 3단계 펀 파크 사업을 포기할 수 없다는 내용이었다. 그들의 반대에 밀려 오투리조트는 절호의 기회를 놓치고 몇 년 동안 너무나 힘들게 좌초하게 된 것이다. 지금 생각하면 그들은 모두 임기를 마치고 자연인으로 돌아가 있다. 하지만 그렇게 반대한 이후 정말 어렵고 힘들게 보낸 고통의 세월에 대한 보상은 누가 할 것인가. 아무도 책임지지 않는다. 만약 리조트를 대기업이 인수하지 않고 파산이 됐다면 책임은 누가 질 것인가. 생각만 해도 끔찍한 일이다. 단순히 그들은 반대만 했을 뿐 그들이 한 행동과 말에 대한 피해는 고스란히 시민들에게 돌아간 것이었다. 결국 지역사회 지도자들의 의견충돌로 협약서는 작성되지 못하고 오투리조트의 매각은 불발로 끝나게 됐다. 안타까운 일이 아닐 수 없다. 이렇게 아픈 경험이 있었기 때문에 국내 대기업의 참여는 반드시 성사시켜야 한다는 절체절명의 과제라고 생각했다.

　세월이 지난 후 2015년 여름.
　대기업 회장님을 처음 대면했다. 풍채가 있지만 처음 본 인상은 매우 소박하면서 자상하다는 느낌을 받았다. TV 등 언론을 통해 본 인상과는 반대로 강함보다는 부드러움이 더 많았다. 그해 가을이 익어갈 무렵인 11월17일 서울에서 그 분을 다시 만났다. 두 번째 미팅이라 좀 더 편안하게 대할 수 있었다. 그 자리에서 나는 그동안 어렵게 살아온 개인적인 삶의 과정을 설명하고 젊은 나이에 시장이 된 만큼 지역을 한번 제대로 살려보고 싶다는 애절함을 호소했다. 조용히 경청하던 그 분은 "그럼 얼마면 리조트를 인수할 수 있습니까. 내가 그 자금을 지원해 줄테니 해결이 되겠습니까?"라고 말했다. 순간 깜짝 놀랐다. 회장님은 지역의 어려움을 인지하고 기업이윤의 사회환원 차원에서 돕고 싶다는 뜻을 전했다. 나는 그 자리에서 "감정가가 나와 봐야 정확하게 알 수 있습니다. 구체적인 인수금액은 실무적으로 검토하는 것이 좋을 듯합니다"라는 말을 남기고 회장실을 빠져 나왔다.
　다음날 여의도 회계사 사무실에 들러 회장님의 의사를 전달하고 자문을 구했으나 믿지 않는 모습이었다. 11월 19일 나는 태백으로 오지 않고 그날 밤 9시까지 대기업 회사 회장실에서 인수방안에 대한 초안 작성을 준비했다. 저녁은 회사 지하에 있는 직원식당에서 간단히 먹고 밤늦게까지 대기업 전무와 계열사 대표이사 등과 같이 구체적인 인수방안을 협의한 것이다. 하지만 문제가 발생했다. 생각하지도 못했던 국유지 매각문제가 복병으로 등장했다. 리조트 상당 부분을 국유지를 임대해 사용했기 때문에 대기업에서는 임대가 아니라 매입을 원했다. 국유지를 매입하기 위해서는 법적 절차가 너무나 까다롭다. 감정가 역시 개발 이전의 토지가로 하는 문제와, 개발 이후의 토지가로 하는 문제가 팽팽히 맞서고 있다. 어떤 방식을 적용하느냐에 따라 수십 억 원에서 수백 억 원의 차이가 발생하기 때문이다. 문제해결을 위해 한국자산관리공사를 수차례 방문해 겨우 토지가격을 결정하고 대기업에 통보했다. 하나하나 퍼즐을 맞춰가는 기분으로 일이 풀릴 때 쯤 또 하나의 사건이 터졌다.

한국자산관리공사에서 국유지 임대 체납액과 더불어 그동안 리조트를 운영하면서 임대료를 제대로 내지 않았기 때문에 70억 원의 변상금을 부과한 것이다. 일이 마지막으로 해결되는 단계에 와서 70억 원이라는 돈을 두고 모든 것이 가로 막혔다. 대기업의 입장에서는 "그동안 체납액까지 물었는데 과태료 성격인 변상금까지 납부하라고 하는 것은 잘못 된 것 아니냐"는 입장이었다.

2016년 1월 중순.

나는 다시 서울로 갔다.

대기업 회장님을 만나 전혀 예상치 못했던 일이라면서 70억 원을 추가해줄 것을 요청했다. 하지만 대기업 회장님은 "신뢰의 문제"라면서 "그동안 각종 공과금을 비롯해 체납액까지 다 지원했지만 과태료 성격인 변상금까지 우리가 납부하는 것은 논리적으로 맞지 않다"고 불가입장을 밝혔다. 다시 지역에 내려와 여러 가지 방안을 찾던 중 1월 31일 저녁 대기업 전무로부터 '인수 불가'라는 통보를 받았다. 다음날 출근해 공식적으로 '인수불가'라는 통보를 받고 하늘이 무너지는 것 같았다.

2월 2일.
하루 동안 고민을 거듭한 끝에 긴급 카드를 꺼냈다.
대기업 회장님과 친분이 두터운 분이 대구에 있다는 사실을 확인하고 우리 직원을 대구로 급파했다. 임무는 대기업 회장님의 '진의(眞意)'가 무엇인지 파악해 오라는 것이었다.
아침 일찍 대구로 급파된 직원은 오후에 연락이 왔다. 대기업 회장님의 진의는 "변상금만큼은 태백시에서 부담해야 된다"는 논리였다. "70억 … 태백시에서 70억 원이라는 돈이 없는 것이 아니라 법적으로 예산 자체를 편성할 수 없다. 그렇다면 여기서 끝나는 것일까 … 어떻게 여기까지 왔는데 …"
표현할 수 없을 만큼 가슴이 시렸다.

2월 3일.
70억 원의 예산을 편성하기 위해 시의회와 간담회를 가졌다.
당연히 갑론을박이 이어졌다. 의회는 그날 결론을 못 내리고 다음날 저녁 일부 의원을 제외하고 배임문제가 형성되더라도 예산을 편성하자는 데 의견을 모았다. 하지만 예산을 편성하기 위해서는 법적 근거가 있어야 하는 데 실무 담당 직원들은 할 수 없다며 난색을 표시했다.

2월 4일.

오전에 예산부서 직원들을 불러 모았다.

"법적으로 예산을 편성할 수 없다면 시장 직권으로 예산을 편성해라. 배임문제로 내 월급이 차압당하고 내가 가지고 있는 집이 경매에 넘어가도 어쩔 수 없다. 내가 모든 책임을 질 테니 일단 오투리조트부터 살려 놓고 보자"라며 예산편성을 종용했다. 직원들은 고개만 숙인 채 말이 없었다. 법적으로 예산을 편성할 수 없는 일을 시장이 아무리 하라고 해도 어떻게 한단 말인가. 나는 그 사실을 알면서도 지푸라기를 잡는 심정으로 호소한 것이다.

2월 5일.

설 명절을 이틀 앞둔 날이다. 8일인 월요일이 설 명절이지만 연휴는 당장 금요일인 이날 일과가 끝나면 시작된다. 아침에 일어나니 간밤의 꿈이 생각났다. 대통령의 꿈을 꾼 것이다. 태어나서 대통령이 꿈에 나타나기는 처음이다. 교회 예배당 같은 장소에서 10여 명이 모여 있는데 대통령은 나를 불렀다. 그것도 두 번씩이나. 그리고 나에게 무엇인가 메시지를 줬다. 나는 받아 적었다. 그것이 전부다. 그 꿈을 잊고 있다가 점심을 먹고 사무실에 들어오면서 꿈 얘기를 직원에게 했다. 직원은 "로또

복권을 사야 되는 것 아니냐"며 조크했다.

사무실에 들어와 양치를 하면서 거울을 봤다.

가슴이 조마조마 했다.

'이대로 포기해야 하는가 … 그래 … 아직 포기하기에는 이르다. 마지막으로 간청하자.'

다시 한번 거울을 보고 다짐했다.

휴대전화를 꺼내 장문의 문장을 작성했다.

그리고 서울로 날렸다.

…

회장님께 한번만 더 간청 드립니다.

태백의 사활이 걸려 있는 문제입니다.

오투리조트 인수대금은

- 기존 800억 원.

- 공익채권 70억 원.

- 변상금 70억 원.

- 토지 160억 원.

모두 합쳐서 1,100억 원 정도입니다.

문제가 되는 변상금은 태백시가 백방으로 노력하고 있으나 법률적으로 불가능한 상태입니다. 부영에서 부담해 주시면 인수 이후에 70억 원 이상의 기반시설 등의 협조를 할 테니 마지막으로 부탁드리겠습니다. 거듭 죄송한 줄 알지만 현재로서는 이 방법 밖에 없으니 회장님께 머리 숙여 간곡하게 부탁드립니다. 지역의 발전이 국가 발전이고, 곧 국민의 행복이라고 생각됩니다.

저도 42세의 젊은 나이에 시장에 취임해 너무나 힘든 과정을 겪고 있습니다. 제 한 몸 희생하더라도 지역을 꼭 살리고 싶습니다. 우리 지역에 희망을 주십시오. 간절히 부탁드립니다.

...

회장님의 깊은 배려를 다시 한번 부탁드립니다.
저도 19세에 부친을 여의고 지금까지 홀로 여기까지 왔습니다. 젊은 정치인이지만 항상 "선함과 진실함"으로 살아 왔고, 앞으로도 그렇게 살 생각입니다.

지금 태백은 오투리조트 때문에 5만 시민들의 희망이 절망으로 변해가고 있습니다. 어려운 5만 명의 시민들에게 희망이 필요합니다.
회장님.
저희들에게 희망을 주십시오.

절대 실망시키지 않겠습니다.

간곡히 부탁드립니다.

설 명절 건강하게 잘 보내시길 기원합니다.

태백시장 김연식 올림.

오후 1시 넘어 문자 메시지를 보내고 오후 4시 간부회의를 소집해 놓았다. 거의 포기하고 있는 상황에서 오후 4시쯤 대기업 전무로부터 전화가 왔다.

"회장님이 시장님 문자보고 감동 받으셔서 오투리조트를 인수하기로 결정했습니다. 계약 체결은 설 연휴가 끝나는 2월 11일 할 것입니다. 축하드립니다."

감격이다.

시장에 처음 당선된 만큼이나 기쁘고 좋았다.

꿈만 같았다.

숨이 멈춰지는 듯 했다.

눈물도 쏟아지려 한다.

'이제 오투 문제는 드디어 끝나는 것인가. 정말인가?'

믿을 수 없다.

대통령 꿈을 꾼 것이 좋은 징조였을까.

어떻게 됐던 오투 매각은 이렇게 정리가 시작됐다.

5일간의 연휴가 끝나고 11일 서울 출장을 갔다. 대기업 앞에서 계약이 체결되길 기다렸으나 오후가 되어도 소식이 없었다. 오후 6시쯤 드디어 계약 체결이 완료됐다는 얘기를 들었다. 그날 저녁 대기업을 방문해 회장님을 만나 감사의 인사를 전했다.

회장님은 그 자리에서 "기업을 운영하는 것은 장사하는 것과 마찬가지입니다. 신용이 너무나 중요합니다. 젊은 시장님의 열정을 보고 결정한 것입니다."

그날 나는 앞으로 오투리조트의 경영 정상화에 적극 나서겠다고 약속하며 고마움을 표시했다. 대기업 회장님과의 미팅이 끝나고 함께 갔던 우리 직원들은 숭례문 근처 '강원식당'에서 문어숙회와 대구지리로 소주를 한잔하며 모처럼 해맑은 시간을 가졌다. 그날 서울에서 자고 겨울비가 오는 가운데 12일 서울에서 태백으로 출발했다. 사무실에 도착해 기자간담회를 갖고 취임한 지 5년 7개월 만에 가장 큰 골칫거리를 해결한 부분에 대해 감사의 뜻을 시민들에게 전했다. 오후 5시 넘어서는 담당직원으로부터 계약금 87억 원이 입금됐다는 내용도 보고를 받았다.

오투리조트는 그렇게 힘든 과정을 겪고 회생의 길을 가게 됐다. 이후 3월에 대기업 회장님은 사모님과 함께 이틀간 태백을 방문해 저녁식사를 함께 하며 좋은 시간을 보냈다. 그 자리에서 회장님은 1,000여 세대 규모의 아파트 건립을 약속했고, 이미 부지매입을 완료하고 건축허가 심의가 진행중에 있다. 리조트 앞 부지에 테마파크 조성을 위한 준비도 되어가고 있다.

2015~2016년은 개인적으로 정말 중요한 시기였다.

제20대 국회의원 선거가 눈앞에 다가오는 상황이었고, 주변에서는 출마권유가 많았다. 나름대로 유혹도 받았다. 국회의원에 출마하려면 시장직을 사퇴해야 하기 때문에 고민도 됐다. 만약 개인의 권세를 위해 국회의원에 출마한다면 오투리조트 문제는 일시에 모든 것이 정지된다. 대기업 회장님과 쌓아온 작은 친분과 신뢰마저도 금이 가는 상황이고, 그렇게 된다면 오투리조트는 파산이 불가피하게 된다. 하지만 이런 고민은 잠시 … 선택은 오투리조트 해결이었다. 국회의원 출마는 기회가 되면 또 생길 수 있지만, 오투리조트 매각은 지금 이 순간을 벗어나면 영원히 못할 수 있다는 생각이 들었다.

　　한 마디로 국회의원 출마 포기의 대가로 오투리조트를 반드시 살려야 하는 책임감을 더 강하게 가진 것이다. 그러한 연유로 더욱 집중해 추진했던 오투리조트 문제는 대기업 회장님의 신뢰와 어려운 지역을 돕겠다는 애정 어린 관심으로 민간으로 완전하게 이양됐다. 훗날 대기업 회장님은 '월간조선' 6월호 인터뷰에서 오투 매입의 전말과 속내를 밝혔다.

'월간조선' 2016년 6월호 인터뷰 내용을 간략하게 정리했다.

■ 잘못하면 아주 골치 아플 수도 있는 인수였는데요.
　"김연식 태백시장이 아주 젊은 분이에요. 오투리조트가 어려움에 처해 있다고 저한테 편지도 보내고 직접 찾아오기도 했어요. 지자체의 장이 자신이 이끄는 지자체를 위해 노력하는 걸 보고 저렇게 하면 뭐라도 할 것이라는 생각이 들었죠."

■ 젊은 태백시장한테 감동을 받아서 매입했군요.

"그런 표현이 적당한 것 같습니다."

■ 지역 사회단체들이 공기업으로서 첫 파산위기를 맞았던 오투리조트를
부영이 인수하는 걸 환영하는 플래카드를 내거는 일도 있었던데요.

"태백시 입장에서는 오투리조트가 안 팔렸으면 시(市)재정이 어려
웠을 겁니다. 공무원들 월급주기가 어려워질 정도라고 들었어요. 강
원도 출신 여러분들이 고맙다고 하더군요. 도지사도, 특히 지역민들
이 고마움을 많이 표시해 왔어요."

■ 최근에 태백에 있는 KBS방송 부지도 매입했던 데 무슨 용도로 사용
할 계획인지요.

"태백시에서 그 땅을 사 놓고 못 팔다가 공개 입찰을 할 때 저희가
구입했습니다. 오투리조트와 마찬가지로 그 부지 매각은 시 재정에 도
움이 되죠. 거기다가 우리가 주택을 한 1,000여 세대 지으면 시가 생동
감 있게 돌아가지 않겠어요? 거주 여건은 이웃의 정선보다 태백이 좋
아요. 태백에서 태백산맥 넘어 터널 서쪽으로 가면 정선인데 서쪽은
어딘가 좀 덜 밝은 것 같고 동쪽은 아주 밝아요. 거주 여건이 아주 좋
아요. 가까우니까 정선에 있는 강원랜드 근무자들도 많이 살아요."

■ 아파트를 지을 때는 지역경제도 고려해서 임대냐 분양이냐를 결정 하
나 보죠.

"대개 그렇습니다. 태백의 경우 경제여건이 30평대는 좀 큰 것이고 20평대로 해야 할 것 같은데, 제 판단에는 임대로 해야 현지 사람들도 좋아 할 것 같고요."

■ 풍수지리에 탁월한 능력이 있다는 소리를 가끔 듣는 것으로 아는데 딱 보면 보입니까? 여기가 집 짓기 좋은 땅이다. 휴양지로서 좋다. 뭐 이런 식으로요.

"사실 저는 풍수에 대해 아무것도 모르는 데 주변 사람들이 그런 얘기를 하더군요(웃음). 느낌이야 있지요. 그 외에 장사가 되고 안 되고, 부자가 되고 안 되고, 그런 것 까지는 모릅니다. 한수 배우고자 하는 사람들도 있는데 제가 가르쳐 줄게 없어요. 아는 게 없으니까(웃음)." (이하 생략)

'월간조선'의 이 같은 기사가 보도되자 지역 언론들도 호평을 했다.

한 지역 언론은 사설을 통해 '태백시 재정위기탈출 재도약 계기 마련. 부영 '젊은 태백시장 간절한 호소 감동' 등의 보도를 통해 축하를 했다. 당시 보도 내용을 보면 태백시가 얼마나 어려웠던가를 가름할 수 있다. 보도한 주요내용은 다음과 같다.

태백관광개발공사에 무리한 투자로 태백시가 지급보증 한 오투리조트 빚 1천 761억 원을 떠안으면서 예산대비 채무비율이 50%대로 치솟아 지방자치단체 1호 재정 위기까지 몰렸던 태백시가 오투 매각으로 새로운 도약의 계기를 마련했다.

자치단체 예산대비 채무비율이 40% 이상이면 '위기'등급, 채무비율 25% 이상이면 재정위기 '주의'등급으로 중앙정부의 통제를 받을 수밖에 없는 실정이었으나 태백시는 오투매각과 구) KBS 부지와 풍력단지 매각 대금 등으로 채무 상환에 나서 올해 안에 예산대비 채무비율을 24% 이하로 낮춰 재정위기 '주의'등급 지자체에서 완전히 벗어난다는 계획이다.

오투리조트는 2010년 정부의 민영화 권고에 따라 매각에 나섰지만 매수자가 없었고 지난 2015년 6월 오투 임직원 127명이 법정관리를 신청, 서울중앙법원 파산부는 2015년 8월 개시결정을 하고 매각 과정에서 우선협상대상자로 선정된 기업과의 본계약이 무산되고 3번째 매각공고에 부영주택이 인수 의향을 보였으나 지역사회는 반신반의했던 것도 사실이었다.

오투리조트를 인수한 민간기업 기준으로 재계 서열 13위인 부영그룹 이중근 회장은 최근 '월간조선 6월호'에서 오투리조트 인수 관련하여 속내를 털어놨다.

필자가 부영그룹 이중근 회장의 '월간조선' 인터뷰 내용을 구구절절 언급한 것은 김연식 시장의 태백시를 살리겠다는 의지표현과 노력하는 모습, 진실한 마음이 제계순위 13위의 기업가의 마음을 움직여 투자를 결심하게 했다는 사실을 역설하고 싶었다.

인터뷰 내용 중 이중근 회장께서 부영 초기에 하셨다는 말씀 중에 "돼지는 아무리 크고 힘이 세도 밭을 갈지 못한다"는 구절이 뇌리에 남았다. "사람마다 한계가 있고 아무리 소가 작아도 소 몫이 있고 돼지는 돼지 몫이 있다"는 표현이라고 했다. 태백시의 시민단체도 각자의 몫이 있으리라 본다.(지역언론 칼럼 중에서)

연합뉴스에서도 긍정적인 메시지를 던졌다.

2016년 5월 27일자 기사에서 연합뉴스는 이 같은 사실을 크게 보도했다.

태백시 "재정위기 터널 끝이 보인다"… 부영 잇단 투자
오투리조트 인수·시 소유 터 매입·대단위 임대주택 건립 추진 등
부영 "태백시장 간절한 호소와 어려운 지역 돕자는 사회공헌 일환"

(태백=연합뉴스) 배연호 기자 = 강원 태백시에 재정위기 탈출 희망이 보인다. 태백시는 한때 지방자치단체 1호 지정 위기까지 몰렸다. 지방공기업 오투리조트에 무리한 투자가 원인이다. 태백시는 지급보증한 오투리조트 빚 1천 761억 원을 2014년 7월에 떠안았다. 그 결과 채무비율이 50%로 치솟았다. 자치단체 채무비율이 40% 이상이

면 '위기'등급에 해당한다. 태백시는 초긴축 재정운용에 돌입했지만, 재정난 주범 오투리조트 문제는 해결 기미조차 보이지 않았다.

정부의 민영화 권고에 따라 2010년부터 본격 추진한 오투리조트 매각은 잇따라 실패했다. 오투리조트 운영은 더 악화했고, 부채는 눈덩이처럼 늘어났다. 차라리 파산시켜야 한다는 목소리가 최고조이던 지난해 말 희망이 찾아왔다. 3번째 매각공고에 부영주택이 인수 의향을 보인 것이다. 지역사회는 반신반의했다. 2번째 매각 과정에서 우선협상대상자로 선정된 기업과의 본계약 무산을 경험했기 때문이다.

이번에는 달랐다.

2015년 12월 양해각서 체결, 2016년 1월 최종 인수협상 대상자 선정, 2016년 2월 투자계약 체결과 잔금 전액 납부 등 오투리조트 인수 절차가 빠르게 이어졌다. 결국, 올해 2월 25일 서울중앙지법 최종인가로 부영그룹의 오투리조트 인수가 확정됐다. 정부가 민영화 권고를 한 지 거의 6년만에 매각 성사였다.

부영 관계자는 "오투리조트 인수 결정은 김연식 태백시장이 적극적이고 간절한 호소가 결정적이었다"라고 말했다.

이어 "전국에 아파트를 짓는 전국적 기업으로서 재정난을 겪는 태백시를 한번 돕자는 사회공헌 측면도 작용했다"라고 설명했다. 오투리조트를 인수한 부영주택은 올해 4월 태백시 소유 옛 KBS 터도 사들였다. 태백시는 부채 상환 등을 위해 옛 KBS 터 매각을 추진했으나, 응찰자가 없어 1차 유찰된 상황이었다. 부영주택은 옛 KBS 터에 1천여 가구 규모 기업형 임대주택 건립을 추진중이다. 태백시는 옛 KBS 터 매각 대금 등으로 채무 상환에 나서 올해 안에 예산대비 채무비율을 24% 이하로 낮춰 재정위기 '주의'등급 지자체에서 완전히 벗어난다는 계획이다. 재정위기 주의등급 지정기준은 예산대비 채무비율 25% 이상이다. 태백시 관계자는 27일 "오투리조트 인수가 확정되자, 많은 지역사회단체가 감사하다는 현수막을 걸기도 했다"라며 "부영주택의 잇따른 투자는 재정 건전성 확보·지역 경기 활성화는 물론 시민에게 희망을 주는 힘이 되고 있다"라고 말했다.

다른 언론에서도 호평과 찬사가 이어졌다.

뉴시스는 5월 29일자 기사에서 오투리조트 매각 '숨은 주역' … 김연식 시장의 설득 '주효'라는 기사로 그간의 노력을 보도했다. 하지만 오투리조트 해결은 시장 개인이 아니라 두려움 없이 노력한 모든 공직자들의 집념과 시민사회단체의 의지, 시민들의 적극적인 지지 등이 하나가 되었기에 가능했다. 앞서 "역경은 다른 옷으로 갈아입을 수 있는 기회다"라는 루즈벨트의 말처럼 역경을 딛고 일어선 한편의 드라마와 같았다.

우리는 늘 위험과 위기감 불안감과 상실감을 접하고 산다. 우리가 이것을 두려움으로 생각하고 또 다른 공포로 느낄 때는 심각한 해악으로 남는다. 위기가 기회라는 말처럼 우리는 어려운 위기를 극복하고 전 공무원들과 시민들이 힘을 합쳐 마침내 이겨낸 것이다. 지면을 통해 다시

한 번 모든 분들께 감사를 드리고 싶다.

(다음 글은 너무나 어려웠던 순간을 기록한 내용이다. 참고가 되었으면 하는 마음에서 수록해 본다.)

왜 이리 눈물이 나는지.

초겨울 문턱에 접어 든 2011년 11월 15일.
아침에 출근하는데 시청 앞 온도계는 영하 1도로 표시되어 있다.
오전 일정은 아침회의와 독거노인들을 대상으로 하는 사랑의 도시락 배달이다. 배달을 마치고 사무실에 들어오니 민원인들이 줄을 서 있다.
평상시보다 더 많은 것 같다.
결재도 해야 하고 민원인도 만나야 하고…

그렇게 하루가 끝날 무렵 예상치 못했던 사람들이 찾아 왔다.
해는 이미 서쪽 산을 넘어 어둠이 몰려오는 시간.
관광공사 비정규직 7명이 면담하러 온 것이다.
20대 청년으로 보이는 사람과 50대 아주머니로 보이는 사람도 있다.
처음 보는 사람, 안면이 있는 사람 등 다양하다.
그들은 자리에 앉자마자 비정규직의 설움을 토해냈다.
월급은 벌써 3개월째 못 받고 있다고 했다.

한달에 110만원 하는 급여도 제때 못 받고 있는 그들의 한(恨)이란 들어보지 않아도 뻔한 사실이다.

적은 월급으로 빠듯하게 살아가는 그들에게 무슨 이유가 필요하겠는가.

고용승계와 정규직 전환을 요구하는 것은 기본이다.

거기에 월급을 조금이라도 지불해 달라는 요청에 낼 기운이 없어졌다.

한 아주머니는 "한달 월급을 줄 돈이 없으면 50%라도 주면 안 되나요? 그것도 안 되면 30%라도 받게 해 주세요. 세금이라도 내야 하잖아요."

애절한 목소리를 듣고 있으면서 목이 잠겨 온다.

그는 "시장님 어떻게 할 것인지 말씀 좀 해 주세요."

나는 할 말이 없었다. 돈이 없기 때문이다.

어제는 오투리조트 전기를 끊겠다고 한국전력 지점장이 아침부터 찾아왔다.

양해를 구하고 1주일만 기다려 달라고 했다.

며칠 전에는 객실 청소를 하는 용역회사 대표가 찾아와 "직원들 월급이 4개월 밀려 있으니 조치를 취해 달라"고 했다.

그 전에는 가스회사 대표가 "밀린 외상값 때문에 더 이상 가스를 공급할 수 없다"는 입장을 전달해 왔다. 설득 끝에 1주일치 가스를 공급 받았다.

여기저기서 아우성이다.

나는 그들에게 조금만 더 기다려 달라는 말과 함께 도와 달라는 요청을 했다.

'내가 왜 이렇게 돈 때문에 시달려야 하는가. 개인회사도 아닌데 가슴이 너무 아프다. 도대체 어떻게 해야 하나. 왜 이 지경까지 왔을까. 그렇지만 내가 아니면 누가 해결하겠는가.'
나는 스스로 자위하면서 문제해결을 위해 노력했다.

하지만 오늘은 상황이 다르다.
비정규직 그들이 찾아와 하소연 할 때 나는 쉽게 말을 열 수 없었다.
"여러분 입장은 누구보다 잘 압니다. 한달 월급으로 적금 들어가고 세금내고 생활비하는 입장을 왜 모르겠습니까. 저는 여러분만큼이나 가슴이 아픕니다. 아니 가슴이 저립니다."
난 그 이후 더 이상 말을 할 수 없었다.
눈물이 나온다.
'참아야 한다. 눈물 흘리는 모습을 보여서는 안 된다.'
난 이를 악물고 한동안 말없이 찻잔에 시선을 고정시켰다.
얼만 만큼의 시간이 흘러 다시 입을 열었다.
"여러분의 고통을 내가 해결할 수 없는 게 너무나 안타깝습니다."
더 이상 나는 말을 하지 못했다.
눈물이 나와서 자리에 앉아 있을 수 없었다.
곧바로 화장실에 갔다.
처음이다. 태어나서 이렇게 눈물을 흘린 것은 처음 있는 일이다.

난 차마 그들과 앉아서 대화를 할 수 없었다.

화장실에서 마음을 가라 앉혔다.

겨우 진정하고 그들을 다시 만나 대화를 했다.

그렇지만 눈물은 그치지 않았다.

'왜 이리 눈물이 나는 것일까.'

함께 했던 그들도 눈시울을 붉혔다.

비정규직의 서러움. 거기에 월급도 3개월째 밀려 생활이 궁핍할 수밖에 없는 상황이다.

생활비라도 만들기 위해 은행을 찾았지만 대출도 쉽지 않는 그들이다.

난 그들의 아픔을 안다.

IMF(국제통화기금) 시대 난 월급을 제대로 받지 못했다.

만 4살도 안된 어린 아들은 급여를 제대로 받지 못하는 나 때문에 덩달아 힘든 생활을 했다.

각종 세금은 체납되기 시작했고, 급기야는 자동차 번호판까지 압류 당했다.

시청에 가서 겨우 1분기를 납부하고 자동차 번호판을 찾아올 수 있었다.

얼마나 창피한지 몰랐다.

나도 그런 경험을 해 봤기 때문에, 그들의 아픔에 고개를 숙일 수밖에 없었다.

그 당시 난 멈출 수 없었다.

막노동이던 무슨 일이라도 해야 했다. 당장 생계와 직결되는 문제였기 때문이다.

그래서 주말이면 춘천 중도를 찾았다.

당시 춘천 중도는 잔디 농사를 많이 지었다.

난 그곳에서 잔디에 농약을 뿌리는 일을 했다. 잔디는 특성상 나무그늘이 없는 곳에서 자라기 때문에 한 여름 뙤약볕에서 일 하기란 쉽지 않았다.

금방 까맣게 탔고 고통이 뒤따랐다.

그 후 난 몇 달 동안 그렇게 해서 돈을 벌었다.

그렇게 생활했던 내가 비정규직 노동자를 볼 때 그들의 아픔을 가슴으로 느낄 수 있었던 것이다.

난 그들이 돌아간 이 후 긴급 간부회의를 열었다.

무슨 방법을 동원해서라도 월급은 지급해야 하기 때문이다.

"법적 하자가 없는 한 모든 방법을 찾아 재원을 마련하도록 합시다. 내 형제. 내 자식이 월급을 못 받는 회사에 다닌다는 것은 가슴 아픈 일입니다. 내 일이라 생각하고 빠른 시일 내에 재원을 만들어 봅시다."

나는 주요 간부들에게 그렇게 말하고 하루를 기다렸다.

다음날 아침 8시 출근하자마자 예산 부서에서 검토결과를 가져 왔다.

"공무원 인건비를 줄이면 재원을 마련할 수 있습니다. 연말까지 잔액이 조금 발생할 것 같습니다."

난 그런 보고를 받고 곧바로 시행하라고 했다.

오투리조트 직원들에 대한 월급 지연사태는 어제 오늘의 일이 아니었다.

2010년 9월 추석을 앞두고 이 같은 사태가 이미 벌어졌다.

취임한 지 3개월도 안 돼 월급을 못 준다는 보고를 받았다.

그것도 추석이 있는 9월인데 월급을 못 준다는 것은 있을 수 없는 일이다.

그때도 난 "무슨 수를 동원해서라도 월급은 지급해야 합니다. 추석을 앞두고 있습니다. 반드시 지급하고 결과를 알려주세요."

나의 의지가 워낙 강해서인지 당시 월급은 정상적으로 지급됐다.

이번에도 마찬가지다.

비정규직을 보면서 솟구치는 서러움.

난 그들의 마음을 버릴 수 없었다.

그래서 공무원의 인건비를 줄여서라도 그들에게 급여를 주고 싶었다.

물론 공무원 개개인의 인건비를 삭감하는 것은 아니다.

시간외 수당 등 다른 용도의 인건비를 줄여서 재원을 만드는 것이다.

그렇게 해서 체불임금 사태는 조금이나마 해소가 됐다.

그날 저녁.

난 시내 삼겹살 집을 찾았다.

오늘 같은 날 소주를 한잔 하고 싶어서였다.

집으로 가는 길에 하늘을 쳐다보니 둥근달이 구름에 가려 반쯤 보였다.

어둠이 있다는 것은 곧 새벽이 온다는 의미다.

지금은 어렵지만 밝은 날은 가까이 오고 있다. 스스로 그렇게 생각하며 그날 하루를 마감했다.

부영그룹의 오투리조트 인수를 환영하며 태백 지역 사회단체 등이 내건 플래카드들.

올 들어 강원 지역 언론에는 부영그룹과 이중근 회장의 이름이 자주 오르내렸다. 태백 지역에 대한 부영의 투자 때문이다. 오투리조트비대위는 오투리조트를 차라리 파산시켜야 한다는 주장을 하기도 했지만 태백 지역의 시민단체들은 공기업인 오투리조트를 인수한 민간기업 부영을 환영하는 플래카드를 내걸기도 했다. 부영이 인수한 후 오투리조트 노동조합은 자진 해체 선언을 하기도 했다. 민간기업의 공기업 인수에서는 볼 수 없는 일들이 벌어진 것이다.

— 지역 사회단체들이 공기업으로서 첫 파산위기를 맞았던 오투리조트를 부영이 인수하는 걸 환영하는 플래카드를 내거는 일도 있었는데요.

"태백시 입장에서는 오투리조트가 안 팔렸으면 시(市) 재정이 어려웠을 겁니다. 공무원들 월급 주기가 어려워질 정도라고 들었어요. 강원도 출신 여러분들이 고맙다고 하더군요. 도지사도, 특히 지역민들이 고마움을 많이 표시해 왔어요."

— 잘못하면 아주 골치 아플 수도 있는 인수였는데요.

"김연식 태백시장이 아주 젊은 분이에요. 오투리조트가 어려움에 처해 있다고 저한테 편지도 보내고 직접 찾아오기도 했어요. 지자체의 장이 자신이 이끄는 지자체를 위해 노력하는 걸 보고 저렇게 하면 뭐라도 할 것이라는 생각이 들었죠."

— 젊은 태백시장한테 감동을 받아서 매입했군요.

"그런 표현이 적당한 것 같습니다."

— 최근에 태백에 있는 KBS방송 부지도 매입했는데 무슨 용도로 사용할 계획인지요.

"태백시에서 그 땅을 사 놓고 못 팔다가 공개입찰을 할 때 저희가 구입했습니다. 오투리조트와 마찬가지로 그 부지 매각은 시 재정에 도움이 되죠. 거기에다 우리가 주택을 한 1000여 세대 지으면 시가 생동감 있게 돌아가지 않겠어요? 거주 여건은 이웃의 정선보다 태백이 좋아요.

▲ 월간조선에 보도된 이중근 부영그룹 회장의 인터뷰 내용

젊은 시장의 열정

미국 영화 중에 'Good Morning Everyone'이라는 작품이 있다.

2011년 로저 미첼 감독의 작품으로 뉴욕의 아침방송 이야기를 다루고 있다. 해고된 지방 방송국 PD가 각고의 노력으로 어렵게 메이저방송국에 취직, 바닥이었던 시청률을 높이기 위해 열정적인 모습으로 현실을 풀어가는 내용이다. 당시 이 영화를 보면서 재미있게 구성했다고 생각했지만 머릿속에 떠나지 않는 것이 있었다.

바로 열정이다. "열정은 사람을 아름답게 한다. 열정은 주위 사람을 변하게 한다"는 영화 속의 내용이 삶의 지표가 될 정도로 좋았다. 이 말을 전 직원들이 모인 조회 때에도 인용했고, 간부회의나 각종 행사에서도 많은 사람들에게 전달했다. 오죽했으면 아예 사무실 걸개그림에 '공직자의 열정이 태백의 미래를 바꿉니다' 라는 글씨를 제작해서 붙여 놓기까지 했을까. 열정이라는 단어가 그만큼 가슴속 깊이 다가온 것이다.

　사람은 누구나 개성이 있고 남들보다 조금은 잘 하는 것이 한 두 개씩 꼭 있다. 학창시절 전 과목을 잘하는 친구도 있지만 미술, 음악, 과학, 외국어나 미용 등 성적과 관계없이 한두 과목에 소질이 있는 사람들이 있다. 하지만 우리들의 교육 시스템은 모든 것을 잘해야 한다. 개성과 특성을 중요시 한다고 하지만 입시제도는 개인의 특기보다는 모든 것을 잘해야 하는 것이 현실이다.

　사회생활은 좀 다른 것 같다. 공부를 잘해 고위 공무원으로 활동하는 사람은 극소수다. 하지만 사업수단이 좋아 사회에 일찍 뛰어든 친구들은 성공과 실패를 거듭하면서 재력가로 성장하는 경우가 많다. 그들이 학창시절 뛰어나게 공부를 잘했던 것은 아니다. 결국 사회는 개인의 능력에 따라 움직이는 거대한 톱니바퀴와 같은 것이다.

　군대를 다녀와서 3학년 2학기에 복학해 1년여 동안 취업준비를 할 무렵이었다. 4학년 여름방학 때 친구들과 같이 고향으로 가지 않고 무더위와 싸워가면서 취업준비를 하고 있을 무렵 우연찮게 신문광고를 보고 기자시험에 응시하게 됐다. 물론 전혀 관심이 없었던 부분은 아니었지만 정치외교학과를 전공했기에 신문기자의 직업을 갖는 것도 괜찮다는 생각이었다. 운 좋게 합격해 졸업을 6개월 여 앞두고 4학년 2학기가 시작될 무렵인 그해 9월 수습기자로 발령을 받아 기자로서의 현장감을 익

히기 시작했다. 이후 지방선거에 출마하기 위해 기자직을 내려놓은 그 날까지 기자가 천직이라고 생각했다. 기자의 직업을 선택한 것이 최고의 가치였고, 앞으로 기자로서 사회의 등불이 되고 싶다는 생각도 늘 하고 있었다.

기자생활 동안 정말 열정적으로 일했다. 하는 일이 좋았기 때문에 성과가 좋을 수밖에 없었고 열정은 당연히 뒤따랐다. 정치부에서 오랫동안 활동하면서 익힌 현장 감각은 기자로서는 물론 정치인이 된 이후에도 많은 도움이 됐다. 학교성적이 남들보다 뛰어나 기자가 된 것도 아니고, 리더십이 탁월해 정치인의 길을 걸은 것도 아니다. 사람 만나는 것을 좋아해 표를 구하러 다닌 것도 아니고, 말솜씨가 뛰어나 감언이설로 유권자들을 현혹시킨 것도 아니다. 지금 이 자리에 있는 가장 큰 이유는 열정일 것이다. 기자로서 하는 일에 열정을 가졌고, 지방의원과 두 차례의 자치단체장을 역임하면서 가졌던 기본 마인드도 열정이었다. 아마 열정이 없었다면 이 자리에 있지도 않았고 인생의 성취감도 느껴보지 못했을 것이다. 모든 것이 열정이 있었기 때문에 삶의 진정한 가치를 찾았다고 생각한다.

40대 초반에는 초선시장에 당선된 젊은이였다.

세상에 무서울 것이 없었다. 그리고 도전하지 못할 이유가 없었다. 요즘 젊은이들 사이에 유행하는 말이 '하면 되는 것이 아니라, 되는 것만 한다'라는 우스갯소리가 있다. 그만큼 쉬운 일을 선호한다는 것을 의미한다. 노동환경이 조금 힘든 일반 중소기업은 내국인 근로자들의 고용

기피 현상으로 외국인 노동자를 고용하는 경우가 많다. 국내 젊은이들이 힘든 일을 하지 않으려고 하는 사회풍토도 한몫 하고 있다. 세상에 무슨 일을 하든지 힘들지 않은 일이 어디에 있겠는가. 초선시장에 취임해 지역 현안을 해결하기 위해 정말 많이 뛰어 다녔다. 청와대로 국회로 정부부처로 … 줄 닿을 수 있는 곳은 모두 연결해 직접 발로 뛰며 현안을 설명하고 협조를 구했다.

돌이켜 보면 '열정'이다.

지역을 한번 살려보고자 했던 열정이 이를 가능하게 했다. 그렇게 시작한 과감한 행동은 자신감을 가져왔다. 대기업 총수를 만나고 장차관을 만나 협조를 구하면서 하나 둘씩 일이 풀리기 시작하자 '할 수 있다'는 자신감이 쌓였다. 내가 만난 대기업 총수들은 투자를 최종적으로 결정하면서 한 공통적인 말이 있다. 바로 '젊은 시장의 열정'이었다. 그들은 하나같이 "젊은 시장의 열정을 보고 투자하는 것입니다"라고 했다. 그렇다. 열정이 없었으면 어떻게 됐을까. 주어진 임기만 채우고, 주민들과 부딪히는 일 없이 좋은 게 좋다고 물 흐르는 대로 간다면 지역의 미래는 누가 책임질 것인가. 그렇게 안일하게 일하고 싶지는 않았다. 문제가 있으면 풀어가려고 노력했고, 반대가 있으면 설득시키려고 했다.

물론 기업이 투자를 결정하기까지는 여러 가지 요건이 맞아야 최종 결정을 내리겠지만 물류비용과 투자환경 등 지역 현실상 대기업이 투자한다는 것은 쉬운 일이 아니다. 대부분 투자를 희망하기보다 투자를 꺼려하는 것이 현실이다. 이러한 어려움을 극복할 수 있었던 것은 진실함으로 다가선 열정이 있었기에 가능했다. 지역을 살려보겠다는 순수한 열정을 대기업 총수들의 마음을 움직였던 것이다. 앞으로도 지역의 일자리 창출과 제조업 유치를 위해 담대한 용기로 대기업 총수를 두려움 없이 만날 것이다.

이러한 결과가 '열정'이 되고 결국은 지역을 살리는 밑거름이 됐다.

인천국제공항공사 사장을 지낸 이채욱 씨는 그의 저서 'passion 백만 불짜리 열정'에서 조언을 아끼지 않았다. 그는 성공의 멘토로 "꿈의 크기만큼 열정도 커지는 법이다. 그러니 두려워하지 말고 꿈을 키워라. 두려움을 떨쳐 내는 것, 우선 첫걸음을 떼어 놓는 것부터 시작하라 … 리더로서의 첫 마음을 떠올리는 순간, 어떤 어려움도 이겨 나갈 '백만 불짜리 열정'이 그대의 가슴을 두드릴 것이다"라고 했다. 또한 젊은 날에는 누구나 미래가 불확실하고 두렵기 때문에 무언가를 하는 것이 어려울 수 있다고 했다. 하지만 반대로 어떤 것이든 해낼 수 있다는 의미도 된다. 젊은 날이라면 실패를 두려워하지 말라. 그리고 한번쯤 드넓은 바다에 성공의 그물을 던져보라는 말도 했다. 심장은 일방통행을 좋아하지 않는다. 작은 관심이 열정이 되고 상대를 편하게 해 준다는 논리다. 웃음은 열 번의 회식보다 더 큰 단결력을 선사한다고 했다. 회식을 많이 하고 비싼 밥과 술을 사 준다고 해서 가까워지는 것은 아니다. 또한 그러한 과정을 열정이라고 할 수 없다. 열정은 사람의 마음을 움직이는 진정한 소통과 행동이라고 할 수 있다.

많은 사람들은 자기 합리화에 능하고, 직위가 오를수록 자신의 단점을 보지 못한다고 한다. 그러한 것을 방지하기 위해 많은 사람을 만나라고 충고한다. 하지만 열정이 집착이 되어서는 아니 된다. 자기 위치에서 본인이 해야 할 일과 역할을 명확하게 구분할 줄 알아야 진정한 리더가 될 수 있다. 본인의 위치를 넘어가는 과잉 행동이나 지나친 욕심은 열정의 단계를 넘어 집착이 될 수 있기 때문이다. 정확한 목표를 정하고 진실함으로 다가서는 노력이 열정으로 전달되고, 결국은 주변 사람도 아름답게 하는 것이다. 열정은 그만큼 주변 사람들에게도 많은 변화를 준다. 그것도 좋은 변화를 …

동갑내기
버디하기

최근 정치사회 현상에서 벌어지는 주요 키워드 중의 하나가 '소통'이다. 소통의 사전적 의미는 사물이 막힘없이 잘 통한다는 뜻이다. 교통소통이 원활하다는 의미로 사용되기도 하지만 그보다 더 중요한 것이 사람과 사람의 소통이다. 사람간의 소통은 마음의 소통이라고 할 만큼 중요하다. 정치·사회·경제 등은 물론이고 각종 크고 작은 조직문화에 큰 트렌드로 자리 잡은 '소통'은 시대의 문화가 됐다.

허준 선생은 동의보감에서 '통즉불통 불통즉통(通卽不痛 不通卽痛)'이라는 말을 남겼다. '통하며 통증이 없고, 통하지 않으면 통증이 있다.'라는 의미다. 물론 의학적인 측면에서 거론된 내용이지만 소통이 그만큼 중요하다는 것을 알 수 있는 대목이다.

몇 년 전 지역의 유명 인사가 현안을 들고 찾아왔다.

오랫동안 기득권을 유지하며 지역에서 나름대로의 영향력을 행사하는 인물이었다. 그는 대다수 시민들의 의견이라며 지역 현안 해결을 위해 하나의 방안을 제시했다. 하지만 그의 제안은 아무리 생각해도 지극히 개인적인 생각일 뿐 주민들의 공통된 의견이라고 하기에는 문제가 있어 보였다. 그의 의견을 듣고 주변인들에게 상의를 했으나 대부분 반대하는 입장을 보였다. 그의 의견을 수용할 수 없었다. 결국 그가 제안한 안건은 채택되지 못했고 사장되었다.

이 일이 있은 후 그는 많은 비난을 하고 다녔다.

"시장이 고집불통이다. 독선적이다. 누구 얘기도 듣지 않는다"라는 얘기가 그의 입에서 나오기 시작했다. 이 얘기를 거꾸로 표현하면 "소신 있는 행동이다"라고 할 수 있다. 그의 얘기가 온당하지 않았기 때문에 들어줄 수 없었고, 지역에서 아무리 큰 유지라고 해도 공과 사는 분명 구분돼야 하기 때문에 그렇게 행동한 것이었다. 거침없는 그의 비난이 내 귀에도 들려올 무렵 한 가지 내린 결론이 있다.

"소통이란?

내가 원하는 것을 들어주면 소통이고, 들어주지 않으면 불통이다"라는 잘못된 생각을 많은 사람들이 가지고 있는 것은 아닐까 … 라고.

그렇다.

소통이란 서로 대화하고 토론하고 연구하고 합의점을 도출해 내는 것이 진정한 의미라고 할 수 있다. 내가 원하는 것을 꼭 들어줘야만 소통이라고 생각하는 것은 지극히 개인적인 생각이다. 본인이 본인에게 주어진 권한을 행사하는 것은 당연하다. 하지만 남의 권한에 자기의 생각을 퍼즐처럼 맞추려고 한다면 문제가 심각해진다. 의견개진과 함께 토론은 충분히 할 수 있지만 의사 결정된 부분까지 인정하지 않는 것은 아집에 불과하다. 소통 부재는 바로 이런 사람들에게 있는 것이다.

얼마 전 우리나라 국민들은 대통령 탄핵이라는 아주 소중한 경험을 했다. 한 경제학자는 신문사설을 통해 소통 부재에 따른 폐해를 기록해 눈길을 끌었다. 그는 가정에서 기업 그리고 정부로 조직의 범위가 커질수록 소통의 실패로 인해 피해도 깊고 넓어진다고 했다. 헌정사상 초유의 대통령 탄핵사태 근원에는 '소통 부재'가 한몫 했다는 주장도 있다.

헌재 판결에 대해 서로 다른 의견들을 펼치는 사람들도 있지만 대통령의 소통 부족에는 이견이 없어 보인다는 것이다. 정부 내·외부로 소통채널이 그동안 활발하게 작동했더라면 작금의 사태까지 이르지 않았을 것이라는 생각이다. 소통은 자신의 행동과 의견 표현 등에 대한 상대방의 피드백을 받는 과정을 포함한다. 이는 상대방도 마찬가지다. 소통이 활발해질수록 자신을 더욱 드러낼 수밖에 없으며 그 과정에서 투명성이 높아지고 그 결과 부패 가능성은 낮아진다. 소통이 활발한 조직에서는 부패가 발붙이기 어렵다.

또한 소통은 정보비용을 줄여 효율성을 높인다. 이 같은 중요성을 생각하면 대통령의 국정운영에 있어 소통 부재는 일부의 주장처럼 개인의 스타일 차이로 치부하기에는 문제가 있다. 소통을 위해 투입해야 하는 노력은 비용이 아니라 투자라는 점을 인식해야 한다. 물론 소통을 위한 노력이 없었던 것은 아니다. 정치·사회적인 이슈를 제도권에서 풀려고 문제를 던졌으나 정치권의 이해관계에 따라 해결하지 못한 부분도 상당이 있다. 즉 통치자의 철학을 중요하게 생각하지 않고 정치적·경제적 목적에 따라 계산된 행동이 대통령의 소통 부재로 원인을 돌린 것도 있다는 것이다.

소통은 다양한 장소에서 이루어진다.

한국 사람들이 가장 즐기는 술자리는 격의 없는 대화로 소통하기에는 참 좋다. 하지만 많은 양의 음주로 몸을 피곤하게 만들기 때문에 오히려 해가 되는 경우가 있다. 이런 것을 피하기 위해 요즘에는 스포츠를 통해 소통을 많이 한다. 등산, 트레킹 등 동호인들끼리 모여 운동을 하고 대화로 벽을 허무는 것이다. 그 중에 골프는 오랫동안 함께 걷기 때문에 소통하기 좋은 운동이라고 생각된다. 물론 대중화됐다고 하지만 돈이 많이 들어가는 게 단점이다. 그런 찰나 배운 골프는 흥미를 느끼면서도 지인들에게 민폐를 끼치는 경향이 있어 많이 조심스럽다. 아직 정상적인 궤도에 오르지 못했기 때문이다. 먼저 배운 사람들 사이에 끼어 눈으로 보고 설명을 듣고 아무리 잘 하려고 하지만 쉽게 되지 않는다.

"고수는 보는 대로 공이 가고, 하수는 가는 대로 공이 보인다"라는 말이 절실하게 다가올 정도로 가는 대로 공이 보이는 것이다. 초보의 티를 안 내려고 해도 경기규칙과 용어를 몰라 금방 티가 나는 것이 초보 골퍼들이다. 그 중에서도 이글-버디-파-보기로 이어지는 용어는 금방 외울 수 있었지만 실제 라운딩에서 내가 몇 개를 쳤는지 잊어버리는 경우가 다반사다. 아직 초보 중에 왕초보라 불릴 만큼 얼마 안 되는 구력이지만 버디를 한번 해 보는게 소원이었다. 그러던 중에 동갑내기들과 라운딩을 할 수 있는 기회가 생겼다. 사실 솔직한 심정은 라운딩보다 오랫동안 보지 못했던 동갑내기들과 얼굴도 보고 술도 한잔 하고 싶은 마음이 더 많았다. 동기들은 벌써 구력이 10년이 넘었다는데, 이제 겨우 1년도 안 된 사람이 그 틈에서 함께 라운딩을 한다는 것은 실례일 수 있기 때문이다. 아직 잘 못한다고 사정을 말했으나 동기들은 "구력이 오래 된 사람이나 초보자나 실력차이가 많이 안 나니까 즐기는 생각으로 운동하자."라고 위로해 따라 나섰다. 결과는 당연히 최하위 수준이지만 그래도 '버디'라는 것을 한게 큰 수확이었다. 다들 구력이 오래됐지만 생각보다 그렇게 잘 하지는 못했다. 마음을 비우고 나간 라운딩은 많은 시간동안 대화를 할 수 있었고 서먹했던 동기들과의 만남은 소통의 시간으로 좀 더 편해질 수 있었다. 그날 이후 우리는 '동갑내기 버디하기'라는 이름으로 다시 뭉치기로 했다. 시간이 많지 않아 한 달에 1번 정도 주말에만 나가는 운동이지만 배우기를 참 잘했다는 생각이 들었다.

고등학교를 졸업하고 대학 1~3학년 때 한창 당구를 배웠다. 그때 누워서 천장을 바라보면 천장이 직사각형의 당구대처럼 보였는데, 지금은 잠들기 전 누워서 드라이버를 치는 형국이 됐다. 나도 모르게 움칠거리는 모습을 보고 스스로 놀랄 때가 있다.

지금은 얼마 전 만난 동갑내기들과 가끔은 라운딩도 하고 술자리도 갖는다. 서로에게 부담 없이 만날 수 있는 친구. 내 얘기를 들어주고, 내 생각을 받아주고, 내가 하는 일을 이해해 주고, 조금 늦더라도 기다려 주는 친구. 반대로 나 역시 친구에게 부담주지 않고, 존중해 주고, 우정에 목말라하지 않고, 초등학교 시절처럼 그냥 편하게 만나는 친구. 이런 친구들이지만 경기에서는 약간의 경쟁심도 있는 듯하다. 가끔 오비가 나면 안타까워하면서도 흐뭇해하기 때문이다. 그래도 정감이 넘쳐흐른다.

'동갑내기 버디하기'는 진정한 소통의 의미를 일깨워 주고, 대화를 통해 하나 되는 아름다운 만남이다.

그래서 나는 '동갑내기 버디하기'가 좋다.

날마다
화장하는 도시

유럽의 집들은 왜 저렇게 아름다울까.

선진국의 도시들은 왜 나무가 많고 쉴 수 있는 공간도 많을까. 인도 (人道)는 시멘트 블록이 아닌 걷기 편한 돌로 시공돼 걷는 사람들의 모습에서 여유가 있어 보일까. 도심에는 전봇대와 전선이 없고, 간판도 예술적으로 꾸며 그림처럼 보일까. 농촌의 깨끗한 집들은 캔버스에 물감을 입힌 것처럼 채색돼 평화로워 보일까. 똑같은 바닷가이지만 유럽의 어촌은 단아한 소녀처럼 티 없이 맑게 보일까. 술 냄새보다 진한 커피향이 가득한 도시. 빵 굽는 냄새가 관광객들의 발길을 잡는 도시. 조금은 부족하지만 향긋한 삶이 보장되는 인간과 자연이 공존하는 도시. 그곳에 살고 있는 사람들의 밝은 미소와 활기찬 걸음걸이가 가득한 도시.

우리는 왜 이런 도시를 만들지 못할까.

우리도 서울 강남 사람들처럼 살아보자. 강원도 시골에 산다고 강남 사람들이 누리는 혜택을 못 받을 이유는 없다. 강남 사람들이 누리는 삶의 질을 우리 동네 사람들에게도 만들어 주면 된다. 도시는 도시대로, 농촌은 농촌대로, 어촌은 어촌대로 독특한 디자인을 만들어 색깔을 입혀야 한다.

여기서 시작된 것이 '날마다 화장하는 도시' 이다.

선진국의 도시는 하루아침에 이루어진 것이 아니다. 적어도 50년, 모두 100년 이상 이어진 하나의 예술작품이다. 그래서 지구촌 곳곳의 사람들은 지금도 유럽을 찾고, 유럽에서 돈을 쓰고, 유럽 사람들의 일자리와 주머니를 채워주고 있다. 깨끗하고 아름다운 도시를 만들어 낸 결과물이다.

내가 도시디자인에 관심을 갖게 된 것은 1998년 2월 미국 라스베이거스를 방문했을 때이다. 당시 기자 신분으로 취재차 방문해 그곳에서 한국인 출신 도시계획 학자를 만났다.

그는 자신이 한국인 최초의 도시계획 박사라고 소개하며 라스베이거스 도시계획 자문역을 담당한다고 밝혔다. 호텔 작은 룸에서 처음 만난 그는 자부심이 대단했다. 길게 기른 턱수염은 나이 때문에 은색으로 변해 마치 외국인처럼 보였다. 덩치도 크고 중절모까지 쓴 모습이 저 사람이 외국인인지, 한국인인지 정말 헷갈릴 정도였다. 하지만 라스베이거스 도시개발 계획을 거침없이 내 뱉는 그의 설명에 정신이 집중되지 않을 수 없었다. 생소한 부분도 많았지만 한국의 도시 형태와 비교하며 말하는 모습은 취재가 아니라 명강사로부터 특강을 듣는 형국이 됐다.

도시는 지역의 얼굴이다.

어떻게 가꾸느냐에 따라 얼굴이 달라진다. 한마디로 화장을 잘해야 한다는 것이다. 사람은 누구나 아름다운 얼굴을 원하고, 아름다운 얼굴을 위해 때로는 돈을 주고 고치기도 한다. 도시도 마찬가지다. 아름다운 사람에게 관심이 가듯, 아름다운 도시에 관심이 더 가는 것은 당연하다. 그것은 관광과 지역발전을 동반하기 때문에 더욱 신중을 기해서 준비하고 가꿔야 하는 것이다.

민선시대 들어 각 도시는 지역의 경쟁력을 위해 다양한 정책을 추진해 왔다. 대규모 관광단지를 개발하고 산업단지를 조성하는 등 외형적인 팽창에 집중해 왔다. 또한 각종 축제 개발과 스포츠대회 유치 등을 통해 지역경기 활성화를 추진하고 일부에서는 이를 치적으로 홍보해 왔다. 기자생활과 도의원을 하면서 이러한 것을 줄곧 보아왔기 때문에 시장이 되면 이런 일은 절대 하지 말아야겠다고 생각했다. 그래서 추진하고 있는 것이 '미래형 도시' 조성이다.

미래형 도시는 첨단 장비가 동원되고, 지하 벙커에서 지하도시를 만들어 윤택한 생활을 하는 것이 아니라 사람 살기 좋은 '휴먼시티'를 조성하는 것이다. 좀 독특한 정책이라고 할 수 있지만 민선 5기~6기 시장을 하면서 최고의 가치로 추진하고 있다. 처음엔 공직자들조차 의아해했고 주민들의 반대가 많고 돈도 안 되는 일에 왜 투자를 하느냐는 비판이 많았다.

그러나 정부나 공공기관이 추진하는 일은 돈 버는 사업이 아니라 시민들이 행복할 수 있도록 아름다운 공간을 만들어 주는 것이라며 설득해 나갔다. 무분별하게 조성된 탄광도시를 시대에 맞게 정비한다는 것은 쉬운 일이 아니다.

곳곳에서 반대의 목소리가 터져 나왔고, 집단 민원이 부지기수로 발생하기 시작했다. 특히 과격한 일부 시민들은 내 이름 앞에 근조(謹弔)라는 단어를 써 넣은 현수막을 시청입구에 걸어놓고 반대를 했다. "장사도 안 되는데 시가지는 왜 파헤치느냐. 전선지중화 사업으로 택시영업이 안 된다. 관광객이 많이 오는 여름철에 왜 공사를 하느냐. 먼지 때문에 살 수 없다"는 등의 민원이 폭발했다. 집단 민원이 발생하자 공무원들도 동력을 잃고 주춤할 수밖에 없었다. 심지어 선거당시 도왔던 측근들은 "시민들의 여론이 안 좋아 재선이 어려우니 적당히 하라. 무리하게 추진해서 선거에 떨어질 수 있으니 사업을 접어라" 등의 충고가 많아졌다. 하지만 문화광장 조성과 전선지중화 등 도심지 정비 사업은 지금 하지 않으면 영원히 할 수 없을 것이라는 생각이 들었다. 시민들에게 욕먹는 사업을 무리하게 추진하는 자치단체장이 어디 있겠는가. 그래도 이 문제는 정면 돌파하지 않으면 풀 수 없다는 판단이 앞섰다. '선거를 생각하면 아무것도 못한다.' 이런 생각으로 일에 더욱 속도를 냈다.

하지만 일부 유지로 구성된 사회단체장들은 사무실에 찾아와 협박적인 어조로 반대 입장을 표명했으며 심지어 '고집불통'이라는 비난까지 했다. '내 얘기를 들어주면 소통이고, 안 들어주면 불통이다.' 이 때 깨달은 소통의 논리다. 급기야는 담당 공무원조차 스트레스와 건강을 이유로 일을 못하겠다며 부서이동을 요구했다. 하지만 포기하지 않았다. 해당부서 과장과 계장을 교체하고 직접 진두지휘에 나섰다. 일주일에도 몇 차례 현장을 찾아 공사현황을 점검하고 업체 관계자를 만나 건실한 시공을 부탁했다.

그렇게 시작해서 탄생한 것이 문화광장, 전선지중화와 황지연못 물길 복원 사업 등이다. 전선줄에 얽혀 가려져 있던 도심의 하늘은 다시 열리게 됐고, 시민들은 쾌적한 공간에서 도심을 걸을 수 있게 됐다. 보도블록의 화강석 교체로 도심지는 서울 강남과 비교해도 부럽지 않을 정도가 됐다. 그렇게 반대하던 상인들은 상가를 리모델링해 '거리의 백화점'으로 불릴 만큼 깨끗한 상권을 형성했다. 낙동강의 발원지 황지연못은 유럽 선진국 못지않게 정비돼 주말마다 문화예술행사가 열려 진정한 시민의 공간으로 자리 잡았다.

태백문화광장은 2017년 10월의 마지막 날인 31일 드디어 개장했다. 개장한 지 하루가 지나고 열린 동계올림픽 붐업콘서트에서는 무려 2,000여 명의 지역주민이 참석했다. 눈물이 날 것 같았다. 그렇게 반대가 심했던 사업이 완공돼 시민들 앞에 선보이자 찬사가 끊이지 않았다. 일부 시의원과 지역주민 등은 휴대전화 문자를 통해 감사의 인사를 전

▲ 2017년 10월 31일 개장한 태백문화광장

해 왔고, 각종 중앙언론과 영어방송 등에서도 문화광장 개장에 대한 호평을 이어갔다. 그날 난 차분하게 개장식 축사를 했다. 축사를 통해 그동안 가슴 아팠던 얘기를 다 하고 싶었지만 조금만 언급한 채 조용하게 읽어 내려갔다.

존경하는 시민 여러분.
안녕하십니까. 태백시장 김연식입니다.

참 감개무량합니다.
그동안 말도 많았고 탈도 많았던 문화광장 조성사업이 드디어 오늘 개장식을 갖게 되었습니다.

오늘 이렇게 훌륭한 문화공간이 개장되어 여러분에게 처음 인사 올리게 된 것을 무한한 영광으로 생각합니다. 진심으로 축하드리고, 고맙습니다.

태백문화광장은 민선 5기, 6기에 걸쳐 두 번씩이나 추진했지만 일부의 반대와 보상 문제로 무려 6년 동안 가슴앓이를 해 왔습니다.

그러다가 지난해 예산이 통과되면서 호텔이 철거되고 올해 초 본격적인 공사를 시작하게 되었습니다. 수많은 난관 끝에 모습을 드러낸 문화광장은 이제 어느 누구의 것도 아니고 바로 시민 여러분의 것입니다.

저는 이 일을 추진하면서 참 많은 어려움을 겪었습니다.

일부 단체의 의혹 제기에도 모자라 날조된 유언비어가 시중에 무자비하게 돌아다녀 잠을 잘 수 없을 만큼 힘들었습니다.

그렇지만 이에 굴하지 않고 더 투명하고 더 깨끗한 모습으로 당당하게 다가섰습니다. 오로지 태백과 태백시민의 이익을 위해 광장을 조성해야 하겠다는 원칙이 더 강해졌고, 이렇게 확고한 의지는 결국 승리할 수 있는 힘의 원동력이 됐습니다.

존경하는 시민 여러분.

이제 시민의 품으로 돌아온 문화광장은 태백의 심장으로서 경제의 중심지, 관광의 중심지, 소통의 중심지로 거듭날 것입니다. 우리 태백시민들도 자랑스러운 문화광장에서 건강한 집회문화를 조성해 시민이 주인되는 진정한 풀뿌리 민주주의를 완성해 나가시길 바랍니다.

또한 이곳은 낙동강 발원지 축제를 비롯해 눈 축제와 어린이날 행사 등 각종 지역행사가 열려 세대가 공감하고 시민과 관광객이 하나 되는 복합 문화공간으로 태어날 것입니다.

특히 인근에 조성중인 황지연못 물길조성 사업도 다음 주 중에 1차공사가 마무리되면 앞으로 이 일대는 관광객과 시민들이 즐겨 찾는 상권과 문화의 중심지로 거듭날 것입니다.

중략

...

존경하는 시민 여러분.
이제 우리는 '태백문화광장' 이라는 새로운 가치를 만들었습니다.

앞으로 우리는 문화광장을 통해 세대가 공감하고 시민과 관광객이 소통하는 진정한 문화를 정착시켜 태백의 새로운 역사를 창조할 것입니다. 특히 저를 비롯한 태백의 공직자들은 오늘보다 내일이 더 좋은 태백을 위해 '중단 없는 전진' 을 계속할 것이며 아름다운 태백, 멋있는 태백, 행복한 태백이 될 수 있도록 최선을 다하겠습니다. 시민 여러분의 뜨거운 관심과 사랑을 부탁드립니다.
감사합니다.

한편 전선지중화 사업은 민선 6기에도 멈추지 않고 도심에서 장성 철암 등 부도심으로 점점 확대되고 있다. 끊임없이 반대하던 주민들도 이젠 마을단위로 추진위원회를 구성해 서로 전선지중화 등 정비 사업을 해 달라고 요구하고 있다. 주민들의 의견을 적극 반영해 '깨끗한 도시 만들기 운동' 을 중단 없이 추진하고 있다.

그렇다면 이 사업은 왜 시작했을까.
분명 이유는 있다. 도시의 경쟁력은 도시가 가지고 있는 특성을 가장 잘 활용해야 한다. 도시의 특성과 무관하게 인위적인 것을 도입한다는 것은 경쟁력 저하를 가지고 온다. 역사와 전통성을 가지고 있는 도시에 현대식 고층빌딩을 건설해 도시를 발전시킨다는 것은 무리다.

다른 한편으로 역사성이 부족한 도시를 역사 문화의 도시로 만든다는 것도 맞지 않는다. 우리 지역의 특성은 자연환경이다. 기업하기 쉬운 도시도 아니고, 뛰어난 관광자원과 역사문화 유산이 있는 것도 아니다. 탄광이 문을 닫고 환경이 파괴된 도시를 겨우 친환경 생태도시로 살려 놓았다. 지구 온난화로 열대성 기후로 변하고 있는 한반도에 시원한 온도를 유지하는 도시는 분명 자연적으로 경쟁력이 있다고 확신했다. 바로 이러한 점을 활용해 추진했던 것이 '유럽풍 도시'이다. '한국의 스위스'로 만들겠다는 야심찬 시작이었다.

기자생활을 하면서 보았던 독일의 베를린, 프랑스 파리, 미국 보스턴 등 선진국 각 도시들은 분명 나름대로의 특징이 있었다. 그것은 '도심 숲'과 '쾌적한 보행환경'이었다. 깨끗한 도시환경은 도심 숲과 전선지중화 등 작은 것에서부터 신경을 쓴 부분이 많았다. 태백은 여름이 시원하며 겨울에 많은 눈이 내려 아름다운 곳이다. 이러한 특성을 이용해 도시를 깨끗하게 해 놓으면 관광객들이 분명 몰려올 것이라는 확신이 섰다. 그래서 이 사업을 추진하게 됐다.

2010년 민선 5기부터 시작한 사업은 서서히 성과가 나타났다. 깨끗한 도시, 녹색 자연이 어우러진 도심, 결국은 사람이 살기 좋은 '휴먼시티'가 진행되는 동안 어려움도 있었지만 지금은 시민 사회단체까지 적극 동참하고 있다. 작은 것부터, 실천할 수 있는 것부터, 지방비 투입이 적은 것부터, 차근차근 준비하자는 것이 나의 철학이었다.

이러한 일들이 빛을 보기 시작했다. 관광객이 늘어나기 시작했고, 지역주민들도 정주의식과 자긍심을 가지고 지역에 사는 것을 자랑스럽게 생각하기 시작했다. 이제는 희망이 보인다. 이제는 외부에서도 벤치마킹을 위해 우리 지역을 찾아온다. 참으로 고무적인 일이다. 그렇게 주민들의 반대가 많았고 집단 민원이 빈번했던 시가지 정비 사업은 어느새 모범사례가 됐다.

영국의 컨설팅업체인 머서(Mercer)에 따르면 2011년에 이어 2013~2014년에도 호주 멜버른이 깨끗한 도시, 살기 좋은 도시부문에서 연속 1위를 차지했다.

또한 살기 좋은 도시의 상위권을 차지한 캐나다 밴쿠버와 토론토 그리고 오스트리아 빈 등 대부분의 도시들도 사람살기 편리한 도시정책을 펼치고 있다. 특히 쇠퇴한 구 도심권을 되살리기 위한 도시재생사업도 경쟁적으로 추진하고 있다. 바로 사람중심의 도시개발이 궁극적인 목표인 것이다.

미래형 도시는 사람중심의 '휴먼시티'라는 것을 더 이상 강조할 필요는 없다. 시민들이 행복한 삶을 영위하기 위한 기본적인 공간이기 때문이다. 우리도 우리만이 가지고 있는 환경을 가꾸고 손질해 타 도시보다는 조금 느릴 수 있지만 미래형 도시를 위해 차근차근 만들어 나갈 것이다. 도시 환경은 인간의 미래를 위한 투자이다. 잘 먹고 잘사는 것이 인간이 추구하는 최고의 가치지만, 환경 또한 그만큼 의미가 크다고 생각한다.

아름다운 도시를 위해 우리 지역만 가질 수 있는 독특한 '도시 화장법'이 당장은 빛을 보기 힘들지만 몇 년이 지나면 분명 완성된 도시의 얼굴이 나타날 것이다. 그땐 내가 현직 시장이 아닌 전직 시장으로 있겠지만 푸르고 푸른 도시, 스위스보다 아름답고 깨끗한 도시, 그리고 그곳에 살고 있는 사람들이 행복한 도시.

그런 마음으로 우리 지역은 '날마다 화장하는 도시'로 오늘도 화장을 계속하고 있다.

돌을 깨는 남자

우수천석(雨垂穿石).

끊임없이 떨어지는 작은 물방울이 돌을 뚫는다는 의미다. 아무리 어려운 상황이라도 돌파구를 마련해 적극 노력하면 반드시 해결된다는 의지의 표현이다. 취임 후 처음 새해를 맞이한 나는 2011년 모토를 '우수천석'으로 정했다.

지금과 같이 어려운 상황에서 시민 모두가 합심해 노력한다면 분명히 새로운 희망을 맞이할 수 있다는 생각 때문이었다. 또한 역사에 부끄럽지 않은 시장이 되기 위해 위기를 반드시 극복해 나갈 것이라고 강조했다. 취임 초기 여러 가지 시행착오도 있었지만 지역을 사랑하는 마음으로 하나하나 일을 풀어가기 시작했다.

그리고 6년이 흐른 2017년.

새해의 모토를 금석위개(金石爲開)로 정했다.

쇠나 돌을 뚫는다는 의미로 강한 의지로 정성을 다하면 어떤 일이든지 해낼 수 있다는 것을 가리키는 말이다. 새해 시정연설에서 처음 밝힌 '금석위개'라는 말은 제2의 도약을 위해 다시 한번 의지를 모으자는 제안이었다. 지역 언론 또한 이러한 제안에 적극적인 지지를 보내며 공감대를 형성해 나갔다.

그해 3월 서울에 있는 한 지인이 물어왔다.

"시장님은 돌을 깨는 사람이라면서요?"

처음엔 무슨 말인지 몰라 어리둥절해 했다.

'내가 왜 돌을 깨는 사람이지 … 돌은 좋아하지만 돌을 깨는 사람이라니 …' '시가지 전선지중화 사업을 하면서 인도 블록까지 화강석으로 교체하는 것을 보고 말하는 것인가' 하는 생각을 하며 무슨 의미인지 이어지는 말에 귀를 기울였다.

그는 "금석위개와 우수천석에서 시장님의 철학을 읽을 수 있었습니다. 주로 돌과 쇠를 뚫겠다는 강한 의지가 보이더군요. 그래서 돌을 깨는 사람이라고 표현 했습니다."

그의 말을 듣고 보니 틀린 것은 아니었다.

"그렇군요. 전 돌 깨는 것을 좋아합니다. 같이 돌 깨러 갈까요?"

난 웃으면서 그에게 돌을 깨러 가지고 제안했으며, 그는 비록 서울에서 생활하는 유명 인사이지만 흔쾌히 지역사회 발전에 힘을 모으겠다는 의지를 보였다.

    돌이켜 보면 40대 초반에 시장에 취임해 수많은 경험을 하며 지금까지 자리를 지켜왔다. 인생이 희로애락이라고 하지만 지나온 시간들을 회상하면 그래도 보람이 더 많았다. 취임 초기에는 각종 정책과 업무에 대한 외부 세력들의 반발이 만만치 않았다. 그들이 그렇게 반대하고 비판했던 이유를 시간이 지난 후에야 알 수 있었다.

    물론 자의적인 생각이지만 젊은 시장에 대한 반감이 가장 컸던 것 같다. 반대에 앞장서온 일부 유명인사들은 수십 년 동안 지역사회에서 기득권을 누려왔지만 젊은 시장의 취임으로 이를 누리지 못한 것이다. 이들은 지역경제의 한 축으로 권력과 함께 친밀한 관계를 유지하며 성장했지만 나는 적당한 거리를 둔 것이다. 이들은 많지도 않은 재력을 바탕으로 지역의 각종 단체에서 활동하며 직간접적으로 시정에 참여해 왔다. 말이 참여이지 취임 첫 해부터 이것저것 관여하려고 했다.

    한마디로 원칙 없는 월권이다. 단순히 건의 차원을 넘어 압박하는 수준이었으며, 공통적으로 하는 말이 "시민들의 뜻이다. 거역하면 안 된다"라는 논리였다. 하지만 내가 생각하는 그들의 논리는 금전과 사회적 지위 등 개인적인 이해관계가 먼저라는 것을 분명하게 느꼈다. 이를 알면서도 그들의 말을 들어준다는 것은 있을 수 없는 일이었다. 때문에 소위 말해 지역사회 유지라는 일부 사람들과의 충돌은 피할 수 없었으며 일부 기득권층들의 반감은 점점 확대돼 갔다. 급기야 지방선거가 다가오자 이들은 낙선운동을 하거나, 다른 후보자 캠프에 대거 참여하는 모습을 보였다.

나는 이들과 자연스럽게 거리를 둘 수 있어 마음이 무척이나 편했다. 선거도 중요하겠지만 이들과 함께 한다는 것이 더 불편했기 때문이다. 선거 때마다 이곳저곳 기웃거리며 자신의 입지를 위해 소신을 버리는 사람이 무슨 지역의 유지이고, 지역을 사랑하는 마음이 있는 것일까. 초선시장 시절 나에게 반기를 들었던 상당수 인사가 다른 후보자 캠프에서 활동했지만, 난 역대 지역의 자치단체장 선거사상 최고 수준의 표차로 당선되는 영광을 안았다. 이것은 지도자의 힘이 아니라 시민의 힘이라고 생각했다.

재선에 성공한 이후 가장 먼저 꺼낸 화두는 '지도자'였다.

지역사회를 포함한 대한민국의 가장 큰 문제는 리더에게 있다는 것을 절실히 느꼈다. 집단 행동의 이면에는 시민과 국민을 동원해 자신들의 주장을 정당화 하고 있으며, 개인과 집단의 이익을 위해 국민이 볼모로 잡히는 경우를 수없이 보아 왔다. 지도자가 지역과 국가를 위한다면 절대 그렇게 해서는 안 되는 행동이다.

민주적인 절차를 무시하고 결과와 상대를 인정하지 않은 후진국적인 생각과 행동들. 인권과 민주주의를 내세우면서 책임 없는 행동과 말을 일삼는 비민주적인 사람들. '아니면 말고' 식의 무책임한 자유가 확산되고, 법과 원칙보다 집단 행동을 통해 문제를 해결하려는 비이성적인 지도자가 있는 한 지역사회와 대한민국의 발전은 기대하기 어렵다. 이러한 현실을 직시하면서 우리의 작은 노력이 사회를 변화시킬 수 있다는 간절한 마음을 담아 시작한 것이 '우수천석'과 '금석위개' 정신이다.

금석위개(金石爲開)의 화두는 해외언론을 통해 국내에 소개되기도 했다. 지역사회 언론보도 내용이다.

지난 6년 동안 무려 1천 200억원의 채무를 상환한 강원 태백시의 '재정위기' 극복 노력이 해외로부터 재조명 받았다.

태백시(시장 김연식)는 무분별한 리조트 조성을 통해 자치단체 자칫 파산위기까지 내몰렸던 지난 역사가 일본 언론사에 소개됐다고 밝혔다.

이 언론사는 북해도 지역에서 100만 부 이상 발행되는 유력 지역일간지로 태백시의 '부채 제로화' 과정을 언급하며 자국의 파산 지자체인 '유바리시'에 성원을 보냈다. 그동안 시의 '지방재정 위기단체'에서 벗어나는 과정은 실로 뼈를 깎는 노력의 연속이었다.

특히 자치단체 재정에 악영향을 미친 태백관광개발공사 리조트는 막대한 부채로 매각에 번번이 실패했지만 김연식 시장의 발로 뛰는 행정으로 올해 2월 대기업에 매각을 성사시켰다. 또한 이로 인해 발생한 지방채무 역시 알짜배기 공유재산 매각을 통해 2년만에 절반 이상 상환하는 성과를 보여줬다.

김연식 시장은 "'금석위개'라는 사자성어처럼 강한 의지로 정성을 다하면 어떤 일이든지 할 수 있다"며 "재정 건전화 과정에서 많은 시민들과 공직자들의 고통 분담이 없었다면 현재의 성과는 없었을 것"이라고 말했다. 아울러 "건전 재정을 구축한 만큼 시민이 행복한 도시 만들기에 주력하겠다"고 강조했다.

한편 태백시는 1980년대 한국 최대의 석탄 생산량을 기록한 곳으로 1989년정부의 석탄산업 합리화 정책에 따라 일본 대표 폐광도시인 유바리시를 벤치마킹해 '탄광에서 관광으로'라는 슬로건으로 도시 개발을 진행해 왔다.(더리더 기사 내용 중)

개인적으로 '아름다운 동행'이라는 말을 좋아한다.

캐치프레이즈로 사용할 만큼 많이 사용했다.

혼자가 아닌 함께 할 수 있는 사람이 있으면 더 좋다.

우리가 힘과 지혜를 모아 함께 갈 수 있다면 분명 좋은 세상이 열릴 것이다. 돌을 깬다는 것은 쉬운 일이 아니다. 어느 지인이 돌을 깨는데 동참하고 싶다고 말한 것처럼, 난 앞으로도 돌을 깨는 남자로 살고 싶다. 때로는 따뜻한 마음으로, 때로는 강한 모습으로 … 그렇게 부드러우면서도 강열한 몸짓으로 세상의 큰 문을 열어 갈 것이다.

오늘보다 더 좋은 내일을 위해 …

「韓国の夕張」起死回生

特報 にちょう

太白市が民間に売却したO2リゾート。ゴルフ場などが整備されているが、利用者の数は低調だ（太白市提供）

太白市の
金鍾室市長

次の課題は雇用創出

▲ 재정 위기 극복으로 호평을 받아 일본의 한 일간 신문에 소개됐다.

태양의 후예

드라마 '태양의 후예'

아마 이 글이 세상에 나올 무렵이면 드라마 '태양의 후예'도 한국을 넘어 세계로 본격 알려질 것으로 생각된다. 그것도 대한민국과 중국을 넘어 아시아 유럽 각 나라로 …

KBS 드라마 '태양의 후예'가 촬영을 시작하기까지는 많은 어려움이 있었다. 물론 제작진이 실무적으로 고생한 것은 논할 수 없을 정도로 힘들었겠지만, 그 이면에는 보이지 않는 노력도 상당히 많이 작용했다.

드라마 '태양의 후예'가 태백에서 촬영된 것은 수많은 노력이 뒤따랐고 인적 네트워크의 결과였다.

2015년 4월경.

나는 그해 3월 7일 태백산에 다녀오다 다리 골절상을 입어 목발에 의존하며 생활했다. 병원에서 일주일 동안 입원한 후 퇴원해 깁스를 한 채 출근을 시작했다. 집무실은 2층이지만 엘리베이터가 없어 목발로 계단을 오르내리는 어려움이 있었다. 그러던 와중에 평일 오후 한 통의 전화가 걸려왔다. KBS 기자였다. 예전부터 잘 알고 지내던 후배 기자였기에 반가운 마음으로 전화를 받았다. 그는 "KBS에서 드라마 촬영을 하는데, 태백에 세트장을 만들려고 한다. 하지만 국유림이기 때문에 태백시와 산림청의 협의가 필요하다. 시에서 적극 나설 수 있느냐?"라는 내용이었다. 순간 부정적인 생각이 앞섰다.

드라마 세트장을 우리지역에 조성하려면 보통 수억 원의 사업비를 제작사에 줘야 한다. 제작사에서 홍보비 명목으로 요구하기 때문이다. 이런 어려움을 기자에게 얘기 했으나, 그는 "지자체에서 부담하는 것은 전혀 없다"라며 행정적인 절차만 추진해 달라고 요청했다. 이렇게 해서 드라마 '태양의 후예' 태백 세트장 건립은 시작됐다.

하지만 문제는 '산 넘어 산'이었다.

산림청에서는 관련 규정이 없다는 이유로 난색을 표했고, 관할 산림청장의 절대적인 의지가 없이는 불가능한 사업이었다. 그렇지만 이 사업을 꼭 하고 싶었다. 한류 간판스타 송중기와 송혜교가 주연하는 드라마는 흥행할 가능성이 충분하다고 생각했다. 더구나 중국 CCTV에서 동시 방영을 한다면 앞으로 중국인 관광객들도 폭발적으로 늘어날 것이라고 판단했다. 이러한 '대박사업'이 돈 한 푼 안들이고 태백에 유치된다면 얼마나 좋은 일인가. 관광경기는 물론 지역의 상경기도 활성화 될 것으로 보여 무슨 일이 있어도 꼭 유치해야겠다는 생각이 앞섰다.

며칠 후 강릉으로 갔다.

관할구역 산림청장과 KBS 기자, 드라마 제작국 PD, 제작사 대표 등을 만나 이 문제를 협의해야 하기 때문이다. 중요한 것은 산림청의 의지가 무엇보다 필요했다. 나는 부러진 다리를 목발에 의존하며 강릉으로 달려가 식당에서 그들을 만났다. 그리고 필요성을 설명하고 세트장이 유치될 수 있도록 도움을 요청했다. 다행이 관할구역 산림청장도 강원도 출신으로 지역에 대한 애정이 넘쳐흐르는 분이었고, 지역경기 활성화를 위해 필요한 사업이라는 데 공감을 같이했다. 분위기는 화기애애했고 구체적인 것은 추후 협의키로 하고 강릉에서 좋은 친교의 시간을 보냈다.

그리고 얼마나 지났을까. 관할구역 산림청장이 직접 태백을 방문해 현지를 점검해 보겠다는 연락이 왔다. 최종 마무리 단계인 것이다. 그날도 산림청 KBS 관계자 등과 내 사무실에서 1시간 넘게 협의를 하고 현지를 점검했다. 이렇게 해서 드라마 '태양의 후예'는 태백에서 촬영되기 시작했다. 덕담으로 건넨 부대 명칭도 '태백부대'로 사용해 달라고 요청해 작가가 부대명칭을 변경했다는 사실을 드라마가 끝난 후 알았다.

그날 우리는 비가 내리는 가운데 점심자리에서 의미 있는 말을 주고받았다. 그 중 관할구역 산림청장은 인간관계의 중요성을 얘기하며 뼈 있는 한마디를 했다.

"화향백리(花香百里) 주향천리(酒香千里) 인향만리(人香萬里)"라는 말이 있다고 했다. 풀어보면 '꽃의 향기는 백리를 가고, 술의 향기는 천리를 가지만, 사람의 향기는 만리를 간다'라는 뜻이다. 또한 "난향백리(蘭香百里) 묵향천리(墨香千里) 덕향만리(德香萬里)"라는 말이 있다며 평소 덕을 쌓아야 좋은 일이 생긴다고 했다. 난의 향기는 백리를 가고, 묵의 향기는 천리를 가지만, 덕의 향기는 만리를 간다는 의미다.

이 말을 들은 KBS 드라마국 PD는 교육공무원이었던 부친의 퇴임사를 소개하며 술과 관련된 얘기를 했다. 그의 부친은 '오랫동안 공직에 있으면서 돈 냄새, 썩은 냄새, 술 냄새, 기름 냄새 등 수많은 냄새를 맡고 살아 왔다'면서 '퇴직 후에는 사람 냄새 맡으면서 살고 싶다'라고 했다. 그는 '사람 냄새의 핵심은 술 냄새'라는 의미 있는 조크를 던지며 인간관계의 중요성을 강조했다. 우리는 그날 '태양의 후예'를 계기로 친구만큼 가까운 사이로 의기투합했고, 산림청은 며칠 후 지역경기 활성화 차원에서 세트장 건립을 허락하는 중대한 결단을 내렸다.

한류스타 송중기와 송혜교가 주연하는 '태양의 후예'는 낯선 땅 극한의 환경에서 사랑과 성공을 꿈꾸는 젊은 군인과 의사들을 통해 삶의 가치를 담아내는 휴먼 멜로드라마다. 송중기와 송혜교는 각각 엘리트 코스를 밟은 특전사 소속 해외 파병팀장 '유시진'과 매력적인 의사 '강모연' 역할을 맡아 함께 호흡했다. 해외 촬영이 절대적으로 많지만 국내

오픈 세트장은 태백이 유일하다고 한다.

특히 '태양의 후예'를 집필하는 작가 역시 강원도 강릉 사람으로 파리의 연인, 프라하의 연인, 시크릿 가든, 신사의 품격, 상속자들 등을 집필한 유명인이다.

2016년 초 드라마가 방영되면서 폭발적인 인기를 얻자 대통령은 국무회의에서 드라마 세트장을 언급하며 한류 관광상품으로 개발하는 방안을 제안했다. 대통령의 말 한마디에 다음날 한국관광공사와 문화관광부 등 핵심부서 관광 관련 책임 있는 사람들이 연이어 태백을 찾았고 금방이라도 세트장 복원을 지원해 주는 것 같았다. 하지만 세트장 복원에 국민의 세금으로 지원해서는 안 된다는 일부 언론의 보도에 따라 정부예산은 단 1원도 지원되지 않았다.

그렇다고 멈출 수 없었다. 시비 1억 7,000만원을 들여 세트장을 복원하고 육군본부의 도움으로 헬기와 장갑차 군용차 등의 군수물품을 무상으로 임대받아 제법 그럴듯하게 세트장을 복원했다. 그해 8월 세트장을 복원한 이래 6개월도 안 되는 시점에 관광객 10만여 명이 다녀가는 성과가 나타났다.

'태양의 후예'가 인기를 끌자 해외 촬영지인 그리스 자킨토스에서도 연락이 왔다. 현지 교민의 주선으로 태백시와 자킨토스시가 교류를 했으면 한다는 내용이었다. 몇 번의 망설임 끝에 교류를 추진하기로 하고 현지를 방문했다.

송중기-송혜교 커플이 촬영한 그리스 자킨토스는 작은 섬으로 이국적이면서도 인정이 많은 한국의 정서와 비슷했다. 자킨토스 시장을 만나 우호교류 협정서를 체결하고 양 지역이 앞으로 상호 방문을 통해 많은 교류를 하자는데 합의했다. 특히 태백 세트장에는 자킨토스 홍보관을 만들어 관광객들에게 선보이기로 하고 2017년 개장을 했다.

자킨토스시를 방문했을 당시 그곳 시장은 자킨토스시의 옛 모습이 담긴 어촌과 바다의 그림을 내게 선물했고, 난 이 선물을 홍보관에 기증을 했다. 또 통리에는 '태후광장'을 만들어 각종 문화행사를 추진해 지역 주민들이 함께 경제활동을 할 수 있도록 했다.

2017년 2월에는 대한민국 최고의 용맹을 자랑하는 제1공수특전여단과 교류를 시작했다. 서울시를 방어하는 특전여단은 '태양의 후예'가 탄생하게 된 배경이 되기도 했다. 극중 '서대영 상사'는 제1공수특전여단에 근무하는 실존 인물이고 그의 부인도 직업 군인이다.

특전여단의 초청으로 부대를 방문해 여단장으로부터 부대소개와 함께 '태양의 후예' 탄생 배경을 설명 들었다. 아울러 서대영 상사를 직접 만났고, 시나리오를 작성한 작가가 서 상사를 비롯한 특전사의 조언을 많이 들었다고 전했다. 태백시와 제1공수특전여단은 이후 서로 긴밀한 관계를 유지하며 교류협력을 확대하고 있다.

'태양의 후예' 촬영지를 추진하면서 참 많은 것을 깨달았다.

일도 열심히 하고, 좋은 사람도 만나고 …

인간관계는 내가 순수하지 못하면 오래 가지 못한다. 지역사랑이란 공통된 생각들이 좋은 인간관계를 만들었고, 우리는 아마도 오랫동안 함께 할 수 있는 좋은 사람들로 남아 있을 것이다.

태양의 후예처럼 …

피그말리온 효과

그리스에는 수많은 신화가 전해져 오고 있다.

2016년 그리스의 작은 도시 '자킨토스' 시와 교류 협력을 위해 방문했을 당시 현지인들의 설명에 의하면 그리스 신화는 끝이 없었다. 하늘과 땅 바다와 섬 나무 등 자연과 우주를 막론하고 거의 모든 것이 신화와 연결되어 있었다.

그 중에 우리에게도 잘 알려진 피그말리온이라는 신화가 있다. 피그말리온이라는 이름은 그리스 신화에 등장하는 조각가의 이름에서 유래됐다. 조각가 피그말리온은 상아로 여인의 상을 조각하다가, 자기가 조각한 그 여인상과 사랑에 빠지게 된다. 그는 여인상에게 '갈라테아'라는 이름까지 지어주면서 이 조각상을 사랑하게 되었다.

그리고 신에게 이 조각상을 사람으로 만들어 달라고 기도했다. 이 기도를 들은 아름다움의 여신이 감동해 조각상에게 생명을 주었다. 피그말리온은 조각상인 갈라테아와 결혼해 자식까지 낳았다고 한다. 물론 과학적으로 설명이 부족한 것이 신화이지만, 이 신화도 자기실현적 예언의 한 사례로 인용되면서 '피그말리온 효과'라고 불린다.

피그말리온 효과는 다른 사람들로부터 큰 기대를 받게 되면 그 기대에 부응하기 위해 부단히 노력하고 실제로 그렇게 되는 것을 말한다. 우리가 흔히 '꿈은 이루어진다'라고 말하는 것처럼 피그말리온 효과는 다른 사람들이 기대하는 만큼 긍정적인 결과를 가져온다.

학자들의 연구결과도 이를 뒷받침한다.

미국의 사회심리학자인 로버트 로젠탈은 초등학교에서 무작위로 선정한 20% 학생들의 성적이 향상될 것이라고 각 담임 선생님에게 통보했다. 8개월 후 학생들의 성적은 실제적으로 향상되었으며, 이는 교사가 기대하는 경우 학생은 그에 상응하는 성장을 하게 된다는 주장을 말하는 증거가 됐다. 이 실험을 바탕으로 로젠탈은 이를 피그말리온 효과라고 불렀다.

우리가 자녀들에게 "너는 왜 그것도 못 하느냐, 남들은 공부를 잘해 장학금을 받는데 너는 왜 못 받느냐, 남의 아이들은 말썽을 안 피우는데 너는 왜 말썽을 피우냐" 하는 식의 교육이 결코 좋지 않다는 것을 반증한다. 내 자녀가 좋은 대학에 입학했다고 많은 사람들에게 자랑하는 것보다 대학 입시에 떨어져도 당당하게 말할 수 있는 부모가 오히려 존경스러워 보인다.

　강원도 태백하면 가장 많이 떠오른 것이 광산도시다.

　광산이 문을 닫으면서 관광지로 많은 변화를 시도했고 지금은 태백산과 황지연못이 지역을 대표하는 명소로 알려져 있다. 다른 지역이 가질 수 없는 자원, 다른 지역이 흉내 낼 수 없는 자연자원이야 말로 가장 경쟁력 있고 상품성이 뛰어나다는 것은 누구나 공감한다. 하지만 늘 볼 수 있고, 늘 가까이 하는 사람들은 그 소중함을 잘 모른다. 우리가 가까이 하는 태백산은 지금으로부터 1880년 전인 서기 138년에 신라 일성왕이 친히 태백산에 올라 천제를 지냈다는 기록이 삼국사기에 나와 있다.

　또한 낙동강의 발원지 황지연못. 도심지 한 복판에서 하루 5,000여 톤의 물이 샘솟아 낙동강 1,300리를 흘러가는 사실에 대해 지리학이나 역사적 가치로도 충분한 자원이 된다. 이러한 자원을 이용해 관광지를 조성하고 현지에 살고 있는 시민들의 자긍심과 정주의식을 높이는 것은 시대적 숙명이라 생각했다.

　먼저 황지연못 정비 사업은 취임 후 역점 추진해 담장을 허물고 사람이 걸어 다니기 편하도록 화강석 바닥으로 교체했다. 그리고 작은 무대를 만들어 시민 누구나 이곳에서 공연과 집회를 할 수 있도록 하고 주변 조경도 새롭게 정비해 현대화 된 모습으로 꾸몄다. 아울러 관광호텔을 허물고 문화광장을 조성해야 한다는 의견이 초선시장 취임 2년째인 2011년 제기돼 긍정적으로 검토한 후 다음해 본격적인 준비에 들어갔다. 하지만 일부 시민단체와 시의원들의 반대로 사업추진은 제동이 걸렸으며 임기가 끝나는 2014년 6월말까지 전혀 진척을 낼 수 없었다.

일부에서는 "시민들의 평가를 받아 재선이 되면 추진하라"는 의견이었고 나는 "이 사업을 선거와 연관시키는 것은 논리에 맞지 않는다. 이 사업은 지역의 미래가치와 연관되기 때문에 반드시 추진해야 한다"라며 고개를 숙이지 않았다.

결국 이 사업은 재선에 출마할 당시 공약으로 내 걸었고, 당선된 이후 공약을 이행하는 차원에서 추진했지만 또 제동이 걸렸다. 시의회 일부 의원과 시민단체에서 여전히 반대했으며 행정절차의 오류로 지연되기도 했다. 이 사업은 수많은 우여곡절을 겪은 끝에 2016년 말 호텔건물이 철거되고 다음해 공사가 시작돼 시민의 품으로 돌아갈 수 있게 됐다.

황지연못 물길조성 사업도 초선시장 취임 직후 시작해 주민반대와 예산삭감 등으로 수년 동안 표류하다가 2017년 착공을 하게 됐다. 이 두 사업의 특징은 지역을 대표하는 심장부에 위치한 것이고 지역의 자존심이라 불릴 만큼 중요한 것이었다. 특히 이 사업을 진행하면서 빚은 10원도 내지 않고 전액 국비와 지방비 등 채무 없이 진행해야 된다는 것이 나름대로의 원칙이었다. 일부에서는 시에서 빚이 많은데 왜 그런 사업을 하느냐고 했지만 이 사업을 위해 빚을 전혀 내지 않았다는 것을 분명히 밝히고 싶다.

그렇다면 이 사업을 왜 집착이라는 말이 나올 정도로 깊은 애정을 가지고 추진했을까. 수많은 사람들이 궁금해 했다. 답은 하나다. 지역의 미래가치이다. 오늘을 보고 일을 한 것이 아니라, 지역의 미래를 보고 추진했다. 자치단체장으로 하고 싶은 일들이 많겠지만 이 사업만큼은 꼭 하고 싶었다. 피그말리온이 조각상을 사람으로 만들어 달라고 기도한 것처럼 문화광장과 물길조성 사업은 지역의 미래이고 지역의 가치라고 판단했다. 따라서 이 사업은 간절한 기도만큼이나 소중하다고 생각해 굽힘없이 추진했던 것이다.

율곡선생은 격몽요결에서 "지도자가 진정 두려워해야 할 바는 권력을 잃어버리는 것이 아니라 국가의 미래를 잃어버리는 것이다"라고 했다. 지역도 마찬가지다. 지역의 미래를 잃어버리는 것이야 말로 모든 것을 잃는 것이라고 생각된다.

일부 지역주민과 시의원이 반대한다고 해서 지역의 미래까지 멈춰서는 안 된다는 것이 내 생각이었다. 또한 선거를 의식해 득표에 도움이 되지 않는다고 지역의 가치를 버려서는 안 된다는 생각을 했다. 지역의 수장으로서 지역의 미래와 지역주민의 행복을 지키고 가꿀 의무가 있고, 소중한 자원을 후대에게 물려줄 책임이 있는 것이다. 지금 당장 어렵다고 눈앞에 보이는 것만 취한다면 내일은 어떻게 하고 훗날은 어떻게 할 것인가. 하지만 많은 사람들은 당장의 이익에 깊은 관심을 보인다.

기원전 6세기경에 활동한 중국의 사상가 노자는 "사람에게 물고기를 주면 하루 만에 먹어버리지만, 낚시하는 방법을 가르쳐 주면 평생 먹고 살 수 있다"라고 했다. 마찬가지로 하루만 살고 죽는 것이 사람이 아니다. 후대가 있고 수천 년, 수만 년 이어지는 것이 인류이다.

지역도 마찬가지다. 오늘만 있는 것이 아니다. 오늘보다 더 좋은 내일을 위해 일하는 것은 공직자의 책무라고 생각한다. 황지연못 확장사업으로 조성된 문화광장과 낙동강 발원지 물길복원 사업은 그렇게 험난한 과정을 겪고 시민들에게 선 보이게 됐지만 역사적인 평가는 나쁘지 않을 것이라고 확신한다. 순수한 마음으로 지역을 위하고, 진정성 있는 가치로 지역의 내일을 생각한다면 그 꿈은 반드시 이루어질 것이다.

피그말리온이라는 조각가가 자신이 조각한 여인상을 보고 아름다움에 도취해 생명력을 달라고 기도한 것처럼, 지역발전을 위해 노력하는 모습이 간절할 때 지역 또한 발전할 수 있다고 생각한다.

피그말리온 효과처럼 …

백 미터부터
빛나는 여자

나 그대만을 위해서 피어난
저 바위틈에 한 송이 들꽃이여
돌 틈 사이 이름도 없는 들꽃처럼 핀다 해도
내 진정 그대를 위해서 살아가리라
언제나 잔잔한 호수처럼
그대는 내 가슴에 항상 머물고
수많은 꽃 중에 들꽃이 되어도 행복 하리.

돌 틈 사이 이름도 없는 들꽃처럼 산다 해도
내 진정 그대를 위해서 살아가리라

오색이 영롱한 무지개로
그대는 내 가슴에 항상 머물고
수많은 꽃 중에 들꽃이 되어도 행복 하리.

'들꽃'이라는 노랫말이다.

우연한 기회에 라디오에서 들은 음악인데 가사가 너무 좋다. 유익종 씨의 노래로 알았는데, 노래방에 입력돼 있는 것을 보니 조용필 씨의 노래다. 따라 부르기 힘든 노래였지만 몇 번을 연습하니 지금은 음정과 박자 모두 비슷하게 맞아 간다. 피아노 전주와 곡이 참 좋아 혼자서도 가끔 부른다. 특히 가사에서 묻어나는 한결같은 마음은 삶의 무게감이 느껴질 정도다. 이 시대에 필요로 하는 배려와 희생 양보 등 무욕(無慾)의 진리가 담겨 있다. 법정스님이 쓴 '무소유'라는 수필집에서 가장 생각나는 글귀가 있다.

"무소유란 아무것도 갖지 않는다는 것이 아니라 불필요 한 것을 갖지 않는다."

깨달음을 준 글귀라서 늘 마음속에 담아 두고 있었는데 '들꽃'이라는 노래가 또 한 번 마음의 정화를 해 준다.

몇 년 전 여름휴가를 맞아 오대산 월정사에서 템플스테이를 한 적이 있다. 말이 여름휴가이지 실제는 9월 초 잠시 휴가를 내서 월정사에 들린 것이다. 고요한 산사에서 얼마동안 혼자만의 시간을 갖는다는 것은 힐링과 함께 다시 재충전하는 기회도 되어 참 좋은 일이라고 생각했다.

템플스테이 첫 날 오후 주지스님께 인사드리러 갔는데 참 좋은 모습을 목격했다. 그 모습을 보고나서 깨달음이라는 것을 확인하게 됐다. 주지 스님과 차를 한 잔 나누고 있는데 다른 스님 한 분이 들어오셨다. 그 스님은 월정사에서 상당기간 수행을 하고 다른 사찰로 가야 된다며 작별 인사차 들린 것이다.

스님의 짐이라고는 괴나리봇짐 하나가 전부였다. 주지스님이 고생했다는 말과 함께 "다른 짐은 어떻게 했는가?"라고 물었으나 그 스님은 "짐은 이게 전부입니다"라며 정중히 인사를 하고 그 자리를 떠났다. 순간 머리에 스쳐오는 것이 있었다.

나는 휴가를 받은 첫 날과 다음날 집안 청소를 대대적으로 했다. 안 보는 책과 신문지, 헌옷, 각종 기념품 등 방과 베란다 곳곳에 있는 물건들을 정리했다. 버릴 것이 너무 많아 이틀이 모자랄 정도로 정리했지만, 이 스님은 먼 길을 떠나면서 고작 괴나리봇짐 하나가 전부라니 놀라운 일이 아닐 수 없었다. 물론 스님의 생활이 일반인과 다를 수 있지만 욕심 자체가 없는 것을 보면서 우리는 얼마나 많은 욕심을 가지고 사는가를 깨닫게 됐다.

집에는 몇 년 동안 안 입는 옷들로 가득차고 음식찌꺼기는 처리 곤란할 정도로 넘쳐나고 공짜라면 줄을 서서라도 받아야 되는 것이 현실이다. 가진 것이 있으면 더 가지고 싶고, 좋은 것이 있으면 더 좋은 것을 가지고 싶어 하는 것이 사람이다. 좋은 집, 좋은 차, 맛난 음식 … 요즘은 잠자는 것과 먹는 음식을 비교해서 빈부를 가리지는 않는다. 그만큼 먹고 살 정도는 됐다는 것이다.

다시 말하면 먹는 것과 잠자리는 약간의 차이가 있겠지만 적어도 이런 부분 때문에 불편함을 겪는 사람들은 거의 없다. 그렇다면 문제는 무엇일까. 바로 욕심이다. 돈에 대한 욕심, 좋은 일자리에 대한 욕심, 배우자에 대한 욕심, 자식에 대한 욕심 등 무릇 인간의 불행은 욕심에서 시작된다는 말이 틀린 것은 아니라고 생각된다.

법정스님은 "사람이 사람으로서 가질 수 있는 것은 애착과 불만족스러운 무거운 삶뿐인 것을 … 비울 것이 무엇이며 담을 것 또한 무엇이라 하더냐. 어차피 이것도 저것도 다 무거운 짐인 걸 …"

욕심을 비우는 것도 중요하지만, 마음을 비우는 것이 더 중요한 것이 아닐까 하는 생각이다.

2006년 정치를 시작해 벌써 11년이 넘었다.

그동안 3번의 지방선거를 치렀고, 선거 때마다 예비선거 형식으로 치러진 당내 경선과 도의회 예산결산특별위원장 선거까지 합하면 무려 7번의 선거경험이 있다. 적지 않은 경험을 하면서 느낀 키워드가 있다면 그것은 '의리'다. 선거운동에 참여하려는 많은 사람들이 선거 때마다 당선 가능성이 높은 사람을 저울질하게 된다.

당선 가능성에 따라 움직이기 때문이다.

선거에서 나타나는 자연스러운 현상으로 이해할 수 있지만 정말 이해가 안 되는 부문이 있다. 바로 돈 몇 푼에 따라 소신과 의리를 저버리고 다른 후보의 선거운동을 하는 경우다. 그것도 모자라 상대 후보를 비방하고 흠집 내기에 열을 올리는 행동이야 말로 필패로 가는 지름길임을

알아야 한다.

몇 번의 선거를 치르면서 경험한 또 다른 부분은 여성들의 의리이다.

여성들은 배신을 하지 않았다. 한번 맺은 인연을 소중하게 생각하며 끝까지 함께 하는 성향이 많다. 일부 남성들이 중심을 잡지 못하고 금권에 따라 움직이는 것을 볼 때 '줏대도 없는 사람'이라고 생각했다. 하지만 여성들은 그러함이 없다. 차라리 조용히 지내는 경우는 있어도 맺은 인연을 비방하거나 금권에 따라 움직이지는 않았다. 선거에 도움을 줬다고 대가도 바라지 않았다. 그냥 깔끔하게 도움을 주고 멋진 인간관계를 유지하는 아름다운 모습이었다. 이런 사람인데 어떻게 존경하지 않을 수 있겠는가.

그래서 나는 이들을 '백 미터부터 빛나는 여자'라고 한다. 때로는 파마머리에, 선글라스를 끼고 화장을 하지 않았어도, 자신이 아끼는 명품 핸드백에 술병을 넣고 다녀도, 취기가 달아오르면 병나발을 불어도, 사람들과 어울릴 때 어리바리한 농담을 해도 결코 가볍지 않고, 시장에서 산 1만 원짜리 바지가 10만 원 같아 보이고, 욕심을 채우는 것이 아니라 필요를 채우는 사람들…

'돌 틈 사이 이름도 없는 들꽃처럼 핀다 해도 내 진정 그대를 위해서 살아가리라.' 이런 노랫말처럼 늘 함께 할 수 있는 사람들 …

가장 현명한 사람은 항상 배우는 사람이고,

가장 강한 사람은 자신을 이기는 사람이고,
가장 부자인 사람은 자신이 가진 것에 감사하는 사람이고,
가장 행복한 사람은 기다림이 있는 사람이다.

'백 미터부터 빛나는 여자'

유대인들의 격언에 나오는 말처럼 가장 행복한 사람은 바로 이들이라고 생각된다.

칼은 붓끝에서 춤춘다

인류의 역사는 끊임없이 진화해 왔다.

수많은 전쟁을 겪으면서 문명이 발달하고 지배층과 피지배층이 구분되는 등 빈부의 격차가 심해지기 시작했다. 근현대사를 보더라도 종교전쟁과 세계대전 등을 치르면서 결국은 칼을 잡기 위한 것이 아니라 붓을 잡기 위해 싸웠다는 것을 알 수 있다.

우리나라도 일제를 거쳐 해방직후 군부통치 등의 과정을 겪으면서 권력을 잡기 위한 칼의 싸움이 곳곳에서 일어났다. 지엽적으로는 지방에서도 이러한 일들이 속속 일어난다. 민주주의의 발달로 이제는 선거라는 절차를 통해 치열한 전투가 전개되고 결국은 붓을 잡는 사람이 붓의 권한을 행사하게 되는 것이다.

일각에서는 칼과 붓의 싸움에서 누가 이길 것인가 라는 질문을 한다.

이는 양날의 칼날처럼 판단이 쉽지 않지만 분명한 것은 진실과 감성이 이 두 가지를 모두 지배할 수 있다고 생각한다.

폭력을 이기는 것은 감성이다.

무력을 이기는 것도 감성이다.

사람의 마음을 움직이는 것도 감성이다.

돈을 움직이는 것도 감성이다.

감성은 강제적인 요소가 들어 있지 않다. 순수함과 진실로 마음을 움직이고 신용과 돈, 명예, 권력 등 사람이 가지고 싶은 것을 비로소 얻을 수 있는 것이다. 그렇다고 지나치게 욕심을 내는 것은 화를 불러올 수 있다. 적당한 것이 최고라는 의미를 생각하게 만든다.

인류의 발명품 중에 가장 위대한 것은 인간의 기초적인 생활과 연관돼 있다. 예를 들면 불, 전기를 비롯해 자동차, 비행기, 기차, 컴퓨터, 인터넷 등 여러 가지를 설명할 수 있지만 칼과 문구류를 위대한 발명품이라고 생각하는 사람은 많지 않다. 칼은 인류 역사에 가장 많은 영향을 끼친 도구 중의 하나다.

요즘은 사회가 안정되면서 칼이 부정적인 의미로 간혹 사용된다. 칼은 역사상 사람을 가장 많이 죽인 도구이기도 하지만, 그와 동시에 사람을 가장 많이 살린 도구에도 포함된다. 칼은 분명히 인류문명에 엄청난 영향을 끼쳤으며, 지금도 우리는 칼의 혜택을 받고 있다는 것이다. 칼은 신석기시대에 발견됐다고 역사학자들은 말한다. 물론 그 이전의 시대에서 칼의 모양이 발견되기는 했지만 지금과 같은 형태는 아니라고 한다. 이후 청동기시대의 칼은 의식 외에도 무기로 사용되면서 본격적으로 전쟁이 일어나기 시작했다. 청동기시대에는 칼로 전쟁이 일어나면서 군인이 권력과 재산을 갖기 시작했다. 이로 인해 계급사회가 확립되고 산업의 발달도 이루어지기 시작했다.

철기시대가 열리면서 칼은 더 날카로워지고 단단해진다. 아울러 칼은 전쟁터뿐만 아니라 다양한 곳에서 쓰이기 시작한다. 가위의 발달로 더욱 정교한 작업을 할 수 있게 되었고, 의복이나 예술작품의 윤곽선을 자르는 데 사용되기 시작했다. 산업혁명 시기부터 총이 칼을 대체하면서 전쟁터에서 칼은 보조무기로 전락해 버렸다. 아직도 전쟁터에선 칼이 보조도구로 쓰이고, 의료계에선 일반적인 칼보다 더 정교한 메스가 사용된다. 역사적으로 볼 때 칼은 무력을 상징하는 도구였지만 현대사회에서는 의식용과 의료용 등 다양한 용도로 사용된다.

칼을 의미하는 한자는 검(劍)과 도(刀)가 있다.

보통 양날의 칼을 검(劍)이라 하고, 외날의 칼을 도(刀)라고 한다. 일부에서는 칼집이 있는 것을 검, 칼집이 없는 것을 도라고 하지만 확실하게 구분하는 것은 무리가 있다.

붓의 역사는 기원전 3세기 진나라에서 시작됐다는 설이 있다.

붓은 적어도 조선시대까지는 우리나라의 역사와 깊은 인연이 있었다. 수많은 선조들이 붓을 통해 역사적 기록을 남기고 주옥과 같은 글과 그림을 전했다. 서양에서 만년필이 보급된 이후 우리나라도 19세기 후반 일부 보급됐으나 보편화된 볼펜이 들어온 것은 100년이 채 안 된다.

우리나라는 1945년 해방이 되면서 미군에 의해 볼펜이 보급되기 시작했다. 이후 1963년 순수 국산으로 제작된 모나미 볼펜이 탄생하면서 획기적인 변화를 가져왔다. 세계적으로 볼펜을 처음 발명한 사람도 제1차 세계대전 중 헝가리에서 활동한 신문기자에 의해 발견됐다고 하니 그렇게 역사가 오래된 것은 아니다. 문무를 상징하는 칼과 붓은 이렇게 인류의 역사와 함께 해 온 가장 위대한 발명품 중의 하나라고 생각한다.

이렇게 인류의 역사와 함께 해 온 칼과 붓이 요즘은 창과 방패의 논리로 맞서고 있다.

창과 방패는 모순(矛盾)을 의미한다.

모순은 말과 행동이 서로 맞지 않아 신뢰를 주지 못하는 상황을 가리키는 것이다. 잘 알다시피 옛날 중국 초나라에는 창과 방패를 파는 사람이 있었다. 그는 "내 창으로 말할 것 같으면 어떤 방패라도 다 뚫을 수 있다. 그리고 내 방패로 말할 것 같으면 어떤 창이라도 다 막아낼 수 있다"라고 선전했다. 이 말을 들은 사람 중의 하나가 "그렇다면 당신의 창으로 당신의 방패를 뚫는다면 어찌 되겠소"라고 말하자 장사꾼은 할 말이 없었다고 한다.

사회가 다변화 되면서 모순에 모순을 거듭하는 삶이 많은 사람들을 옥죄고 있다.

정치를 하는 정치인도, 경제활동을 기업인도, 종교 활동을 하는 성직
자도 사람이기 때문에 완벽한 삶을 살아가지 못하고 있다. 최소한의 예
의는 지켜야 한다는 도덕적 규범을 내걸고 있지만 인간의 삶 자체가 모
순이라는 것이다. 수년 동안 학교에서 도덕과 윤리를 배우고 주말마다
교회에 가서 설교를 듣고 성경공부를 해도 그대로 따라 한다는 것은 인
간으로서 쉽지 않은 일이다. 그래서 인간은 태어나면서부터 원죄를 가
지고 있다는 말이 설득력을 얻고 있는 것이다.

특히 최근 한국 사회에서 벌어지는 일들을 보면 모순된 현상들이 너
무나 많이 벌어지고 있어 안타까움을 더하고 있다. 법과 원칙이 엄연히
존재하는 나라에서 여론몰이식의 선동이 곳곳에서 일어나고 있으며, 지
역과 국가의 이익보다는 개인과 집단의 이익을 위해 집단 행동을 마다
않는 일들이 자연스러울 정도다.

표현의 자유와 인권을 빙자해 책임 없는 행동과 말들이 난무하고 있
으며 확인되지 않은 출처 불명의 괴담도 자연스럽게 돌아다닌다. 경제
성장률은 바닥에서 헤어나지 못하고 있는데 해외여행에서 사용하는 여
행경비는 매년 최고치를 경신하고 있으며, 로또를 꿈꾸는 많은 젊은이
들이 아직도 부모님을 의존하면서 생활하고 있다.

사회 시스템이 모순을 거듭하면서 국가와 지역발전의 속도는 점점 늦
어지고 있다. 경제 환경의 요인도 협력보다는 개인 중심의 사익으로 치
닫고 있으며 나만 잘되면 된다는 인식이 우리 사회를 지배하고 있는 것

이다. 칼이 붓 끝에서 춤춘다는 논리는 책임 없는 시민의식이 폭력과 무질서 등에 멍들어 간다는 것을 의미한다. 사회가 어지럽고 경제가 어려울수록 성숙한 시민의식이 무엇보다 필요할 때다.

장군의 외출

군은 인류의 역사와 함께 하고 있다.

인류는 태초부터 끊임없이 전쟁을 해 왔고, 전쟁을 통해 영역을 확장해 무리들을 지켜왔다. 특히 전쟁은 살상과 재산손실 등 수많은 부작용을 낳았지만, 한편으로는 전쟁을 통해 문명을 발전시켜 왔다는 주장도 있다. 석기시대에서 철기시대로 넘어 오면서 무기는 나날이 발전했고, 더불어 인류의 삶의 질도 함께 성장해 왔다. 현대에는 제 1, 2차 세계대전을 통해 제트엔진이 발명됨에 따라 지구촌이 1일 생활권으로 단축되는 결과를 가져오기도 했다. 한국에서 미국까지 몇 달이 걸리던 시간을 제트엔진을 장착한 비행기로 이제는 12시간이면 날아갈 수 있다. 유럽도 10시간 안팎이면 다닐 수 있도록 편리한 세상이 됐다. 또한 핵이 인류를 대량 살상할 수 있는 무기로 사용되기도 하지만, 원자력발전소에서 에너지 자원으로 활용되기도 한다. 그만큼 인류는 전쟁을 통해 한걸음씩 진일보한 세상을 만들어 왔다.

전쟁의 중심에는 군대가 있다.

군대는 국가사회의 조직이 바뀌고 병기가 진보함에 따라 크게 변화되어 왔다. 원시사회에서는 전투요원과 비전투요원 구분 없이 남녀노소 모두가 전쟁에 참여했다. 이후 인간의 생활규모가 커지고 사회생활이 복잡해지면서 전문적인 전투요원이 생겨나게 됐다. 전쟁의 핵심에는 군인이 늘 함께 있었다. 군인사회는 반드시 계급이 존재한다. 우리 사회가 수평적인 구조로 변화되고 있지만 아직도 위계질서가 철저하게 적용되는 사회는 군대이다. 군대의 계급사회는 인류가 존재하는 한 사라지지 않을 것이다.

현대 우리 군의 역사는 오래되지 않는다.

2017년을 기점으로 건군 69주년이 되는 해이다. 해방 이후 미군정 시대를 지나 정부수립과 함께 탄생한 국군은 그동안 한국전쟁 등 수많은 아픔을 겪으면서 국민의 재산과 생명을 지켜왔다. 국군의 날이 10월 1일로 제정된 것은 특별한 이유가 있다. 1950년 10월 1일. 육군 3사단 23연대 3대대가 38선을 처음 통과한 것을 기념해 1956년 국군의 날로 제정됐다. 육군 3사단은 백골부대이다. 백골부대 병장으로 전역한 나는 군 복무 중 선배 장병들로부터 이런 얘기를 듣고 늘 자랑스럽게 생각했다.

전방 골짜기에서 근무했기 때문에 볼 수 있는 최고의 계급은 육군 대위였다. 부대 최고 상관이 포대장이었고, 간혹 대대장을 보기는 했지만 군대생활하는 내내 한두 번이 전부였다. 장군을 보기란 쉽지 않았다.

장군은 처음 본 것은 사회생활을 하면서부터다.

기자생활을 하면서 사단장 공관에 초청돼 만찬을 하면서 별을 단 장군을 처음 봤다. 그 분은 전역 후 지금 정부부처 수장으로 있다가 퇴직했다. 이후 자치단체장을 하면서 별을 보는 횟수가 많아졌다. 통합방위협의회 회의에 참가하면서 육군 대장을 볼 수 있었고, 가까이서 친분도 쌓을 수 있었다. 그 중 유난히 태백산을 좋아하는 한 장군이 있었다. 그는 태백산을 다녀간 그해 육군 대장으로 진급했고, 마침내 육군 최고의 수장에 오르기도 했다. 태백에서 열린 전국단위 행사에도 몇 차례 참석했다. 유난히 태백산에 애정을 가지고 있는 그가 지역을 방문할 때에는 사단장과 참모장 등 별을 단 장군들이 늘 동행했다. 행사가 끝난 후 오찬장에서 대화를 나누면서 자연스럽게 친분을 쌓을 수 있었고, 그가 강원도를 떠난 후에도 인연은 끊이지 않고 연결되고 있다.

대한민국 육군의 최고 수장으로 자리를 옮긴 후에도 그의 집무실을 찾아 회포를 풀었고, 그도 2016년 6월 태백을 찾아 오찬까지 하고 헬기를 타고 돌아갔다. 그는 철저한 군인정신으로 무장돼 있지만 사석에서는 친근한 이웃집 형처럼 포근함 마저 느낄 수 있었다. 그런 이유에서인지 권위의식은 찾아볼 수 없지만 장군의 권위만큼은 당당해 보였다. 국민에게 편안하게 다가서는 군인. 모처럼 군부대를 떠나 지방에 외출하는 장군이지만 그들의 모습은 일반 국민과 크게 다를 바 없이 친숙했다.

장군을 달기란 쉽지 않다.

우리나라 65만여 명의 군인 중 별을 달고 있는 장군은 440여 명이다. 이 가운데 육군이 310여 명, 해군 50여 명, 공군 60여 명, 해병대 15명 등이다. 정부가 앞으로 장군 수를 40여 명 감축한다고 하니 정말 별을 따기란 하늘의 별 따는 만큼 힘이 들 것 같다. 별을 따도 2개, 3개, 4개까지 간다는 것은 여간 어려운 일이 아니다. 며칠 전 신문에서 우리 지역에서 중학교를 졸업한 장군이 별 3개로 진급해 군단장에 취임했다는 보도가 있었다. 탄광지역에서 중학교를 졸업하고 군 장성의 길을 가고 있는 그에게 존경스러움이 느껴졌다.

올 초에는 대학시절 사관생도였던 한 고등학교 선배가 소장으로 진급해 모교 졸업식에 참석해 반가운 인사를 나누었다. 그는 사관생도였지만 내가 다니던 대학 인근에 사관학교가 있어 동문회 야유회에 함께 참석해 씨름을 한 기억이 있다. 그는 장군이 되었고, 난 이곳에 시장이 되었고 … 함께 씨름하며 막걸리를 마시고 놀던 대학시절은 아련한 추억이 되었지만 세월이 흐른 후 각자 다른 위치에서 지역과 국가를 위해 봉사하고 있는 것이다.

난 철원에 있는 육군 백골부대에서 군대생활을 했다.

얼마 전 백골부대 전우회 모임에도 참석할 만큼 부대에 대한 애정이 많다. 그러나 내가 군대생활할 당시 군인에 대한 인식은 별로 좋지 않았다. 아마도 80년대 군부가 정권을 잡아서 그런지 우리는 '군바리'로 불렀다. 군인이 왜 '군바리'로 불렸는지는 모르겠지만 비하하는 것은 분명한 것 같다. 일부에서는 남의 밑에서 일하는 사람을 의미하는 일본말 '시다 바리'와 군인이 합쳐져 형성되었다는 말도 있다. 다리가 짧은 애완견을 가리키는 발바리와 군인이 합해져서 형성되었다는 설도 있다. 군인에 대한 비하는 군부정권에 대한 부정적인 인식과 병영비리 등이 합쳐져서 영향을 준 것도 있을 것이다.

요즘은 군에 대한 비하가 거의 사라졌다.

비록 최전방이 아닌 강원도 후방지역에서 자치단체장을 하고 있지만 지역에 있는 군부대 장병들과는 아주 가까운 관계를 형성하고 있다. "어디에서 무슨 일을 하던지 각자 맡은 역할에 최선을 다하면 강한 대한민국이 된다"라는 육군 최고수장의 말이 생각난다.

2015년 10월 어느 날.

계룡대를 찾은 나에게 그는 '사람은 늘 한곳에 머무를 수 없다'며 "그 자리에 있는 동안 멸사봉공(滅私奉公)의 정신으로 국가와 국민을 위해 헌신해야 한다"고 강조했다. 멸사봉공은 내가 공무원들에게 자주 사용하는 말로 많은 공감이 갔다. 장군은 장군의 위치에서, 이등병은 이등병의 위치에서 … 9급 공무원은 9급 공무원의 위치에서, 5급 사무관은 5급 사무관의 위치에서 … 서로 다른 위치에서 서로 다른 역할을 하고 있지만 그 일에 충실한다면 분명 대한민국과 지역은 강해질 수 있을 것이다.

향기 없는 여자

여자들에겐 독특한 향기가 난다.

그 향기의 대부분이 화장품으로 생각된다. 특히 공항이나 대형 쇼핑 센터에 가면 화장품 특유의 냄새가 진동을 한다. 여자의 변신이 무죄라면 여자의 향기는 유죄인가. 그 향기가 싫지 않은 이유도 여성 특유의 아름다움이 있기 때문이다. 어려서부터 할아버지, 아버지, 어머니 그리고 3형제가 살았던 우리 집은 화장품 냄새를 몰랐다. 집안에서 유일하게 여자로 생활하신 어머니는 시골에서 평생 농사를 지으면서 생활하셨기 때문에 화장을 거의 안하셨다. 어쩌다 집안의 결혼식이 있으면 립스틱을 바르는 것이 화장의 전부였다. 어른이 되어서도 여자가 화장을 했는지, 안했는지 처음에는 구분하지 못했다. 그저 립스틱을 바르면 화장을 한 것으로 생각했다. 얼굴에 파운데이션을 바르고 눈썹에 색칠하는 것은 어른이 되고나서 한참 뒤에 알았다. 더욱이 화장품으로 얼굴에 색깔을 입히는 색조화장이라는 것도 생소한 구경거리였다. 여자들이 지나가면 향기가 나는 이유가 바로 화장품에 있다는 것을 나중에서야 알게 되었다. 그것도 군대 제대하고 대학을 졸업한 이후에 …

　내가 기억하는 어머니의 향기는 땀 냄새로 표현하고 싶다.

　평생 밭에서 일하시는 어머니는 요즘도 땀 냄새가 난다. 무더위가 내리는 주말 오후 가끔 시골집에 가면 어머니는 늘 땀에 젖어 있다. 몇 년 전 양쪽 무릎에 인공관절 수술을 하고 올 여름엔 좀 쉬어야 할 상황이지만 그렇지 않다. 좀 쉬시라고 하면 괜찮다는 말만 할 뿐 우리가 보이지 않으면 어느새 밭에 가 계신다. 불편한 몸이지만 자식들을 위해 옥수수도 키우고 감자농사도 혼자 하신다. 평생을 그렇게 일만 하셨는 데 아직도 쉼 없이 밭에 나가신다. 대학 1학년 때 아버지가 돌아가시고 어머니는 억척같이 일을 하셨다. 한 번도 쉬는 모습을 못 보았다. 여름방학이면 어머니는 새벽부터 일을 나가시고 어둠이 시작돼야 집으로 돌아 오셨다. 그렇게 일하는 어머니가 당연한 것으로만 생각했다. 농지가 많아 일하는 양도 많았지만 어머니는 어느 집 가장 못지않게 일하시면서 책임을 다하셨다. 본인의 무릎 관절이 망가지는 것도 모르고 …

　그런 어머니의 땀 냄새가 싫지 않다.

　내가 '땀'이라는 단어를 좋아하는 것도 어머니의 영향이 크다. 땀은 거짓말을 하지 않고 이 세상에서 가장 아름다운 것이라고 늘 생각해 왔다. 그래서 좋아하는 말도 한마지로(汗馬之勞)이다. 땀 흘리는 말처럼 열심히 일하라는 뜻이다. 정치를 하면서 12여 년 동안 최고의 가치를 '한마지로'에 두고 일했다.

　어머니에게는 세월이 가도 변하지 않는 또 다른 향기가 있다.
　장미향도 아니고 마당에 가득 심어 놓은 백합향도 아니다. 그것은 바로 풀잎 향이다. 꽃처럼 호사스러운 향기는 아니지만 그래도 정겹고 소박한 내음이 어머니에게 풍긴다. 비록 삶에 지친 몸이지만 어머니에게는 그런 고혹한 향기가 난다. 한 시대를 정리하는 팔순을 바라보고 계시지만 농촌에서 평생 땀 흘리시며 순수한 정을 잃지 않은 어머니를 늘 존경스럽게 생각한다.

　'나그네'로 유명한 청록파 시인 박목월.
　그는 '어머니의 향기'라는 시에서 가난했던 시골생활을 은유적으로 표현했다. 어떻게 보면 우리시대의 어머니 모습과 크게 다를 바 없어 보인다.

어머니에게서는
어린 날 코에 스민 아릿한 비누냄새가 난다.
보리대궁으로 비눗방울을 불어 올리던 저녁노을 냄새가 난다.
여름 아침나절에
햇빛 끓는 향기가 풍긴다.

겨울밤 풍성하게 내리는
눈발 냄새가 난다.
그런 밤엔처마 끝에 조는 종이초롱의
그 서러운 석유냄새
구수하고도 찌릿한
백지 냄새
그리고 그 향긋한 어린 날의 짙내가 풍긴다.

이제 나도 어른이 되어 50대가 됐다.

언젠가 어머니가 한 말을 기억한다.

"인생 금방이라는 말은 50을 넘으면 실감한다. 50에서 60까지 가는 시간이 10년이라면, 60에서 70까지 가는 시간은 5년 밖에 안 걸린다. 열심히 살아야 한다. 지나간 인생을 후회하지 말고 …"

어머니의 그런 말씀은 변함없이 내게 남아 있다.

이 세상 꽃들은 아름다운 만큼 저마다 독특한 향기를 지니고 있다.

자연의 오묘함을 감히 표현할 수 없지만 들에 핀 야생화도, 마당에 밟히는 들꽃도 개성 있는 향기를 지니고 있다. 나는 그 중에서도 향기가 덜 나는 들꽃이 좋다. 노래도 유익종의 '들꽃'이 18번곡이 될 정도로 즐겨 부른다.

화려함을 쫓아 화장을 지나치게 하는 사람.

젊어 보이려고 짧은 옷과 찢어진 청바지를 입고 다니는 사람.

값비싼 보석과 금덩어리를 달고 다니는 사람.

명품 향수를 몸에 잔뜩 뿌리고 나니는 사람.

배려와 양보를 모르고 자기만 생각하는 사람.

그들도 나름대로 향기를 지니고 있지만 그런 사람들보다 들꽃처럼 잔잔하고 미소가 아름다운 사람이 좋다.

어린아이처럼 티 없이 맑고 청순한 사람.

화장을 하지 않고 향수를 뿌리지 않아도 향기가 묻어나는 사람.

파마를 한 머리가 헝클어지고 빗질을 하지 않아도 늘 소담스럽고 단아한 사람. 겉으로는 꺼주해(보기 흉함의 사투리) 보이지만 내용은 실속이 가득한 사람.

난 그런 사람이 좋다.

여자는 나이를 먹어도 나이에 맞는 아름다움이 있다고 한다.

지나친 꾸밈보다 현실에 맞게 아름다움을 가꿀 줄 아는 것을 말한다. 여름철 무성한 단풍잎은 초록의 아름다움이 있지만, 가을철 곱게 물든 단풍잎은 잘 익은 홍시처럼 우리 곁에 다가온다. 그리고 겨울철 생명력을 유지하며 뿌리 깊게 자라는 단풍나무는 비록 향기는 없지만 새봄을 준비하는 여유로움을 가지고 있다. 우리 삶도 가슴으로 느낄 수 있는 향기처럼 새봄을 준비하는 마음으로 살았으면 한다.

라디오는 내 친구

아침에 일어나면 제일 먼저 하는 일이 라디오를 켜는 것이다.

오늘은 새벽 5시 조금 넘어 눈을 떴다. 스피커에서 대금소리와 목탁소리, 해금소리와 풍경소리가 섞여서 흘러나온다. 새벽에 듣는 국악이 이렇게 아름답게 느껴지기는 처음이다. 나 말고도 누군가가 이 음악을 듣겠지만 라디오는 많은 사람들에게 새벽을 열어주고 있다. 날이 밝아 인근공원으로 운동을 갔다. 집 근처에 있는 공원에는 산수국과 패랭이꽃 산파 등 야생화가 즐비하게 피어 있거나 향기를 뿜어내고 있다.

1시간여 산책을 마치고 집으로 돌아와도 여전히 라디오는 나를 반기고 있다. 오전 7시를 조금 넘기자 이번에는 팝송이 흘러나온다. '그대는 그만 만나자고 말하지만 난 아직도 그대를 사랑합니다. 그대는 안녕이라고 말하지만 난 아직도 그대가 보고 싶습니다.' 대충 이런 내용의 음악이다. 영어를 잘 몰라 아는 부분만 해석한 것이다. 아침에 듣기에는 음률이 너무 좋다. 애절하지만 중간 중간에 새벽을 깨우는 경쾌한 음악이 들어가 있다.

라디오는 참 좋은 친구이고 연인이다.

내가 라디오를 처음 접한 것은 아마 5살 무렵으로 기억된다. 너와집 사랑방에서 할아버지와 같이 생활하는 날이 많았던 때에 아버지는 할아버지께 라디오를 하나 사 주셨다. 당시 라디오는 몸통이 너무 커서 한 곳에 고정시켜 놓은 것으로 기억된다. 할머니가 일찍 돌아가셔서 적적하게 지내시던 할아버지는 큰 손자인 나를 옆에 두고 많이 아껴주셨다. 소를 몰고 논에 가시거나 밭에 가서도 꼭 데리고 가셨다. 그리고 저녁이면 산골에서 특별히 할 일이 없었기 때문에 라디오를 많이 들으셨다. 전기가 안 들어와서 건전지가 닳을까봐 꼭 필요한 부분만 들으셨던 것으로 기억된다. 그리고 선거철이 되면 지금과 마찬가지로 개표방송을 했다.

물론 지금처럼 실시간으로 중계하지는 않았지만 선거결과를 신속하게 보도하기는 비슷했던 것 같다. 할아버지와 거의 같이 생활 하다시피 했기 때문에 나도 모르게 정치에 관심이 간 것 같다. 그래서 초등학교 때는 학생회장이 되고, 대학에서도 정치학을 전공한 후 지금 정치인의 길을 걷는 것이 할아버지의 영향 때문이라고 생각된다. 이후 중학교에 진학해서는 내 방에도 작은 라디오가 하나 생겼다. 용돈을 모아 산 것으로 기억되는 데 빨간색 라디오로 가격은 5,000원 정도였다.

학교를 마치고 집에 오면 방에서 라디오를 켜고 공부를 했다. 밤 10시가 넘으면 '별이 빛나는 밤에'라는 음악방송이 나오는데 꼭 들었다. 그 당시 밤 10시가 되면 라디오에서 선도방송이 흘러 나왔다. '청소년 여러분 밤이 깊었습니다. 이제는 집으로 돌아가야 할 시간입니다.'라는 선도방송이 계속해서 나온 것으로 기억된다. 고등학교, 대학에 가서도 라디오는 늘 옆에 있었고, 지금도 침대 옆에는 다소 고풍의 라디오가 자리 잡고 있다. 엔틱한 분위기와는 반대로 음질이 좋아 FM음악방송을 듣기에는 안성맞춤이다. 어쩌다가 하루 종일 집에 있으면 새벽시간 국악방송을 시작으로 팝송, 클래식, 가요 등의 노래나 연주가 쉼 없이 흘러나온다. 뉴스시간에 TV를 시청하는 것을 제외하면 거의 라디오와 함께 생활한다고 보면 된다. 라디오에서 나오는 음악을 들으면 세상이 평온해 진다. 잡념도 사라지고 크게 귀 기울이지 않아도 된다. 라디오를 통해 정보를 얻기보다는 그냥 편안한 친구가 옆에 있다는 것으로 생각된다.

언젠가 월정사 원행스님이 말씀하신 망적지적(忘適之適)이라는 말이 생각난다. "적당하다는 것을 잊고 사는 것이 가장 적당하다"라는 뜻이다. 우리는 일상생활을 하면서 신발을 신고 다니고, 옷을 입고 다니는 것을 잊고 산다. 누구하나 내가 신발을 왜 신고 다니지, 옷을 왜 입고 다니지? 이렇게 생각하는 사람은 거의 없을 것이다. 바로 이러한 것이 망적지적이다. 라디오를 틀어 놓고 생활하는 일은 일상화 되어 있기 때문에, 내가 왜 라디오를 하루 종일 틀어놓고 있지? 하는 생각이 없기 때문이다. 그만큼 라디오는 나의 부속품일 정도로 친숙하다.

라디오의 음악은 그 어떤 것보다 뛰어난 효과가 있다.

때로는 흥을 거리고, 때로는 숙연해지기고 하고, 때로는 지나치기도 하고, 때로는 몰입하기도 한다. 라디오 음악에 인간의 삶인 희로애락이 있는 것이다. 사람들마다 선호하는 음악장르는 다르지만 음악 자체를 좋아하지 않는 사람은 거의 없을 것이다. 음악은 직업이 되기도 하고 취미생활이 되기도 한다. 하루 동안 소진한 에너지를 충전하거나 태교용 등 그 기능마저 다채롭다.

요즘에는 소를 키우는 축사에도, 채소를 키우는 비닐하우스에도 음악을 틀어 놓는다는 보도가 있다. 음악은 건강에도 긍정적인 영향을 미친다. 한 연구에 따르면 섬유근육통이 있는 환자에게 음악을 들려주면 통증을 완화하는 데 도움이 됐다는 결과가 있었다. 팝이든 클래식이든 음악의 종류와 상관없이 통증이 완화되는 결과를 보였다는 것이다. 음악은 집중력을 향상시키고, 운동을 하는 힘이 되고, 사람을 침착하게 만들고, 기분도 북돋운다. 만약 음악이 없다면 어떻게 될까? 삭막함이 있고 무뚝뚝하며 윤활유가 없고 활력소가 없을 것이다.

사람들의 얼굴은 무표정할 것이며 감정은 또 어떻게 될까? 음악은 기쁨이고 희망이고, 성난 파도도 잠잠하게 할 것이다. 그만큼 음악은 인류 역사와 함께 했으며 앞으로 인류가 존재하는 한 사라지지 않을 것이다.

라디오의 역사는 생각만큼이나 오래되지 않았다.

1895년 이탈리아에서 무선통신 기술이 발명됐으나 방송은 1906년 12월 24일 미국에서 처음 시작됐다. 최초의 라디오 방송은 미국 매사추세

츠에서 대서양의 선박을 대상으로 사람의 목소리와 음악이 녹음된 내용을 전송됐다. 최초의 라디오 방송도 음악에서 시작된 것이다.

유럽에서는 1909년 파리 에펠탑에서 최초로 음성을 송신했고, 이듬해인 1910년에는 카루소의 노래를 방송했다. 특히 1911년 미국 뉴욕에서는 선거결과를 방송해 라디오의 새로운 역사를 만들었다.

우리나라의 라디오 방송은 일제강점기인 1915년 실시됐다. 하지만 정규 라디오 방송은 1927년 조선총독부에 의해 설립된 사단법인 경성방송국이 전파를 보내면서 시작됐다. 방송 초기에는 일본어가 중심이었으나 약간의 한국어도 있었다. 이후 우리말 방송이 별도로 시작됐고, 각 지역별로도 라디오 방송국이 개국했다.

KBS의 전신인 HLKA는 해방 이후인 1947년 1월 2일 시작했다. 특히 1990년대 이후 민영 방송국이 부활해 교통방송, 평화방송, 불교방송 등의 특수 방송국이 개국하고, 2000년대에는 인터넷의 보급으로 많은 라디오 방송국들이 인터넷으로 들을 수 있도록 디지털화를 추진했다.

라디오 역사는 100년도 정도 됐지만 수많은 사람들의 연인처럼 옆에서 지키고 있다. 나 역시 KBS에서 3년이 넘도록 강원도 내 정치해설을 담당하는 해설자로 라디오방송을 했으며, 지금도 가끔씩 라디오에 출연해 시정의 현안을 설명하고 있다. 새로운 음악을 듣고 새로운 소식을 접하는 것은 마치 새로운 연인을 만나는 것처럼 설레임이 있다. 그래서 라디오는 내 친구고, 나의 연인이다.

'이장님 아들'

2013년 이후 사람들은 나에게 '이장님 아들'이라고 불렀다.

그해 '이장님 아들'이라는 책을 한권 쓰고 출판기념회를 한 이후 생겨난 별명이다. 아버지가 시골마을의 이장님이었다는 사실도 그때 밝혀졌다. 책 제목을 그렇게 정한 이유는 내 성격과 성장과정, 배경 등을 종합해 볼 때 '이장님 아들'이 가장 적당한 것 같아서였다.

2010년 초임시장 시절에도 별도의 이름이 있었다.

취임을 며칠 앞두고 어느 지인이 물어왔다.

"시장에 취임하는 기분이 어떻습니까."

그 자리에서 "시집가는 기분입니다"라고 대답했다.

42살의 젊은 나이에 한 지역의 시장에 취임한다는 것은 나에게 신선한 충격임에 분명했다. 지역과 지역주민을 위해 다 잘하고 싶었고, 열심히 일했다. 이러한 내용이 알려지자 그때도 별명이 붙기 시작했다. '시집가는 시장'이라는 꼬리표가 따라 다녔던 것이다. 내가 남자인데 무슨 시집을 가느냐고 생각하겠지만 상징적인 의미가 있었다.

　과거 어른들은 처녀가 결혼하기 전에 마음이 들뜨기도 하지만 매우 심난할 것이라고 했다. 신랑 이외에 아무도 모르는 시집 식구들을 대해야 하고, 그들과 한 식구가 되어 살아가야 하는 처녀의 복잡한 마음이라고 생각된다. 나 역시 수 년에서 수십 년 동안 공직생활을 했던 직원들과 함께 생활한다는 것이 시집가는 처녀의 마음과 별다를 바 없었다. 어떤 며느리가 집안에 들어오느냐에 따라 그 집안의 흥망성쇠가 가려진다는 말이 있다. 맏며느리로서 시집 살림을 맡아서 운영해야 하고, 새로운 식구들과 잘 화합해서 집안의 분위기를 이끌어야 하는 책임이 있다. 나로선 처음 시작하는 새로운 업무이기 때문에 맏며느리로 시집가는 상황과 다를 바 없었다. 그렇게 시작한 시집생활도 벌써 8년이 되어가고 있다.

　처음엔 시행착오도 많았고 집안 형제들이 다투듯 지역사회의 갈등도 많았다. 지금도 시기, 질투, 비방은 끊이지 않고 있다. 그러나 빚더미의 집안을 살리기 위해서는 중심을 잃으면 안 된다는 생각이었다. 아무리 많은 욕을 먹어도 사심을 버리고 지역을 위해 일한다면 분명 결과는 좋을 것이다. 자신의 입신과 개인의 미래를 위해 일한다면 맏며느리의 자격이 없다고 생각했다. 그래서 지역의 아들로, 지역의 맏며느리로 순수하게 일하고 싶었다. 어려운 집안 살림에도 불구하고 시민들은 여기저기서 해 달라는 것도 많았지만 조금만 참고 기다리자는 말로 이해 시켰다. 어떻게든 기초를 튼튼하게 다져 놓지 않으면 이 집안은 어려움에서 벗어나지 못할 것이라는 판단 때문이었다. 다행이 많은 사람들이 동참해서 우리는 재정자립도 강원도 1위, 정부 합동평가 강원도 1위, 재정균형집행 전국 최우수라는 성과를 낼 수 있었다. 그리고 2014년에는 시 개청 이래 처음으로 부채가 0이 되는 쾌거를 달성했다. 물론 관광개발공사에 채무보증을 한 부분은 제외했지만, 이것만으로도 우리는 희망을 가질 수 있었다.

초선시장을 하면서 가급적 서민과 함께하는 시간을 많이 보내려고 노력했다. 가끔은 전통시장 순대국밥 집에서 저녁을 먹을 때도 있었다. 시장에 출마할 당시 찾은 순대국밥 집은 지금도 가끔씩 들린다. 주인아주머니의 구수한 말솜씨와 푸짐한 음식은 늘 사람들을 찾게 만든다. 특히 배추 값이 금값일 때도 변함없이 맛깔스러운 김치를 가득 내 놓는 주인아주머니의 인심은 발길을 끊을 수 없게 한다. 순대국밥에 소주 한잔 하는 묘미는 나에게 더할 수 없는 행복이다. 시장 안에는 이것저것 먹을 것이 많다. 자주 가는 곳 중의 하나가 칼국수집이다. 칼국수 집은 출입기자들과 함께 간다. 칼국수에 곁들인 보리밥과 먹음직스러운 김치는 기자들 대부분이 좋아한다. 칼국수 집에서 듣는 기자들의 조언은 가끔 정책에 반영하기도 한다. 굳이 화려하고 비싼 음식점이 아니라도 함께 할 수 있는 곳은 어디든지 찾아갈 수 있는 진정성. 누구에게 보여주기 위한 것이 아니라 함께 하고픈 진심어린 마음이야 말로 이 시대에 필요한 것이라고 생각한다.

　정치는 고독하고 외로운 투쟁이다.

　그렇게 초선시장을 보내면서 느낀 정치세계이다. 군 복무를 마치고
대학 4학년 2학기 때부터 시작한 기자 생활은 13년이 넘도록 대다수의
시간을 정치부 기자로 활동했다. 이 후 만 38세에 탄광지역에서 도의원
으로 당선되고, 만 42세에 시장에 당선되는 동안 늘 고독했고 외로운 길
을 걸어왔다. 사람들과 편안하게 어울릴 수 없었다. 늘 조심스러웠다. 처
음 도의원 선거에 출마했을 때 여성 유권자들과 악수하는 것도 두려웠
다. 어떻게 보면 선거와 전혀 어울리지 않은 사람이 선거를 통해 정치인
의 길을 걷고 있는 것이다. 그러나 사람들을 만날 때 진정으로 만난다.
조금도 가식을 가지고 사람을 만나지 않았다. 내게 부족한 것이 있으면
부족한 대로, 못난 부분이 있으면 못난 대로 만났다.

　'그대는 연꽃을 닮았어요. 나쁜 환경의 연못에도 뿌리를 내리고, 향
기로 채우고, 비바람에도 부러지지 않고, 진흙에도 물들지 않는 연꽃. 그
대의 고결한 인품은 주민들을 감동케 하고, 청정의 마음가짐과 유연함
융통성은 주민들을 서로 소통케 하며, 부조리와 환경에 물들지 않는 솔
선수범은 주민들을 따르게 하죠. 연꽃이랑 그대 정말 닮았죠.'

　정치에 입문한 이후 어느 지인이 보내온 내용이다. 아마도 연꽃과 같
은 정치를 하라는 의미로 보여진다.

난 시골에서 태어나 참 많은 길을 걸어 왔다.

늘 젊다고 생각했지만 벌써 50에 접어들었다.

6살에 초등학교에 입학하고, 18세에 대학생이 되고, 24세에 언론사 기자가 되고(물론 군 복무는 마친 상태. 육군 백골부대 병장 전역), 38세에 강원도의원이 되고, 40세에 강원도의회 예산결산특별위원회 위원장이 되고, 42세에 자치단체장이 되고, 46세에 자치단체장에 재선되고 …

시골 중에도 첩첩산골이라는 너와집에서 태어나 10년을 넘게 살았고, 지금도 그곳에서 농사를 짓고 계시는 어머님을 따라 가끔 일을 돕고 있다. 이런 일들이 서민의 삶이라는 것을 어른이 되어서야 알았다. 어렸을 땐 농사를 재래식으로 지었기 때문에 지게를 지고 일을 했다. 수년 전 대선 때 한 후보는 자신이 지게이고, 자신을 돕는 유력 인사는 지게 작대기라고 했다. 그래서 필연적으로 함께 할 것이라는 의미도 덧붙였다. 그러나 지게는 지게를 져 본 사람만 알고, 지게 작대기는 사용해 본 사람만 그 힘의 논리를 알 수 있다. 큰 짐을 지고 일어서려면 작대기의 힘이 얼마나 큰 것인가는 경험하지 않은 사람은 아마 모를 것이다. 나는 그렇게 혼자 생각했다.

내가 살았던 곳은 나무로 밥을 하고, 나무로 난방을 하는 산골이다. 그런 곳에서 태어나고 자랐으며, 도시에 나가 대학을 졸업하고 신문사에 취직해 기자로 13년을 넘게 일했다. 기자를 그만두고 38살에 도의원에 출마해 당선됐고, 42세에는 시장에 출마해 당선되는 운 좋은 시골 촌

놈이 됐다. 그리고 임기 4년을 마치고 46세에 다시 출마해 당선되는 '재선 시장'이 됐다. 지금까지 많은 어려움도 있었지만 그래도 큰 무리 없이 길을 걸어온 것 같다.

유치원은 근처에 가보지도 못하고, 초등학교도 전교생이 100명 남짓한 산골학교에서 다녔다. 우리 학년은 30여 명이 전부다. 유치원은 가보지 못했지만 난 만 6살에 초등학교에 입학했다. 초등학교 상급생이 되어서 아버지는 군청 소재지로 나를 전학시켰다. 다시 말해서 '큰물에서 놀아라'는 뜻이다. 군청 소재지의 학교로 전학가니 정말 딴 세상이었다. 한 학년에 6개 반이 있고, 전교생도 2,000여 명이 됐다. 정말 상상도 못했던 큰물에서 놀게 됐다.

중학교에 진학해 머리를 빡빡 깎고 검정색 교복에 제법 어울릴만한 모자를 썼다. 그러나 2학년이 되어서 키가 너무 크게 자라자 바지는 양말이 보일 정도로 짧아졌다. 난 아버지에게 큰 교복을 사 달라고 졸랐으나 아버지는 단을 늘려 입으라며 결국 사 주지 않았다. 그래서 중학교 내내 교복 하나에 단이 헤어질 정도로 낡은 바지를 입고 다녔다. 나의 중학교 생활은 남의 눈에 띄지도 않고, 그렇다고 구석에서 지내는 그런 학생도 아니었다. 아주 평범한 모습에 평범한 성적으로 학교를 졸업했다. 고등학교도 마찬가지다. 나는 산골에 있는 집에서 가장 가까이 있는 인문계 고등학교로 진학했다. 가까이 있는 학교라지만 통학할 정도의 거리는 아니었고, 통학시간에 맞춰 버스도 다니지 않았다. 그래서 고등학교

3학년 내내 남의 집과 친척집을 오가며 하숙생활을 했다.

고등학교는 한 학년에 9개 반이 있었고, 전교생도 1,800여 명에 달할 정도로 큰 학교였다. 1학년 한때는 전교에서 상위 10%에 들 정도로 공부를 열심히 했으나 2학년, 3학년에 진학해서는 평범한 성적으로 학교를 다녔다. 고등학교 3학년 때 공부를 하겠다고 머리를 빡빡 깎고 열심히 한 적도 있었지만 그렇게 특별하지는 않았다. 고등학교 시절은 참 아픈 기억이 많다. 고등학교 2학년 때 난 수학여행을 가지 못했다. 학비를 제때 내지 못해 서무실(지금은 행정실)에 몇 번이나 불려가 학비납부 독촉을 받았다. 어려운 집안 사정으로 수학여행은 생각지도 못했다. 당시 수학여행을 가지 못한 학생들은 선생님과 함께 기차를 타고 영월에 소풍을 갔다. 학교측의 배려였다. 영월 장릉에서 사진도 찍고 나름대로 즐거운 시간을 보냈다. 지금도 장릉에서 찍은 앨범 속의 사진을 보면 수학여행을 가지 못한 아픔이 남아 있다. 그렇게 힘든 고등학교 3년을 보내고 졸업과 동시 대학에 입학해 정치외교학을 전공하면서 정치에 관심을 갖게 되었다.

1986년. 만 18세에 대학에 진학했다.

1980년대는 전두환 정권 시절로 전국적으로 대학 시위가 끊이지 않았다. 대학에서 사회과학 서클(지금은 동아리)에 가입하면서부터 현실정치에 눈을 뜨기 시작했다. 선배들을 따라 이념공부를 하고 2학기부터는 시위현장에 있는 시간이 많았다. 최루탄을 마시는 민주화 현장이었다. 내가 민주화 운동에 동참하게 된 원인은 우리 집안 때문이었다. 나의 할아버지와 아버지, 어머니는 늘 열심히 일하지만 잘 살지 못하고 계셨다. 시골에서는 땅이 좀 많았지만, 그건 산골 안에서의 모습일 뿐이었다. 새벽부터 일터에 나가 일하는 할아버지와 부모님은 밤늦게까지 농삿일을 하고 돌아오시지만, 농협에서 대출해 준 영농자금에 늘 허덕이고 있었고 그 흔한 전화도 집에 없었다. 그 당시 나와 함께 학생운동에 참가한 학생들은 농촌출신이 많아 농민문제에 깊은 관심을 가지고 있었다. 어른이 된 지금도 어머님은 옛날 내가 살던 그 자리에서 농사를 짓고 계신다. 그래서인지 지금도 농촌이 좋고 정겹다.

3학년에 진학해서는 학원운동도 점차 조용해지고 많은 선배들은 노동운동에 참여하기 시작했다. 그 시점에 휴학을 하고 군대에 갔다. 육군 백골부대. 너무나 힘든 군대생활은 나에게 인내를 가르쳐 준 소중한 경험이 됐다. 자랑스러운 백골부대 병장으로 제대를 한 후 학교에 복학해서는 열심히 공부하는 취업준비생이 됐다. 새벽부터 학교 중앙도서관에서 취업준비와 학교공부를 병행하면서 내 인생의 미래를 준비하게 됐다.

전두환 정권이 물러나고 노태우 정권이 직선제를 통해 들어섰기 때문에 학원가의 민주화 시위도 어느 정도 명분을 잃었다. 나는 학교 수업에 빠지지 않고 다시 공부에 집중해 학기 성적은 3.5를 넘겼고, 졸업 평균 학점도 겨우 3점을 만회할 수 있었다. 그렇게 공부를 하다 4학년 여름방학이 시작되면서 취업준비를 시작했다. 몇 곳에 원서를 넣었으나 낙방한 후 신문사에 운 좋게 취직했다.

1992년 9월 1일.

만 24세의 나이에 세상 두려울 것 없는 신문사 기자가 된 것이다. 대학 4학년 2학기가 시작될 무렵 수습기자로 발령받아 언론인의 길을 걷기 시작했다. 2005년 12월 31일 기자생활을 그만 둘 때까지 13년 4개월 동안 한눈 팔지 않고 기자생활을 했으니, 기자가 천직이라고 생각했다. 기자생활을 하면서 행정기관을 출입하고, 정치인을 만나면서 나도 현실에 점점 적응되어 가는 사회인이 됐다. 13년이 넘는 기자생활 동안 IMF(국제통화기금)를 겪으면서 월급을 제대로 받지 못하는 어려움도 있었다. 당시 기자들의 월급은 그렇게 많지 않았다. 때문에 선배, 동료 기자들은 골프를 쳤지만, 그 틈에 끼어 골프를 배우다가 필드에 한번 나가보지 못한 채 그만 두었다. 이후 2016년 오투리조트가 매각된 이후 동료직원의 도움으로 골프에 발을 들여놓기 시작했다.

기자생활 동안 가난하게 살았지만 사람들과의 인맥은 부럽지 않을 정도로 형성됐다. 중앙정부와 지방정부의 책임 있는 사람들을 만나면서 일 이외로 친분이 형성되어 갔다. 내가 거만하거나 남의 비리를 파헤치는 기자였다면 그런 사람들과 친분을 유지할 수 없었을 것이다. 그냥 있는 그대로 내 모습을 보였고, 그런 순수함에 사람들이 편하게 대해줬다. 기사도 공익을 위한 기사를 많이 썼다고 생각한다. 개인의 잘못보다는 정책의 오류와 사업의 문제점을 지적하는 데 중점을 뒀다. 아시아 어느 나라의 기자들은 국익에 해가 되는 기사는 쓰지 않는다는 말을 기자생활 내내 새겨두고 있었다. 나도 출입하는 광역 및 기초자치단체와 지방의회에 해가 되는 기사는 가급적 자제하고, 문제점이 있으면 사전에 알려주는 일을 많이 했다. 그렇게 해서 개선되는 것이 목적이지, 문제점을 신문 지상을 통해 지적하는 것이 목적이 아니라는 생각 때문이었다.

신문사 근무 내내 정치부에서 오랫동안 일했기 때문에 정치하는 사람들을 대할 수 있는 기회가 무척 많아졌다. 역대 대통령 중 김대중, 노무현, 이명박 전 대통령과 박근혜 전 대통령도 후보시절 직접 만나 인터뷰를 했고, 국회의원, 도지사, 시장군수 등 수많은 사람들과 대화할 수 있는 기회가 많아졌다. 그런 기회를 통해 그들의 정치철학과 국가와 지역 발전에 대한 생각을 알 수 있었다. 그리고 지방의원과 공무원들의 생각과 생리도 어느 정도 파악할 수 있었다. 직접 그들의 입장을 경험하지 않았지만, 기자의 입장에서 그들의 생각을 파악하기에는 아주 적절했다는 생각이 들었다. 지금 생각해 보면 한편으로는 그들의 생활이 이해가 갔으나 다른 한편으로는 이해하지 못할 일들도 많았다.

2006년 1월 8일.
기자생활을 청산하고 지역으로 돌아왔다. 6,000만 원이 조금 넘는 소형 아파트를 은행 대출을 안고 매입을 했다. 고등학교 졸업 후 지역을 떠나 도시에서 줄곧 생활했지만 다시 돌아 온 탄광촌은 이미 성장 동력을 잃어가고 있었다. 인구는 부흥기 때의 절반에도 미치지 못하고, 사람들의 생각은 희망을 잃은 모습이었다. 이런 도시에서 도의원을 하겠다고 만 38세의 나이에 뛰어든 것이다. 선거과정을 취재 보도만 했지 막상 내가 주인공으로 선거에 뛰어들어 보니 막막함 그 자체였다. 우선 돈이 있어야 했고, 사람들이 있어야 했다. 두 가지 모두 부족했다. 그해 5월 31일이 선거였는데, 1월에 이사를 온 나로서는 선거를 준비할 시간도 턱없이 부족했다. 상대 후보는 몇 년 전부터 준비를 했고, 나는 이제 막 선거판에 뛰어든 겁 없는 초년병이었다. 그렇지만 다른 생각하지 않고 당선되면 정말 이 지역을 위해 열정적으로 일을 해보고 싶다는 마음만은 누구 못지않았다. 하지만 선거과정은 무척 어려웠다.

선거가 시작되기도 전에 사기를 당하는 일이 있었다.

주변의 소개로 운전기사 한 사람을 소개받았다. 그는 나보다 나이가 어린 사람으로 출근 첫 날 부인이 아파 병원에 입원해 있으니 100만 원만 가불을 해 달라고 했다. 그 사람의 순수함을 믿고 그날 은행에서 100만 원을 찾아 그에게 주고 부인 간병도 잘하라고 일러 줬다. 선거 사무실에 새 식구가 생기자 그날 저녁 그를 데리고 삼겹살집에 가서 소주도 한 잔 하면서 잘 해보자고 다짐했다. 그렇게 화기애애한 분위기로 새 출발을 다짐했으나, 그는 다음날 출근하지 않았다. 전화도 연결되지 않고 그의 집을 찾아가도 사람은 없었다. 완전히 사기를 당한 것이다. 어떻게 이런 일이 벌어질까? 나에게 100만 원은 너무나 큰돈인데, 벼룩의 간을 빼먹지 하필 나 같은 사람에게 사기를 칠까. 그것도 기자출신인 나를 상대로 사기를 치다니. 정말 분노가 치밀어 올랐다. 하지만 마음을 가다듬으며 다시 수습을 하고 직접 운전을 하면서 선거운동에 몰입했다. 그러던 중 5일장이 열리는 장터에서 그를 만났다. 당장 그를 붙잡고 한 대 때려주고 싶었으나 참을 수밖에 없었다. 그리고 큰 소리를 지를 수도 없었다. 난 조용히 "내일 사무실로 출근하라"는 말만 하고 유권자들을 상대로 선거운동을 했다. 그는 알았다고 대답했으나 다음날 출근하지는 않았고, 지금도 어디서 무엇을 하는지 모른다. 내가 사기를 당한 것은 태어나서 아마 처음인 것 같다.

본격적인 선거운동이 시작되자 나에게도 사람들이 몰리기 시작했다.
개인적인 친분을 맺었던 유명 인사들도 나의 선거운동을 도왔고, 덕분에 승리할 수 있다는 자신감도 생겼다. 사람들도 자발적으로 몰려들기 시작했다. 선거는 돈이 있어야 한다는 공식은 내게 필요 없게 됐다. 공천과정에서 4명이 경쟁해 어렵게 통과했지만, 본선 또한 4명이 출사표를 던져 치열한 경쟁을 펼쳤다. 전직 도의원, 시의원 등이 후보로 나선 틈새에서 어려운 선거운동을 펼쳤다. 그해 5월 31일 실시된 지방선거에서 간신히 당선됐다. 그때가 만 38세. 지금 생각하면 참 젊은 나이이다. 30대에 도의원을 할 수 있었던 것은 두려움 없는 도전 정신이 있었기에 가능했다고 생각된다.

도의원 생활은 비교적 순탄하게 진행됐다.
상임위원회를 강원도의 특성을 살려 관광건설위원회를 택했다. 관광

건설위원회는 강원도가 역점적으로 추진하는 관광산업과 도로건설 등 가장 필요로 하는 분야를 다루는 위원회다. 의정생활을 하는 동안 다른 의원들과 비교해 눈에 띄는 행동은 가급적 자제했다. 이미 도의회를 10여 년 출입하면서 의회의 생리와 다선 의원들의 면면을 잘 알고 있었지만 그렇다고 내가 나서는 것은 초선의원으로서 예의가 아니기 때문이었다. 지역구에서 춘천까지 오가는 일은 쉽지 않았다. 나중에 의원생활이 끝나는 날 알았지만 자동차 계기판을 보니 지구 3바퀴를 돌 정도로 많이 뛰어 다녔다는 것을 알 수 있었다. 나는 얼마 후 그 차를 중고시장에서 32만 원을 받고 팔았다.

　도의원생활 2년이 지난 후 예산결산특별위원장에 당선됐다.
　당시 강원도와 강원도교육청의 연간 예산을 합하면 5조 원이 넘는데, 이 예산을 심사하는 최고의 자리에 있었던 것이다. 그때가 내 나이 만 40세였다. 경험도 부족한 40세의 젊은 의원을 다른 의원들이 예결특위 위원장으로 선출해 준 것이다. 돌이켜 보면 참으로 고마운 일이고, 나에게는 엄청난 경험을 안겨 준 사건이었다. 예결위원장을 하면서 재정운영이 얼마나 중요한 것인가를 알 수 있었다.(훗날 태백시장에 재직하면서 시 자체부채를 제로화 시킨 것도 예결위원장의 경험이 뒷받침됐다고 생각한다.) 자치단체장의 의지에 따라 편성되는 예산은 말 그대로 선심성이 아니라 도민을 위해 사용돼야 하는 것이다. 때문에 예결위원 회의가 열리는 날이면 집행부와 저녁식사를 하며 사전 간담회 자리를 마련하는 것도 없었다. 예결위원들이 집행부의 로비에 따라 예산을 삭감하

고 증액하는 일을 사전에 만들지 않겠다는 의지였다. 그런 의지가 예산안을 소신껏 심사할 수 있는 계기가 됐다.

나는 도의원 생활을 하면서 특별한 직업을 갖지 않았다.

의정활동비로는 부족했지만 다른 직업을 갖고 의정활동을 한다는 것은 자칫 소홀할 수 있었기 때문이었다. 다만 의정활동비를 아끼고 아껴서 나름대로의 삶을 살아갈 수 있었다. 그러면서 시간이 나면 글을 썼다. 그렇게 모아 둔 글이 나중에 책 한권을 만들 정도로 방대한 양이 됐다. 2009년 '비탈길 그 사람'이라는 제목으로 책을 출판했다. 그해 겨울 지역구에서 출판기념회를 갖고 시장에 출마하기로 결심했다.

내 나이 만 41세.

젊은 나이에 시장에 출마한다고 발표하니 모두들 놀랐다. 대부분의 의견은 "도의원 한 번 더 하고 출마하지 너무 빠른 것 아니냐"는 반응이었다. 나도 틀린 얘기는 아니라는 생각이 들었다. 하지만 도의원을 한 번 더 한다고 시장이라는 자리가 나를 기다려 주는 것은 아니라는 생각이 앞섰다. 주변의 조언에도 불구하고 그해 겨울 지역에서 가장 어렵고 힘들게 사는 마을인 철암동 재래시장에서 출마선언을 했다. 물론 결정적으로 출마결심을 하게 해 준 선배님들도 함께 했다. 대부분 후보들이 시청 기자실에서 기자회견을 갖고 출마선언을 했지만 그 반대로 가장 어려운 동네의 재래시장에서 출마선언을 한 것이다. 그 동네는 동(洞)지역 중 유권자가 가장 적은 곳으로 표를 의식한 행보도 아니었다. 그것은 언론으로부터 주목받기 위해서 그런 것도 아니고, 다른 후보들과 차별화를 시도하기 위해 그런 것도 더더욱 아니다. 다만 이렇게 어려운 지역에서 당당하게 출마선언을 하고 어려운 지역을 한번 제대로 만들어 보겠다는 의지를 보여주기 위한 것이었다. 그날은 폭설이 내려 일부 기자들은 출마선언을 재래시장이 아닌 기자실에서 해 달라고 요청했지만, 사진을 찍어 언론에 알리기 위한 기자회견은 아니기 때문에 그대로 재래시장에서 출마선언을 하겠다고 했다. 결국 출마선언은 인구가 가장 적은 동네의 썰렁한 재래시장에서 지인 몇 명이 참여한 가운데 조용하게 진행됐다. 시장 출마를 선언해 놓고 유권자를 만나러 다녀보니 대부분 냉랭했다. 너무 빠르고 젊은 나이가 아니냐는 반응이 많았다. 그렇지만 지역의 문제를 냉정하게 진단하고, 시장에 출마하는 이유를 확실하게 인식시키는 것이 중요했다.

1차 관문인 공천은 본선보다 더 치열했다.

현직 시장이 출마선언을 한 상태였고, 재선 국회의원을 지내면서 상당한 인지도를 자랑하는 전직 국회의원이 선거전에 뛰어 들었다. 또한 재경 시민회장을 지내고 동문 선배인 서울 유명대학의 겸임교수도 출사표를 던지고 공천경쟁에 나섰다. 나와 경쟁하는 후보자 대부분이 나보다 더 뛰어난 스펙을 가지고 있었고 인지도와 조직력 모두 월등하게 앞섰다. 또한 그동안 지역의 각종 선거에서 수많은 경험을 한 '프로'들이 상대 후보캠프에 포진해 있었다.

나는 겨우 고등학교 및 대학선후배와 친척, 변화와 개혁을 바라는 뜻 있는 지인들로 선거캠프를 차리고 본격적인 선거운동에 들어갔다. 말 그대로 순수한 '아마추어'들로 구성된 선거캠프였다. 공천은 출사표를 던진 4명이 나서 면접과 여론조사를 거쳐 어렵게 내게 주어졌다. 그 과정은 이루 말할 수 없을 정도로 치열했지만 결국 승리는 순수함을 바탕으로 선거전에 나선 아마추어들의 승리였다.

본선 또한 치열했다.

공천경쟁에서 탈락한 현직 시장이 무소속으로 출마를 했고, 상당한 인지도를 자랑하는 전직 시의회 의장 2명이 본선무대에 뛰어 들었다. 후보등록 결과 후보로 나선 사람은 4명이었다. 도의원에 출마할 때도 공천경쟁률이 4대1, 본선경쟁률도 4대1이었다. 시장에 출마해도 공천경쟁률은 4대1이었고, 본선 경쟁률도 4대1이었다. 참으로 아이러니하게 예선과 본선에서 모두 4명이 나섰다.

당시 한나라당 공천이 내게 주어지자 나와 뜻을 함께 하는 사람들은 점점 늘어났다. 10여 명으로 시작한 선거 조직은 100명이 넘었고 나름대로 구색도 갖추어졌다. 하지만 언론사에서 실시한 여론조사 결과 무소속으로 출마한 현직 시장이 1위로 발표되고, 난 2위에 머물렀다. 선거운동원들의 실망은 이루 말할 수 없이 컸다. 나 역시 희망이 점차 사라져 가는 느낌을 받고 실의에 빠졌다. 그러나 멈출 수 없었다. 위기 타파는 결국 후보자 본인이 해야 한다. 하루 동안 고민을 거듭한 끝에 다음날 선거운동원 전원을 소집했다. 그 자리에서 1시간이 넘도록 지역발전을 위한 내 소신을 밝혔다.

'변화 … 진화 … 그리고 창조'

선거 때 내 걸었던 캐치프레이즈다.

우리 지역에 왜 변화가 필요하고 변화를 통해 새로운 사회로 진화해야 하고, 그리고 새로운 지역으로 창조돼야 한다는 의지를 강하게 어필했다. 그리고 시작도 하기 전에 패배감에 사로잡힌다면 우리는 영원히 이 상태로 머물 수밖에 없다며 분발을 요청했다. 선거운동원들은 돈을 보고 모여든 사람이 아니다. 대부분 자발적으로 지역을 변화시키기 위해 모여든 순수한 시민들이었다. 그들의 열정 또한 대단했다. 선거경험이 없는 사람들이 대부분이고 젊은 나를 중심으로 새로운 세상을 만들어 보자는 사람들이 자발적으로 모여 들었다. 그렇기 때문에 그들의 마음은 다시 하나로 모아졌다. 지금보다 더 열심히 뛰고, 자발적으로 선거운동을 하는 자원봉사자도 점점 늘어났다. 때 마침 실시한 TV토론에서 나의 소신을 '선함과 진실함'으로 시민들에게 알릴 수 있는 기회가 주어졌다.

몇 차례 실시한 TV토론을 통해 지지도는 점차 상승하는 것을 느낄 수 있었다. 급기야 선거 막판에 가서는 마침내 상대 후보를 앞섰다는 자신감이 들었다. 재래시장 상인들과 서민들로부터 많은 지지를 받았고 당선될 것이라는 예감이 들었다. 하지만 문제가 발생했다. 법적으로 후원

회가 결성돼 선거비의 50%를 모금할 수 있었지만 모금액은 목표치의 절
반에도 미치지 못했다. 결국 공식 선거운동원들의 일당을 지불하지 못
하는 사태가 다가왔다. 분위기가 점점 상승되는 상황에서 운동원들의
일당을 지불하지 못하는 상황이 알려지면 치명타를 입을 게 분명했다.
급전이 필요했다. 결국 친척들에게 손을 벌렸다. 친척들에게 돈을 빌려
운동원들의 월급을 시일에 맞춰 지급할 수 있었다. 정말 돈 때문에 눈물
이 난다는 말을 실감할 정도였다. 나중에 선거경비 보전을 받아 빌린 돈
을 되돌려 드렸지만, 이자도 받지 않은 친척분들게 진심으로 감사드리
고 싶다.

선거는 치열했다.
각종 음해성 유언비어가 난무하고, 상상도 못할 비난이 이어졌다. 아
마추어 선거팀으로 구성된 선거캠프는 상대팀의 흑색선전에 대응할 수
있는 방어능력이 전혀 없었다. 정책과 지역에 대한 비전으로 선거운동
을 하던 우리 캠프는 마타도어로 얼룩진 선거판에 속수무책으로 당했
다. 일부에서는 기자회견을 열어 흑색선전에 대응하자는 얘기도 있었으
나 오히려 화를 부풀릴 수 있다는 생각으로 자제하기로 했다. 하지만 주
변을 둘러싸고 나오는 흑색선전은 이루 말할 수 없었다. 그런 얘기들을
주변으로부터 들었지만 침묵으로 일관했다. 모두가 사실이 아니기 때문
이었다.

선거과정에서 알았지만 선거운동에서 나오는 비방은 득표에 별 도움

이 되지 않는다. 대한민국의 모든 선출직 후보들은 명심해야 할 것이 있다. 상대 후보를 비방해 선거에 이기려고 하는 생각은 반드시 버려야 한다. 이젠 유권자들도 상당히 성숙해 있다. 아니 후보자들보다 더 많이 알고, 더 냉정하게 판단하는 것이 유권자이다. 과거 인터넷이나 TV, 신문등이 일반적으로 보급되지 않은 사회에서는 후보자의 학력이나 정보력이 유권자들보다 뛰어날 수 있었다.

그러나 시대는 변했다.
유권자들이 신문과 TV뉴스를 후보자보다 더 많이 보고, 인터넷도 더 많이 활용해 정보력이 뛰어나다. 또한 학력 수준도 후보자들보다 뛰어난 유권자들이 많다. 이런 세상에 상대 후보에 대한 흑색선전과 비방으로 표를 얻으려고 한다는 것은 정말 아둔한 생각이다. 유권자들의 의식수준을 무시하는 것이야 말로 낙선의 지름길이다. 반드시 자신의 당당한 소신과 정책을 통해 선거에 나서는 양심 있는 후보자가 되길 권유해본다.

2010년 6월 2일.
치열했던 선거운동이 끝나고 임기 4년의 선량을 뽑는 선거일이 다가왔다. 긴 하루가 지나고 오후 7시를 넘기자 개표가 시작됐다. 나는 지인들과 함께 시내에서 개표상황을 지켜봤다. 처음부터 조금씩 앞서 나가는 상황이 계속됐지만 결과를 장담할 수 없었다. 조마조마하게 가슴 조리는 순간은 계속됐고 밤 12시를 조금 넘기자 확신이 섰다. 온 몸에 전율이 느껴지고 가슴은 벅찼다.

'만 42세 … 내가 당선이라니 …'

TV에서 당선이 확실시 된다는 자막을 보고, 참모진들로부터 최종 개표 상황을 전달받았다.

당선이었다.

선거사무실로 갔다. 이미 수백 명의 지지자들이 있었고, 나는 언론의 집중 조명을 받았다. 그렇게 힘든 선거과정의 아픔이 한 순간에 모두 치유되는 순간이었다. 아마추어들의 진정한 승리였다. 내로라하는 지역의 선거 전문가들이 빠진 상태이고, 대부분 초보들로 구성된 선거캠프의 완벽한 승리였다. 그들의 고마움을 지금도 잊을 수 없다. 돈도 없었고, 조직도 초라하고, 순수한 양심 하나로 지켜온 값진 승리였다. 그리고 젊은 나를 선택해 준 시민들에게 무한한 감사의 마음을 전했다. 다음날 아침 어머님과 단 둘이서 아버님 산소를 찾았다. 소주 한 병과 오징어 한 마리를 가져가서 절을 하고 아버님께 당선 사실을 알렸다. '이 순간 아버님이 살아 계셨으면 얼마나 좋을까.' 지금도 가끔 그런 생각을 한다.

2010년 7월 1일.

민선 5기 제14대 태백시장 취임식이 열리는 날이다. 아침 일찍 차를 타고 충혼탑을 찾아 헌화를 하고 취임식장을 찾았다. 800여 명의 초청 인사들이 모인 가운데 취임선서와 함께 임기 4년을 시작했다. 취임선서를 통해 지역발전에 대한 비전을 제시하고, 행사장을 찾아다니는 시장이 되지 않겠다고 약속했다. 이 약속은 임기 4년 동안 지켜왔고 앞으로 공직생활을 하는 동안 계속해서 지켜갈 것이다. 취임 6개월은 스스로 수습기간이라 생각하고, 업무 파악과 정례화 된 관행을 깨는 데 초점이 맞춰졌다. 그리고 재정건전화 등 기초가 튼튼한 지역을 만들고, 주민들의 삶의 질 향상에 주력하기로 했다. 임기 동안 600여 억 원에 이르는 부채를 모두 상환하고, 황지연못 정비사업 주거환경 개선사업 등을 통해 우리지역을 깨끗하고 쾌적한 환경을 만드는 데 전력을 기울이기로 했다. 거대한 시설물을 만들어 임기 중 치적사업으로 홍보하는 것은 절대 금물로 생각했다. 그리고 부족한 사업비를 확보하기 위해 서울로 부산으로 춘천으로 발로 뛰는 시장이 되겠다고 약속했다.

그 결과 그동안 시가 직접 안고 있는 채무는 2014년에 제로화 시켰다.(나중에 보증 채무를 안았기 때문에 부채 없는 태백은 1년을 채 가지 못했다.) 재정자립도도 강원도 1위를 달성했다. 그리고 낙동강의 발원지인 황지 연못도 맑은 피를 수혈해 시민의 품으로 돌아가 각종 문화행사와 더불어 쾌적한 공간으로 자리 잡았다. 시내에 어지럽게 늘려 있던 전선도 지중화 사업이 완료돼 깨끗한 하늘을 볼 수 있게 됐다. 부도심 뉴타운 개발과 뉴빌리지운동 등으로 제2의 새마을 사업이 시작돼 정부 정책평가에서 최고의 상을 받기도 했다. 그리고 정부합동 평가에서 강원도 1위를 달성해 '행정 경험이 없는 젊은 시장'의 이미지를 완전히 쇄신했다. 내적으로는 사회단체 보조금, 업무 추진비, 공무원 인건비, 경상비, 언론사 홍보비 등 줄일 수 있는 예산은 모두 줄여 부채를 상환하는데 주력했다. 외적으로는 생활환경 개선사업을 펼쳐 공원 조성, 둘레길 조성, 임대아파트 건립, 농어촌 특별전형 선정 등을 비롯해 문화, 역사, 관광, 교육 등 내실 있는 사업을 차근차근 진행했다. 물론 진행과정에서 시행착오도 있었지만 과거와 같이 빚을 내 사업을 하지는 않았다. 때문에 튼튼한 기초를 다지는 데는 어려움이 많지 않았다.

그러나 임기 4년 동안 어려운 점이 한두 가지가 아니었다.

때로는 '내가 왜 여기에 있는가'라는 생각이 들 정도로 포기하고 싶을 때가 많았다. 두 차례의 주민소환 위기를 맞았고, 지역사회의 분열은 갈등의 단계를 넘어 충돌의 위험까지 갔다. 잠을 잘 수 없어 약을 먹어보기도 했고, 어지러움 증세로 병원에 입원하는 날도 있었다. 그러나 흔들리지 않았다. 굴복하지도 않았다. 다소 조용한 성격이지만 바른 길을 위한 것이라면 굽히지 않았다. 그래서 일부 사회단체장들은 나를 보고 '고집불통'이라고 했다. 좋게 표현하면 '소신 있는 행동'이지만 그들의 시각에서는 고집불통으로 보여질 수 있다고 생각했다. 어릴적 부모님은 나한데 각자의 철학을 가르치셨다. 아버지는 "절대 정직!"을 강조했고, 어머니는 "목에 칼이 들어와도 할 말은 하라"고 말씀하셨다. 지금도 부모님이 가르쳐 주신 교훈이 무엇이냐고 물으면 이 두 가지를 말한다. 그래서 시정을 운영하는 동안 정직하게 일했고, 바른 길이 아니면 타협과 굴복이 없었다.

그렇게 힘든 4년의 임기가 끝나고 재선에 도전하게 됐다.

'재선 도전을 할까 말까' 정말 많은 고민을 했으나, 지금까지 해 왔던 유럽풍 도시 조성을 위해 멈출 수 없다는 생각으로 다시 뛰어 들었다.

그때가 만 46세.

선거가 다가오자 또 다시 경쟁자가 나타나 공천부터 치열한 싸움이 시작됐다. 당원투표와 여론조사 과정을 거쳐 3명의 후보자 중 1위를 차지해 다시 공천을 받을 수 있었다. 본선은 가장 어렵다는 1대1 구도로 치러졌다. 나를 포함한 야당 후보자 1명 등 모두 2명이 출마했고, 무소속 출마자는 한 명도 없었다. 선거는 치열하게 전개됐다. 후보자 본인들보다 주변 지지자들에 의한 흑색선전과 마타도어가 난무했다.

그러나 나는 진흙탕 싸움에 끼어들지 않고 정책으로 승부수를 던졌다. 그 결과 내가 출마한 역대 선거 가운데 가장 많은 지지율로 당선됐다. 득표율이 무려 57%를 넘었다. 조금은 자신감이 있었지만, 그래도 끝까지 긴장을 늦추지 않고 선거에 임했다. 늘 그렇듯이 최선을 다하는 것이 아름다움인 것이다. 선거는 쉬운 것이 하나도 없다. 늘 긴장하고 뛰어다녀야 하는 것이 선거다. 그런 선거를 몇 번 겪으면서 조금씩 노하우도 쌓여갔다. 그런 경험을 토대로 무난하게 재선에 성공할 수 있었다. 많은 지지를 보내 준 주민들에게 진심으로 감사드리고 싶다.

2014년 7월 1일.

민선 6기 태백시장 임기가 시작되는 날이다.

만 46세.

내 나이에 벌써 두 번째 시장에 취임하는 것이다.

강원도에서 벌써 두 번이나 최연소 시장군수에 취임하는 기록을 작성했다. 민선 5기 초선시장에 취임할 당시 화려하게 진행했던 취임식은 하지 않기로 했다. 대신 농촌지역을 방문해 농가일손을 돕는 것으로 임기를 시작했다. 오후에는 농민단체와 간담회를 통해 소통의 행보를 이어갔다. 민선 6기에도 수많은 현안과 굴곡의 시간들이 지나갔다. 그동안 추진해 왔던 사업들이 빛을 보기 시작했고, 10년이 넘는 정치생활 동안 축적된 노하우도 있어 업무는 비교적 수월하게 진행됐다. 앞으로 또 어떤 길이 내 앞에 나타날지 모르겠지만, 주어진 길을 당당하게 가고 싶다.

지금도 나 자신에게 질문을 던진다.
'너는 왜 정치를 하려는가?'
내가 내린 정답은 '애향심과 애국심'이다.
지역과 국가를 더 사랑하는 마음으로 일을 하고 싶다.

42세의 젊은 나이에 시장에 당선된 이후 8년여 동안 '열정' 하나로 일해 왔다. "지도자가 두려워해야 할 것은 권력을 잃는 것이 아니라 국가의 미래를 잃는 것"이라는 율곡선생의 말처럼 그동안 내 꿈을 디자인한 것이 아니라 지역의 미래를 디자인했다. 난 앞으로도 그런 선함과 진실함으로 더 좋은 대한민국을 위해 거침없이 걸어갈 것이다.

Photo Story

100일부터
~ 반 백년까지

▲ 중간

▲ 앞줄

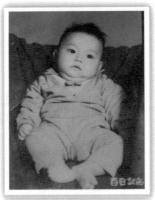

▲ 앞줄

▲ 중간

1960~70년대 농촌에서 성장한 아이들의 모습입니다. 참 오래된 사진이죠. 벌써 50년이나 된 백일 사진도 있습니다. 동생들과 세 살 때 쯤 찍은 흑백사진**(왼쪽 위)**이 눈에 들어옵니다.

할아버지, 아버지, 엄마, 고모, 동생 등 가족과 함께 찍은 사진**(오른쪽 위)**은 60년대 전형적인 화전민의 모습입니다. 가을에 수확한 옥수수, 조를 텃마루와 마당에 열어 놓고 가족들이 모여 앉은 모습은 영화의 한 장면 같습니다. 고무신을 신고 인상을 쓰고 있는 작은 아이가 저의 모습입니다.

군대에서 유가를 나온 작은 아버지, 작은어머니, 사촌동생과 함께 옥수수 밭에서 찍은 사진**(왼쪽 아래)**도 있습니다. 저는 아랫도리를 드러낸 채 엄마의 다리를 잡고 있습니다.

오른쪽 아래 사진은 동네 아이들과 찍은 모습인데 중간에 있는 아이가 저입니다. 아이들 모두 고무신을 신고 반바지를 입은 모습이 인상적입니다.

▲ 왼쪽

▲ 중간

▲ 오른쪽

▲ 왼쪽

시골에서 태어났지만 또래들 보다는 성장속도가 빨랐습니다.
아버지는 만 6살인 나를 이끌고 학교에 입학시켰습니다. 동급생들보다 한 살 어렸지만 매년 학급 반장을 했고 6학년 때는 전교회장을 했습니다.

초등학교 3학년 때 할아버지, 할머니, 동생과 함께 너와집 마당에서 폼을 잡아 봤습니다(**왼쪽 위**). 겨울철 연료로 사용될 땔감용 나뭇가지와 지게가 시대상황을 반영하고 있습니다. 너와집 마당을 지탱해 주는 돌담도 매우 인상적입니다.

드디어 컬러사진이 등장합니다.
6학년 때 아버지, 어머니, 동생 2명과 함께 해수욕장에서 찍은 사진(**오른쪽 위**)입니다. 아마 우리 가족이 한데 모여 찍은 사진은 이 사진이 유일한 것 같습니다.

3형제가 고모할머니 집에 놀러가서 찍은 모습(**왼쪽 아래**)입니다. 주변 환경이 여느 시골집과 다를 바 없습니다.

초등학교 졸업을 앞두고 할아버지가 계시던 사랑방에서 아버지, 막내동생과 함께 찍은 사진(**오른쪽 아래**)입니다. 당시 어머니는 동생을 데리고 황지에 살고 계시는 작은 할아버지 생신에 가셨다가 눈이 많이 내려 버스가 끊기는 바람에 며칠 동안 집에 오지 못했습니다. 사진 속에 흑백텔레비전과 궤짝이 눈에 들어옵니다. 아버지는 혼자 계시는 할아버지를 위해 텔레비전을 안방에 두지 않고 사랑방에 설치했습니다. 지금 생각하면 아버지도 혼자였던 것 같습니다.

▲ 오른쪽

▲ 오른쪽

1980년 3월 중학교에 입학하면서 많이 세련되어졌습니다. 고무신 인생에서 벗어나 당시 유행하던 축구화를 신고 어머니와 함께 입학기념 사진**(왼쪽 위)**을 촬영했습니다. 학교는 아직 공사가 덜 끝났는지 콘크리트 더미가 눈에 보입니다.

만 15세의 나이에 고등학교에 진학하면서 인생이 달라지기 시작합니다. 전두환 정권이 들어서면서 교복과 두발 자율화가 시행돼 고등학교 1학년 때 마음껏 머리를 길렀습니다.**(오른쪽 위)**

고등학교 3학년 때는 교련복을 입고**(오른쪽 아래)** 소풍을 가서 제법 멋도 부렸습니다. 시골출신이 많이 발전한 거죠.

대학 입시를 위한 학력고사가 끝난 후 친구들과 함께 위령탑에 갔습니다. 시내로 내려오는 길이 바람불이**(왼쪽 아래)**입니다. 지금은 4차선으로 확포장됐지만 1985년 당시만 해도 중앙차선도 없는 1차선 도로입니다.
감회가 새롭습니다.

▲ 왼쪽

▲ 뒷줄 왼쪽

고등학교를 졸업하고 처음 강원도를 떠나 생활하게 되었습니다.

대학에서 정치외교학을 전공하면서 정치인의 꿈을 키웠고, 졸업**(위쪽)**을 6개월여 앞 둔 4학년 2학기 때 신문기자로 사회에 첫발을 내딛었습니다.

군 생활은 3학년 1학기를 마치고 입대해 육군 백골부대에서 병장으로 만기 전역했습니다. 상병시절 휴가를 나와 위령탑에서 찍은 사진**(중간 오른쪽)**이 이채롭습니다.

영하 20도를 오르내리는 철원의 한 골짜기에서 함께 군 생활을 했던 동료들**(아래)**과 남다른 전우애를 키웠으며, 지금도 백골전우회를 통해 1년에 몇 차례의 모임에 참석하고 있습니다.

▲오른쪽

▲오른쪽 두번째

육군 병장으로 만기 전역하고 만 24세에 기자생활을 시작했습니다.
군 복무까지 마치고 4학년 2학기 때 사회에 진출했으니 매우 빠른 편이죠.

기자생활은 매우 흥미 있고 적성에 맞아 열정을 가지고 일했습니다. 사진**(위)**처럼 인상이 차갑고 날카롭다는 얘기도 들었지만 동료들과 함께 할 때는 따뜻한 모습**(중간)**도 많았습니다.

특히 정치부 기자시절 동료 기자들과 몇 년 동안 태백산**(아래 사진)**에 오르면서 태백과의 인연을 놓치지 않았습니다. 태백인으로서의 자부심이 훗날 정치적 기반이 되었고, 태백을 더 많이 사랑하는 계기가 되었습니다.

만 38세의 나이에 강원도의원에 당선돼 정치활동을 시작했습니다.

오랫동안 생활했던 정치부 기자를 그만두고 현실 정치에 뛰어들면서 스스로 많은 각오를 다졌습니다. 그 중에 하나가 땀 흘리는 말처럼 열심히 일하자는 뜻의 '한마지로'(汗馬之勞)입니다. 그리고 '선함과 진실함'으로 정치활동을 하겠다는 약속은 지금까지 지켜가고 있습니다.

상임위원회는 관광건설위원회를 배정받아 강원도의 2시간대 생활권 구축과 관광산업 전반에 걸쳐 심도 있는 의정활동을 펼쳤습니다. (상)

의원생활 2년만인 40세의 나이에 5조 원대의 강원도와 강원도교육청 예산을 총괄 심사하는 예산결산특별위원장을 맡아 깨끗하고 투명한 위원회 활동을 주관했습니다. (중)

예결특위위원장 활동은 자치단체의 건전한 재정운영과 효율적인 예산관리 등을 배우는 소중한 경험이 되어 훗날 부도 위기에 처한 태백시의 재정을 튼튼하게 만들 수 있는 힘이 됐습니다. 벌써 10여 년 전의 모습인데 지금 보니 상당히 젊은 나이였던 것 같습니다. (하)

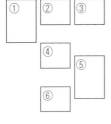

① 일본 삿보로시장(오른쪽)
② 필리핀 바왕시장(오른쪽)
③ 그리스 자킨토스시장(중간)
④ 필리핀 바기오시장(왼쪽)
⑤ 태양의 후예 홍보
⑥ 중국 CCTV 인민망 인터뷰
⑦ 투자 협약식 참석
⑧ 국회 방문

만 42세의 나이에 태백시장에 당선되면서 보다 폭넓은 활동을 펼치게 되었습니다. 국외 주요도시 시장들과 교류를 확대하고 지역을 알리는 일에 집중했습니다.

중국 관광박람회에 참석해 '태양의 후예'를 콘셉트시켜 폭발적인 관심을 얻었으며, 중국 CCTV 인민망 등으로 구성된 공동취재단에 직접 출연해 태백을 홍보했습니다.

내적으로는 강원도청에서 열린 투자협약식에 참석해 우리 지역에 좀 더 많은 우량기업이 유치될 수 있도록 지원을 요청하고 국회 여야 대표단을 찾아 지역현안을 설명하고 정치권의 관심을 이끌어내기도 했습니다.

돌이켜 보면 젊은 열정이 있었기에 가능했고, 그렇게 힘들었던 지역현안도 시민 사회단체의 적극적인 도움으로 성공리에 마무리할 수 있었습니다.

▲ 왼쪽　　　　　　　　　　　　　　　　　　▲ 왼쪽

▲ 오른쪽

▲ 오른쪽

▲ 왼쪽 두번째

도시는 작지만 가야 할 곳은 너무 많습니다.
매년 초 관내 100여 개의 경로당을 찾아**(왼쪽 위)** 어르신들의 안부를
묻고 불편사항을 직접 점검했습니다. 2017년 11월 태백문화광장에서
열린 행사 때 출연진을 찾아 감사를 표했으며**(오른쪽 위)**. 시민들이 보
다 많은 문화혜택을 받을 수 있도록 협조를 구했습니다.

40대 초반에 도시의 시장을 맡아 이제는 머리도 하얗게 변해가는 반백
년의 중년이 되었습니다. 황지연못 낙동강 발원지 물길조성 기공식에
서 축사를 하는 모습**(중간)**에 약간의 노숙함이 묻어 나 보입니다. 나
이는 어쩔 수 없는 것이죠.

주민들의 문화향유와 소통강화를 위해 강원도 내 자체단체로는 최초
로 혜민스님을 초청해 특강을 들었으며**(왼쪽 아래)**, 대한민국 육군의
최고 수장을 만나**(아래 중앙)** 태양의 후예 촬영지 장비 지원을 받기도
했습니다.

종교지도자들과의 소통도 강화해 황우여 전 부총리, 전직 지방검찰청
장, 관내 목사님 등과 함께 기도회를 갖고 지역발전에 더욱 증진하기
로 했습니다. **(오른쪽 아래)**

봄이 오는 길목인 1968년 음력 3월 9일.
하늘이 보이는 작은 너와집에서 태어난 아이가 100일이 지나고 이제는
반백 년인 50줄에 접어들었습니다. 수많은 사연을 뒤로하고 이제는 좀
더 성숙하고 강한 모습으로 익어가고 있습니다. 살아 온 날보다 살아
갈 날들이 적은 우리. 좀 더 의미 있게 살기 위해 오늘도 열심히 뛰고
있습니다.

환한 웃음이 보기 좋습니다.

신규 공무원들을 환영하는 자리에서 우리는 막걸리를 마시며 친구가 되었습니다. 이 순간만큼은 시장도 아니고, 9급 공무원도 아니었습니다. 서로 어깨동무를 하고 웃으며 격의 없는 시간을 보냈습니다.

"우리는 지역과 지역주민을 위해 봉사하는 공직자입니다.
공직자의 열정이 지역의 미래를 바꿉니다.
여러분의 뜨거운 열정을 위하여 건배!!!"

우리는 지역 발전을 위해 중단 없는 전진을 계속할 것입니다. 더 높이 더 많이 달려 태백의 미래를 힘차게 열어가겠습니다.

공직자 여러분 파이팅!!!

바람이 차다.

온도를 조금 올려놓고 창밖을 보니 벌써 겨울이 온 것 같다. 올해는 2층에서 내려다보이는 단풍나무가 유난히 빨갛게 물들어 예쁘게 보였는데, 이제는 앙상한 가지만 남아 있다.

지난 가을부터 조금 쉬고 싶다는 생각이 많았다.

휴일 날 잦은 출근으로 요일 개념도 없어지고, 단풍구경을 할 수 있는 마음의 여유도 갖지 못했다. 겨울이 오기 전에 시간을 내어 황금들녘 가득한 시골길도 걸어보고 고요한 산사에서 템플스테이도 하고 싶었다. 나를 알아보지 못하는 낯선 곳 전통시장에서 내가 좋아하는 막걸리도 마음껏 마셔보고 싶었다. 하지만 올 가을은 이런 여유를 주지 않고 그냥 지나갔다.

이제는 젊다고도 할 수 없는 50줄에 접어들었다.

조금은 마음의 여유가 생길 수 있는 나이지만 사람들의 사는 모습은 더 각박하다. 위선과 독선으로 가득 찬 이기심이 사회를 지배하려 한다. 정치도 경제도 그렇고, 따뜻한 마음보다는 시기와 질투, 갈등으로 얼룩지는 뉴스가 많다. 신뢰가 통하는 사회, 모두가 행복한 사회는 언제쯤 가능할까.

온도계는 추우면 내려가고 더우면 올라간다.

온도조절계는 추우면 따뜻하게 올리고, 더우면 시원하게 내릴 수 있다. 때로는 있는 그대로의 모습을 보여주는 온도계처럼, 때로는 갈등과 분열을 조절할 수 있는 온도조절계 같은 사회가 필요하다.

만족은 가난한 사람을 부자로 만들지만, 불평은 부자를 가난하게 만든다. 남이 생활하는 삶에 간섭하지 말고 내가 가지고 있는 삶에 충실해 보자. 남을 비판하지 말고, 판단도 하지 말자. 눈으로 보고도 판단할 수 없는 것이 사람의 마음인데, 보지도 않은 소문으로 어떻게 사람을 판단하고 비판할 수 있다는 것인가. 욕심을 버리고 주어진 삶에 만족하면 부자가 될 수 있다.

"나는 옷을 디자인 하는 것이 아니라 꿈을 디자인한다."
어느 패션디자이너의 말이다.
그렇다.
지금까지 시정을 운영하면서 사리사욕을 디자인한 것이 아니라, 아름다운 도시를 디자인했다. 내가 살고 있는 이 도시가 다른 도시보다 더 아름다웠으면 좋겠고, 이곳에 살고 있는 많은 사람들이 더 행복했으면 좋겠다. 이것이 도시를 디자인하는 나의 마음이다.

　오후가 되니 초겨울 햇살이 이중의 창을 뚫고 강하게 비친다.
　살짝 온기가 느껴진다.
　고층아파트에 가려 햇살이 비쳐지는 시간이 짧지만 이 시간만큼은 여유를 가지고 행복을 느끼고 싶다.
　조건이 좋다.
　오늘은 모처럼 낮잠을 자야겠다.

　좋아하는 '들꽃'이라는 음악을 들으면서 …